SAVED
BY
THE
SEA

海洋
拯救了
我

[美]戴维·赫尔维格 /著
张娜 /译

By
/
David
Helvarg

重慶出版集團 重慶出版社

SAVED BY THE SEA by David Helvarg
First published in the United States of America by New World Library.
Simplified Chinese Character rights arranged with New World Library through Beijing GW Culture Communications Co., Ltd.
Simplified Chinese translation Copyright © 2017 by Chongqing Publishing House
版贸核渝字（2015）第173号

图书在版编目（CIP）数据

海洋拯救了我／（美）赫尔维格著；张娜译. -- 重庆：重庆出版社，2017.12
ISBN 978-7-229-11023-9

Ⅰ. ①海… Ⅱ. ①赫… ②张… Ⅲ. ①纪实文学—美国—现代 Ⅳ. ① I712.55

中国版本图书馆CIP数据核字（2016）第 039302 号

海洋拯救了我
HAIYANG ZHENGJIULE WO
[美] 戴维·赫尔维格 著 张 娜 译

责任编辑：李 梅
责任校对：李小君
封面设计：九一设计

重庆出版集团
重庆出版社 出版
重庆市南岸区南滨路 162 号 1 幢 邮政编码：400061 http://www.cqph.com
重庆市国丰印务有限责任公司印刷
重庆出版集团图书发行有限公司发行
E-MAIL:fxchu@cqph.com 邮购电话：023-61520646
全国新华书店经销

开本：890 mm×1240mm 1/32 字数：260 千 印张：10.5
2017 年 12 月第 1 版 2017 年 12 月第 1 次印刷
ISBN 978-7-229-11023-9
定价：35.00 元

如有印装质量问题，请向本集团图书发行有限公司调换：023-61520678

版权所有　侵权必究

无论此书日后获得多少关注与青睐,我都将其完全归功于读者对这片海的兴趣,还有我的追随者,他们和我一样,都情系大海,跟随着海洋的律动,喜、怒、哀、乐。

理查·亨利·德纳
《水手两年记》1840

引言
深入那片蓝色的国度

我对那片海的热爱无以名状。它仿佛有着自己的生命。当你潜入其中，你会发现自己是个天使。

——雅克·库斯托[①]

我沿着一片岩墙自由下沉，加速逼近伯利兹蓝洞[②]那冰冷幽暗的水域。洞穴开始出现在我下方，潜水教练比我下沉得快，他将立式手柄放在头上，示意有鲨鱼。我环视一周，虽未发现鲨鱼的迹象，但它们确实潜伏在那里。之前我浮出水面时的确看到了一些鲨鱼鳍。我保持46米/时的速度，潜入洞穴，绕一座座巨大的钟乳石游动，几千年前，

---
① 雅克·库斯托：法国最著名的海洋探险家之一，发明了水肺型潜水器和水下使用电视的方法，让探险家们能更长时间停留在海下，摸清海底情况。
② 伯利兹蓝洞：为一石灰岩洞，是目前已经发现的全世界最大的水下洞穴。

在洞穴顶塌陷之前，这些钟乳石曾是巨大洞群的一部分。对这些水下豪乌岩洞①探索了8分钟后，我解开浮力控制背心上的胸带，这样我的朋友斯科特就能看到我的海藻叛军T恤衫。是时候返回海面了。这就是他们把这样的潜水称为"反弹潜水"的原因。在这样的深度，在氮气充满我们体内组织、对生命构成威胁之前，我们并没有太多的时间驻足停留。如果我们只做短时间滞留，那我们就可以不用做长时间的减压停留，就能返回海面。

我们一组人滞留在海下27米处，跟随潜水教练的指引，聚集在一处沙礁周围。头顶上方9米处，有6个大加勒比暗礁，牛鲨环绕四周缓缓游动。不久我发现脚下还有不少牛鲨在游动。我们沿着一座水下沙丘返回海面，一群1.8～2.4米长的鲨鱼从我们身边滑过，游向远方。这些牛鲨不同于那些浅水绞口鲨，惹人怜爱，能让人抚摸，没人愿意摸这些大家伙。牛鲨的致死率远超过其他大型鲨鱼，为保险起见，我对白条鲨和虎鲨也都敬而远之。一些太平洋、墨西哥和加勒比地区的特许潜水公司现在推出一种叫做"鲨鱼潜"的体验，他们将大型鲨鱼捞入船中，让付费游客在船下方喂食，与其"互动"，至今已有一人死亡、若干人受伤。这无异于在黄石国家公园中让观众给熊喂食果冻面包圈和三明治，公园管理员早在若干年前就已认识到这种喂食活动愚蠢又危险，并早已禁止该类活动。若想在自然环境中邂逅野

---

① 豪乌岩洞：纽约州旅游胜地，像迷宫一样的地下岩洞。

 引言 深入那片蓝色的国度

生动物，最好不要用饵料。这样遇到野生动物才会让你激动不已而非野生动物对你激动不已。

我在夏威夷曾遇到过一个当地的老土著，在他的鼻翼上有一道疤，是他在夏威夷大岛消失的黄金海滩附近徒手冲浪时跌在脸上的印记。他告诉我他和他弟弟那天在希洛湾冲浪，他们坐在冲浪板上，弟弟说："我不记得这里有个沙堤。""有啊，"他回答道，"这里有。我正站在沙堤上呢。"就在这时一只大虎鲨从弟弟脚下游出来，绕着他打转，一口吞下了弟弟的冲浪板。这就好比自然主义作家爱德华·阿比常说的："如果这里没有任何比你更巨大、更犀利的东西存在，那么这里就不是真正的野外。"我的同行，加利福尼亚的肯·凯尔顿，曾遇到过一只巨大的白鲸将他的皮船抛向4.6米高的空中，猛烈地摇晃船身，仿佛那就是它的磨牙玩具，里面还装着一只"老鼠"——"海洋是个危险的地带，但它还是一片你可以持续不断地前行，探寻自我的地带，是一个纯粹、狂野的国度。如果你踏入海洋的国度，你需要做出选择。你要知道你可能会溺水而亡，可能迷失，也可能被更加庞大的兽类吞噬。"

长久以来，我一直被这片海洋吸引，着迷于它潜藏的危险。海洋让我克服了30年来身为记者和私家侦探带来的精神分裂的生活方式。我离开海洋，去前线报道战事、时疫、政治，调查非正常死亡和自杀案件，我做这些仅仅是为了再次回到沙滩，回归海洋的怀抱。我与水

海洋拯救了我
SAVED BY THE SEA

结伴的生活包括徒手冲浪、浮潜、航海、皮划艇、器械潜水抑或是简单地躺在沙滩上,像只迷糊的斑海豹,任由我的思想四处漂泊,皮肤慢慢盐炙①。

终于,在世纪之交,我作为一名调查记者能将精力集中,关注因浪费、欺骗、滥用而导致的空前衰败的海洋生态。在撰写海洋类书籍后,我常常试图将我努力寻找却又迷失的那份爱诉诸纸笔,我已决定将余生献给我们现存海洋的保护、探索和复原事业,我同样关注那些生活在海洋区域内的居民,尽管在他们眼中,我似乎是一个大块头、笨拙的家伙,终有一天也将毙命于此。

其实,海洋与人类的捕食关系是不对等的。全世界每年约有5~8个人被鲨鱼咬死,但人类却要杀死1亿头这些圆头圆脑、生长缓慢的顶端捕食者。将海洋中的鲨鱼一网打尽,就像当年我们将平原上的剑齿虎和猛犸象赶尽杀绝一样容易。现在我们已将大草原抛到了脑后,一跃成为地球上最高级的捕食者,此时此刻,也许我们应该深吸一口气,思考一下我们到底来自何处。

海水覆盖了地球表面71%的面积,提供了97%的可居住地,从跃出海面的鲨鱼鳍到关岛附近的马里亚纳海沟②以下7英里处地球的最低点,只有3个人曾经踏足于此。还记得我方才提到的深呼吸吗?尽管热带雨林一直被称为地球之肺,但海洋吸入的二氧化碳远远多于

---

① 盐炙:主要指用食用盐与药物拌匀加热,炒至药物干透的一种方法。
② 马里亚纳海沟:又称"马里亚纳群岛海沟",是目前所知地球上最深的海沟。

热带雨林。海洋表层的微型浮游植物就像一个生物泵，每年从大气中提取 25 亿吨有机碳，将其替换为供给人类生命的氧气，人类生存所依靠的氧气有一半都来源于此。海平面以下 0.6 米的海水中容纳的热量接近整个大气中的热量。然而，在最近几年中，科学家通过计算机观测工业二氧化碳的排放，才发现为什么大气并没有过快地升温。他们发现解开这个谜题的答案就是海洋——海洋能吸收 1/3 人类排放的二氧化碳。

尽管海洋对地球上的生命构成了严酷的考验，但海洋浮游植物和陆地植物的光合作用为宇宙内所有有机生命奠定了坚实的基础，直到 1977 年，科学家登上深潜科研潜水艇潜入加拉帕戈斯群岛[①]海域，才发现海面 2438 米下还有硫黄热水喷涌。这些喷口上寄生着红毛管虫、白蛤、蟹等含有燃硫细菌的生物，为生命的延续提供了另一种可能性。现在美国国家航空和宇航局（NASA）的科学家认为在木卫二[②]冰层下的火山深海喷口附近存在着类似于"化能合成"的生命形式。

至今为止，我们能勾勒的海洋地图不超过其总面积的 10%，但是我们却能绘制完整的月球和火星地图。讽刺的是，当我们向火星以及太阳系中的其他行星表面发射探头时，我们首先考察的生命迹象是什

---

① 加拉帕戈斯群岛：又称科隆群岛。隶属厄瓜多尔，位于南美大陆以西 1000 公里的太平洋面上，面积 7500 多平方公里。因其多样性气候和火山地貌的特殊自然环境，使不同生活习性的动物和植物同时生长在这块土地上，被称为"生物进化博物馆"。
② 木卫二：木星的天然卫星之一，是四颗伽利略卫星中最小的一颗。木卫二主体构成与类地行星相似，表面由水覆盖，上层为冻结的冰壳，冰壳下是液态的海洋。

么呢？是水！然而我们与已经拥有的这个巨大蓝色泳池的联系却少之又少。无论是单个的生命个体，还是整个人类种族，都是从海水中进化而来的。我们都经历过在母体内如鱼一般的阶段（甚至还有一本书，《你体内的鱼》就是描写这个的）。我们的身体像地球一样，71%都是盐水，我们的血液与海洋拥有相同的盐度，我们的祖先就来自于海中。这样就不难理解为什么我们听着海的声音更容易入睡。海浪的律动和母亲的心跳相仿。在长达 7 年的时间里，我都居住在圣地亚哥的一间临近悬崖的小屋中，冬日里，每当暴风卷起巨浪，我的小屋也随之震颤。离开那里后，我再没有像那段时间那样睡得那么酣畅。

在潜入蓝洞之后，我们又潜入了珊瑚墙和一些游动的洞穴，我们呼吸时冒出的气泡在洞穴上端滚来滚去，好似海盗的银币，这些墙体和洞穴从不孤独寂寞，访客接踵而至，大眼橙色金鳞鱼和小心翼翼的龙虾也像我们一样好奇，用触角经过一番打探后，才敢穿过这些多孔石。

我们离开了灯塔暗礁区的半月岛。我看到一只长着大约 1.83 米长鳍的鳐形目鱼在一大片女王螺上大快朵颐。不幸的是，由于过度捕捞，女王螺在加勒比的其他海域内已变得愈发罕见。

1980 年我第一次来到伯利兹，躲避中美洲附近的战争，我们每

天都在考尔克岛上吃龙虾，偶尔也吃吃海螺煎饼和海龟牛排。现在在近海几乎找不到龙虾和海螺了，但海龟却得到了保护，考尔克岛曾经是一个小渔村，只有不到一百个居民，现在这个岛已经建起了自己的飞机跑道、酒吧、餐馆、旅店，岛上的常住居民也增加到了1500人，为懒懒散散的20余个来观光的旅客服务，这些旅客还在走外国人特殊通道，尽管这个岛已经联通了附近的高速公路。当年我看到一只美国鳄在珊瑚岛一段水流湍急的开阔水面上，趴在一段红树上晒太阳的地方，现在已经成为了一个遭遇暴风雨袭击的码头和废木酒吧，上面贴着这样的广告语："一个阳光明媚的地方，适合阴暗的你。"

在我们的潜水场里有一大条发光的玉鹦鹉鱼划过暗礁，它们的长嘴在咬珊瑚和沙子时候发出嚓嚓的声音，玉鹦鹉鱼是白沙热带沙滩的重要补给源，我们都钟情于那片沙滩。我还看到了一条花园鳗在水流中摆动自己的身体，翩翩婆娑，好似微风吹拂过的大草原上的草。

从天亮开始，我们就在水上，有几个小时我们潜入海面以下1.52米的地带，只有V形尾护卫舰、游鱼和海豚跟随着我们，我们在半月岛上进行了午休。半月岛是个遍布野生椰子树和白色珊瑚砂（鹦鹉鱼的排泄物）的岛屿，飓风把大块漂白了的珊瑚和海螺壳堆满了岛屿，一块淡红色的贝壳在珊瑚寄生后变成石灰岩。在泻湖暗礁线外，有一艘大沉船，在暴风雨中遇难后沉落于此，已经变成了一只锈迹斑斑的银色纪念碑，哀悼不走运的航行者。

海洋拯救了我
SAVED BY THE SEA

我穿过了红树林,走过了一片盛开的橙花破布木和裂榄树,来到了一座老式的金属观测塔。赶走楼梯第二个台阶上的一只大蜥蜴,我登上了塔顶,发现我独自一人置身于成百上千只哇哇叫的蓝脚鹅中间,至此,我已经占据了这片红树林之顶,俯瞰融合了碧绿、翠绿、湛蓝、天蓝的加勒比海。

在享用了一顿简单却美味的芭蕉炖鸡、卷心菜和橘子汁后,我们开始了最后的潜水,在一个名叫"水族馆"的地方。

不难想象,"水族馆"中分布着各种颜色的鱼儿(成百上千只石鲈、濑鱼、黄尾鲷鱼、法国天使、七带豆娘鱼、蓝吊,两只大石斑鱼跟随我们潜水的整个过程),这里还有许多又大又健壮的珊瑚和柳珊瑚,海鞭和酒桶大的圆通海绵。在21米深的地方我们游过暗礁的外墙,在914米急降之后,我们和胭脂栎树大小的黑色多支珊瑚一起穿过其狭窄的暗礁,我觉得自己像是在与老鹰(或老鹰鳐目鱼)一起翱翔,逃脱了重力的束缚,自由自在地漂浮徜徉。

我情绪激昂、充满精力,我多想我的暮年之爱,南希·琳达思凯能在这里和我一起,就像她无时无刻不徜徉在我心间一样。在我在水下、在船上、在翻滚的浪尖上抑或是在海边漫步的时光里,我从未感到过悲伤。我曾经在战时来到伯利兹报道其独立,时隔25年,我再次踏上这片土地,看到其水上水下的环岛暗礁都还健康依旧、生机勃勃,对于像我这样一个被海水浸泡多年的海洋作家,它带给我的欣喜

 引言 深入那片蓝色的国度

之情溢于言表。我知道,当我看到生机勃勃的海洋和蓝色边境,不管是在澳大利亚、阿拉斯加或南极,都让我感到与野生世界更加亲近,也更加贴近我所爱之人,甚至对在酒吧中萍水相逢的陌生人,我都有种亲切的感觉。就像亨利·大卫·梭罗所说,"天堂既在我们的头顶,又在我们的脚下……我们需要野生世界的滋补。"我稍作修改,认为天堂也在我们的脚蹼下。

目录 CONTENTS

引言　深入那片蓝色的国度　/1

第一章　沼泽狐狸　/1

第二章　集群行为　/26

第三章　海滩　/47

第四章　沉迷战争　/63

第五章　再看水肺潜水客　/88

第六章　珊瑚园　/106

第七章　船难　/144

第八章　两极对立　/173

第九章　深层海域　/210

第十章　海草叛乱　/252

第十一章　蓝是新绿　/299

第一章

沼泽狐狸

我真的不知道为什么我们如此致力于保护海洋,我只知道我们的动力除了海洋的变化、光影的变化、船舶的变化之外,还因为我们全都来自海洋。

——约翰 F. 肯尼迪

海洋拯救了我
SAVED BY THE SEA

海洋，就像死亡一样，是我生命中的一大主题。海洋之旅的不同阶段给我带来了不同的感受，或欢喜、或孤独、或慰藉。

我曾经差点在圣地亚哥和夏威夷的大浪中溺死，被南极洲外的小须鲸追赶，在科尔特斯海中遭遇船难。我曾和牛鲨、鲸鲨、梭鱼、狮子鱼、海蛇、石鱼和蝠鲼一起游泳；在中美洲的萨尔瓦多中了游击队的埋伏，被人拿枪指着脑袋；在得克萨斯几乎撞上被飓风几近摧毁的海岸上飞离航线的海岸护卫队直升飞机；在大西洋、太平洋和南部海域中被暴风雨卷击患病。无论被太阳灼伤、海砂喷伤、珊瑚割破、水母蜇伤、海胆刺伤，还是在海面以下24米深耗尽氧气，我对海洋都从未感到厌倦，还是继续对它进行探寻。

在我的爱人逝去后，我曾梦见佛罗里达的喜达尔岛，梦见岛上的鹈鹕、牡蛎礁石和满是梭鱼的墨西哥湾温热的海水。鹈鹕在小路的一端游水，小路的尽头消失在海水中。南希会爱上这个地方的，我在梦里时常这样想。我在海水的味道中醒来，我的眼泪顺着脸颊簌簌地流下。像海龟、锯鲛一样，你所爱之物，以及位于喜达尔岛、希洛岛和奥福德港、俄勒冈那些保留着历史海洋品格的海滨族群都成为了濒危种族。

我和朋友在圣地亚哥的海洋海滩（新西兰北部的度假景点）处重聚，这里是未受破坏的冲浪小镇，我曾在这里的4号救生塔中度过了

第一章 沼泽狐狸

10载永恒的夏天。我们战胜了试图在海滨建高楼大厦、建码头的开发商,码头一旦建起,将很难再形成适合冲浪的浪型,因为我们的胜利,16个南部加利福尼亚海岸城镇都免于继续开发对自然造成的破坏。我们在咆哮的推土机下挽救出来的灰泥冲浪棚正在不断增长,小镇的经济甚至出现了倒退,每个小镇都因此丢掉了超过50万美金的商机,如何搭建更多的冲浪棚,供冲浪者使用,成为了行动主义者新的议题。

另一个问题就是海水质量。圣地亚哥是美国海岸城市中最后一个没有二级污水处理的城市,直接将所有未经处理的污水沿着3英里长的管道排到深水中去。与此同时,圣地亚哥是一个保守的城市,不信任税收,并且几乎每次民选中都反对债券发行,圣地亚哥每年的经费只够更换6000英里污水线中的30英里。因为这些污水管道都不是在最近两个世纪内修葺而成,而圣地亚哥素来以对游客友好的海滨城市而闻名于世,所以现在它正经历着周期性的污水处理故障和海滩封闭。

当地唯一致力于解决这个问题的政客是圣地亚哥市女议员多娜·弗莱,她是20世纪60年代冲浪界灵魂领袖和冲浪板塑形者斯基普·弗莱的妻子,本身也是一位冲浪选手。多娜20世纪90年代开始活跃于政坛,当她看到斯基普和他的朋友在海里长时间冲浪后会产生恶心、呕吐等病症后,她认为这是由于圣地亚哥的暴雨径流导致的。一项洛杉矶的研究发现有25人在暴雨径流附近游泳后会产生与污染相关的疾病,主要为肠胃炎和上呼吸道感染。在暴雨径流附近游泳的人比不

- 3 -

在该区域游泳的人相比，患病的可能性高出57%。

因此多娜起草了一项法案，为水质设立了国家标准，要求每周对娱乐性海滩的水质进行测试，海岸水一旦污染，需要设立警告牌和热线电话，告知民众污染信息。这项法案于1997年正式立法。

在冲浪者基金会成立之后的几年里，联邦海滩环境评估和海岸健康法案（BEACH）开始执行，它是加州法案的全美版本，要求沿海各州测试海水污染物含量并将结果公之于众。冲浪者基金会是一个协会性组织，由冲浪爱好者和其他水上运动爱好者组成，他们每次都满心欢喜地冲向海洋，但回来时却带着像耳道感染之类的病痛，他们结盟共同抵制海水污染，保卫碧波。他们早期的一条反石油泄漏的标语就这样写道，"老兄，没门。我们不需要你的原油！"今天他们已经拥有超过5万名会员和位于全球各地的8个分会。

在海洋海滩，圣地亚哥分会每年都会绕市政码头举行一次"洁净水冲浪区"游行，吸引了成千上万名参与者加入其中，包括弗莱夫妇。

我从码头一路摄影过去，只见一支蜿蜒曲折的500人左右的冲浪者队伍浩浩荡荡而来。在码头垂钓的人，大部分是西班牙人和越南人，钓上来的主要是马鲛鱼、鲈鱼和皇后石首鱼，他们中的不少人都回过头来，注视这支庞大的队伍。海鸥和大个头的褐色鹈鹕在码头疤痕累累的木制扶手上停歇，等待人们施舍的食物和笨拙的小鱼。抬头向日落崖望去，我可以看到我旧时位于悬崖之上的小屋，远处海中航行的

 第一章 沼泽狐狸

帆船在清新的海风中稍稍倾斜,天空用云朵给大海盖上了被子,海风咸咸的,有种碘酒的味道。海洋现在是幸福的,有如此之多的使用者和守卫者。

在我和几个好友重聚的第4还是第5个晚上,我的几个朋友在胳膊和腿上文上了海洋海滩(OB)的文身。"O"象征了和平,一只上扬的拳头穿过其中心。尽管文身有着浓厚的海洋情节,可追溯至波利尼西亚水手的传统,我从来都不想文身。文身对于我而言,总让我联想起不好的事情。我父母的朋友在他们的前臂上都有一串蓝色数字文身。我的父母告诉我不要去问他们这些文身的含义,因为那些文身是他们在集中营中被迫文上的。

我的父母都是跨海而来的移民:我的父亲、父亲的姐姐和他们的寡母逃离了俄罗斯革命后吞噬乌克兰的内战;我的母亲,伊娃和她的姐姐是得以逃生的最后一批德国犹太人。

祖父受纳粹折磨并假装被执行枪决后,我们一家人逃到了荷兰,母亲的家人订了1939年12月纳粹入侵之前最后一班通往鹿特丹的轮船。就在去鹿特丹的前一晚,另一班西蒙·玻利瓦尔(把南美从西班牙统治下解放出来的南美革命领袖)乘坐的驶向西印度的航船遭遇水雷沉船了。许多女学生溺水身亡。大约用了两周的时间,在鹿特丹集聚的大批晕船的乘客才辗转穿越了广阔的大西洋到达美国新泽西州的霍博肯。由于当时雾太大,人们都看不清海港内的自由女神像,他们

能看到的只有纽约市内闪闪发光的箭牌口香糖广告。

我的父亲，马克思·海尔沃格，在美国已经生活很久了。早年间，当他还是个9岁的孩子的时候，他就和一帮幸存者一起在阁楼里藏了一个星期之久。他居住的小镇被洗劫一空，房屋被烧成灰烬，其他居住在小镇上的犹太人都被乌克兰土匪杀死了。父亲和寡母，还有小姐姐苏，一起逃离过境，穿越冰雪覆盖的罗马尼亚境内，父亲当时经常把苏背在背上。最终他们终于来到了罗马尼亚康斯坦萨的黑海港口，从那里他们乘坐亚历山大国王号驶向了美国。他们用了30天才从达达尼尔海峡到达了君士坦丁堡（现在的伊斯坦布尔），历经雅典、直布罗陀海峡，穿越大西洋来到纽约。在纽约港，他们看到了自由女神像和其上刻录的美国犹太女诗人爱玛·拉撒路的诗篇"新巨人"，诗中有一句是这样描写的："海水冲刷着，站在落日之门／一位手持火炬的强壮女人，她的光芒／是那被囚禁的灯光，她的名字／流亡者之母。"

他们在1922年9月22日到达了爱丽丝岛。不久之后，父亲的叔父就接他们坐地铁来到了科尼岛，父亲就在那里居住了下来。马克思和苏都清楚他们曾经被带进地面以下的一个暗穴，且从未离开过。但是他们挣开了命运的禁锢，在光明中驰骋，火车载着他们越飞越高，飞跃房屋、河流，最终来到了海边，找到了自由。

我父母的故事被不断重复着，每家人讲述的版本都有着微妙的差

第一章 沼泽狐狸

异,一代一代传下来,也有数以百万计的人讲述了他们的故事。北美人中有接近 90% 都是船载移民的后裔,他们为了逃离贫穷和压迫来到新世界,大多数情况下都是乘坐下等舱里最廉价的靠近舱线的舱位。其他 10% 在奴隶船里作为被绑架的受害者活过了黑暗的中央航线,另外一百万美国人的祖先可以追溯至几千年前曾经横跨白令海的大陆桥。

在父亲和母亲到达美国后的几年,母亲窃听了父亲打给盟军占领的柏林的电话,当时父亲和母亲都在军情处工作。几周后,父亲在一次聚会中走到母亲跟前说:"年轻的女士不应该偷听别人的谈话。"母亲神秘美丽,父亲高大英俊。几个月后,他们结婚了,之后很快就有了我和小姐姐,4 年后,父亲和母亲像一对野生海豚一样,在完成了生儿育女的动物使命后就分开了。

我出生于 1951 年。在那之后,眨眼间,90% 的大型深海生物——包括鲨鱼、金枪鱼、马林鱼、鳕鱼和旗鱼——都消失了。准确说来,它们并没有消失。我们知道它们去向了何方。它们到了我们的餐盘里,大多数都到了日本、美国、欧洲等发达地区铺着洁白餐布的餐厅、超市和快餐店,在这些地方,人们无视地球 30 亿年才形成的生命多样性的奇迹。对海洋生命发动的新一轮灭绝战不是来源于饱腹之需,而是为了满足口腹之欲。

海洋拯救了我
SAVED BY THE SEA

在地球上依靠海洋野生动物摄取主要动物蛋白的 10 亿人口中，绝大多数都不是来自日本、加拿大或挪威这种富裕的捕鱼国家，相反，大多数人都来自加纳、利比里亚、秘鲁、斐济、菲律宾群岛和印度。这些人靠传统工艺的手工小船进行群体捕鱼，他们并不具备先进的捕鱼技术，捕鱼的数量远远低于鱼类繁殖的数量。而在外国工厂的拖网捕鱼船、长邮轮和非法捕鱼海盗到来后，他们发现自己的食物来源和生活生计无以维系，当地的人类的和动物都受到了破坏性的影响。最近的一项研究发现过度捕鱼还造成了一种出人意料的后果，或"反弹"，随着西非海洋野生动物被国外渔船过度捕捞，人们对"丛林肉类"的摄取量大大提升了，非洲大陆的野生动物，包括罕见或濒临灭绝的种族，像黑猩猩也沦为了人类的食粮。但奇怪的是，很多人表达了对陆地高级捕食者和灵长类动物——诸如狮子、熊、老鹰、猩猩——数量减少的深切忧虑，反过头来却无忧无虑地吃着海洋中同等重要的海洋生命，像鲨鱼、蓝鳍金枪鱼、歌利亚石斑鱼和小须鲸。

我们担心的还有野生动物栖息地的减少。我们常抱怨陆地上原始多年生热带雨林的滥砍滥伐，但是我们却很难想到托底拖网捕鱼设备对野生鱼类的捕捞就相当于海洋里的电锯和推土机。托底拖网捕鱼船使用宽口网沿海床通过铁链拉网，通过钢板（又称网板）保持开口状态，一次就能捕捞几吨重的海鱼。扇贝和蛤挖掘机由链邮包和撑杆组成，像沉重的铁犁一样在海底拖曳而过，激起大量的悬浮物卷流，造成了一种海洋烟雾。大量研究和观察表明海底拖曳会对海底的多种动植物产生巨大的破坏作用，包括海绵和珊瑚群。每年拖网机扫过的海底面积相当于整个美国和加拿大面积的总和，拖网机扫过后，只剩下碎石、卵石和刮伤的泥滩。人们对此并不知晓，更别提上心了。眼不见为净。一条鱼被捞走，海里总会有另外一条鱼。

2008年在《科学》期刊上登载的一项研究得出了如下结论：全世界40%的海洋都受到了来自过度捕捞和各种形式的污染（富养化[①]、塑料、化学污染）等人类活动带来的严重破坏，仅有4%的海洋还维持着未被人类侵扰的原始状态（我听说的版本是5%）。现在你再坐船去海洋上看看，你看到的更多的可能是从大型舰船上卸下的船运集装箱或一团团废弃的捕捞装置，再也难觅蓝鲸或黑马林鱼的踪影。燃料燃烧给海洋环境带来了巨大的冲击，包括北极冰层融化，珊瑚白化和海洋酸化，这些对于海洋生态的恶化无异于雪上加霜，现在你就不难理解我对即将逝去至爱的担心和焦虑。

我想说我最早的童年经历是和海豚有关的，但事实上那是和熊有关的。在我的父母离异后，我妈妈带着我和小姐姐搬到了新罕布什尔的杰克逊。我2～4岁的时候，妈妈在滑雪场做服务员，我们就住在

[①] 富养化：又称富营养化，指一种氮、磷等植物营养物质含量过多所引起的水质污染现象，它将引起藻类及其他浮游生物迅速繁殖，水体溶氧下降，鱼类及其他生物大量死亡。

滑雪场马路对面一间出租屋里。

我还记得一天早上，妈妈把我叫到厨房，把我抱到了水槽旁边的面板上。窗外，小屋背后低低的山脊上，一只熊妈妈正带着她的两只小熊宝贝沿着森林的边缘穿越皑皑白雪，在粉白天空的映衬下留下小熊一家人的剪影。"看，它们就像我们一样。"我记得妈妈当时这么跟我说。

我和小姐姐狄波拉走过熊出没的路段时，经常用锡铁杯敲击平底锅，借此驱赶熊。我还记得有一次，我们去看在开放鸡舍里饲养的鸡仔，我陷进了 60 厘米厚的雪地里，狄波拉把我从雪里拔了出来。

4～7 岁之间我回到了纽约贝赛德的一间双层公寓，从前我们和爸爸就住在这里。我还记得公寓前的那棵树苗是爸爸在我出生那年为我种下的（爸爸为小姐姐种了蔷薇），5 岁生日那天一只宠物腊肠犬从我的小树苗上碾了过去。

当然我们家还有许多故事，像狄波拉 8 岁的时候，和同街道住的两个双胞胎姐姐，黛安和丹尼诗一起逛街。一天，她回到家中，问母亲 fuck 是什么意思。伊娃让她坐在沙发上，并跟她耐心解释说，那是个非常不好的词，永远不要用它，它是"交配"的意思，就是男人和女人在一起互相爱恋并生下小孩。狄波拉一脸严肃地点点头，跑下楼来，冲出大门，兴奋地面朝街道大声喊道："黛安，丹尼诗，fuck 是交配的意思！"

 第一章 沼泽狐狸

尽管我知道我们后来的搬家与此事无关,但不久,母亲伊娃就带着我们搬到了纽约皇后区北岸道格拉斯顿的一间出租屋里,皇后区位于纽约市的东端。虽然严格说来,我们还是住在城里,但在我们屋后是 14 英亩的森林,从北方大道一路延伸到长岛铁路的铁轨。在轨道的另一侧,我们小学背后,PS 98[①] 有小颈湾边缘处的一大片沼泽,长岛湾和远处的海洋。

我的青春时光都在那片树林里和我的科利牧羊犬蕾蒂踱步走过。在湿地里玩沼泽狐狸的游戏,从湾区码头柱子上跳下来,乞求周末去长岛琼斯海滩旅行。琼斯海滩绵延 10 英里,穿越了长岛大南湾,至今每年夏天前往参观的纽约游客仍有 800 万之多。

《沼泽狐狸》是迪斯尼公司拍摄的电视剧,讲述了美国革命战争的游击队领袖弗朗西斯·马里恩的故事,他伏击英军后回到了南卡罗莱纳远端的沼泽避难。我和我的朋友们打算再次演绎他的冒险故事,每天放学后我们都跑去我们的沼泽,沿着一条我们踏出的路,走进高高的芦苇和香蒲丛,到达我们用芦苇搭建的"大本营",它像爱斯基摩人的冰房子一样,你可以爬进里面。我们打响"革命战争",用棍子步枪、土块手榴弹,偶尔几只受惊的野鸡也会加入我们战斗,我们的运动鞋和裤子老是浸湿在湾区边缘的咸水中。

---

① PS 98:公路名称。

我们还会歌颂铁轨上的野鸡坟场，将其想象成革命战争中牺牲的英雄，铁轨把我们的天然避难所同北方大道和反斗城分隔开来，后者是当地的游乐园和游乐场。在将近10码的轨道上，堆满了鸟类的骸骨，这些骸骨成为了火车和飞禽飞行路线交叉处发生惨剧的无言的见证。我们用硬币代替军功章，摆放在铁轨上，等待飞驰的火车将其碾平成铜片。我们每次只放几个便士，从不多放，因为在我们男孩子中有这样一个说法，多于12枚便士排成一排，就能让火车脱轨翻车。

在冬天，我们不顾家人的严词警告，不顾一切奔向结冰的沼泽，来到湾边，滑冰或溜边走。直到阴霾的某一天，我的两个朋友，菲利普和艾迪掉进了及腰深的冰水里。在帮他俩爬上岸后，我们三个藏在菲利普家的地窖里烤火，烘干身上湿透的衣服，并暗暗发誓，只要家长不问，我们决不对外说起此事。那时候从起床到睡觉，我的一天完美地分成了3个部分，8小时在学校，3~4小时户外探险，然后回家吃晚饭。

我不想像人们眼中那一代坏脾气、生育高峰中出生的一代人那样说话，但是伴随着城市的不断扩张，媒体也愈发歇斯底里地强调孩子所遇到的危险：被陌生人绑架，沉迷电视游戏，疯狂购物等等，今天的年轻人已经没有什么可以随心所欲在自然中度过的时光了。那些在大人监督下的游泳训练或足球比赛与自然环境中燃烧卡路里和增强好奇感的活动根本没法比。圣地亚哥作家理查·洛夫，我知道他曾写过一本关于儿童焦躁趋势的书，《失去山林的孩子》，他还定义了一个术语，即大自然缺失症，用来阐释儿童注意力集中时间的缩短和身体机能的下降。

其实还有一个地方还没有完全被城市化，在那里我仍能看到许多孩子疯跑——这些孩子的自然天性在海边可以释放得淋漓尽致。

四年级时教我们的老师，奥尔森夫人，是长岛一位船长的女儿，她常常把海洋纪念品带来上课，她带来过一个1.83米长的锯齿，是她爸爸从一只大锯鳐的嘴里拔出来的。今天我房间的墙上还挂着一个十字形的淡水锯鳐锯齿，是一个桑定[①]主义的枪支走私船长在1980年送给我的，那个时候我们一起在尼加拉瓜湖上待了好几天，用网捞四五百磅重的大鱼，尼加拉瓜湖是淡水大海鲢和具有致命杀伤力的淡水牛鲨的栖息地，这些牛鲨从大西洋向上逆流而上，回游至圣胡安。不幸的是，这些鲨鱼在回游途中遭到哥斯达黎加河边渔民的捕捞杀害，鱼翅被切下后，贩卖给亚洲买主，做成鱼翅汤。

奥尔森夫人试图灌输给我们居住在中大西洋大海岛上的感觉，但这个大海岛却迅速转变为了一大片大都市的近郊住宅区。

皇后区不是纽约市唯一保持海洋联系的地区。曼哈顿在当时也有

[①] 桑定：尼加拉瓜独裁统治者苏慕萨暴虐统治尼加拉瓜长达42年。在1961年，"桑定国家解放阵线"出现，开始武装反抗。"桑定"之名来自"桑定诺"，他是20世纪30年代反抗美国的民族英雄，被暗杀身亡。

商业码头，布鲁克林和科利岛也有水族馆和大白鲸，沿着历史悠久的木栈道，我们参观了久负盛名的斯蒂普切斯游乐园，坐上有轨木制赛马，离开展馆，沿海滩畅游。从曼哈顿坐渡轮就可以到达史坦顿岛上的自治区，更接近于东部长岛上的养鸭农场与蒙淘克渔坞，而不像附近的大都市。自治区的经济建立在庭院经济和商业捕鱼基础上。1964年连接布鲁克林的韦拉札诺海峡大桥建成之后，史坦顿岛才从一个海边的村落一跃发展为城市近郊住宅区，为在城市工作的人和心怀不轨的犯罪团伙所居住。

2009年我飞往纽约肯尼迪国际机场途中经过了纽瓦克港，它是继洛杉矶长滩港之后美国的第二大海港。洛杉矶的长滩港口并不是真正意义上的海湾，它只是一个经过设计的突出的海塘，用来保护从太平洋运来的集装箱船只和邮轮。与长滩形成鲜明对比的是纽瓦克位于河流、天然运河、急转弯交织的蛇形网络的交汇处，早在1609年亨利·哈德森[①]对纽瓦克进行探索时，当地部落人就早已对纽瓦克的地形了如指掌，知道它做港口再适合不过了。

飞离纽瓦克港，在高空3048米处向下俯视，鸟瞰今天的史坦顿岛，就像看一块漂浮的浓密洛杉矶城市带被向上推向新泽西。飞机继而飞过纽约港，经过桑迪胡克狭长的岛屿公园，它位于127英里长的泽西海岸的顶端，回到什鲁斯伯里和纳夫辛克河，看到19世纪的纳夫辛

---

① 亨利·哈德森：16世纪后期的英国探险家与航海家，他在1609年第一次看到曼哈顿。

克双塔，那曾经是北美最亮的灯塔。这些河流中还有大条的条纹鲈和健康的圆蛤类蛤床，这要归功于像"清洁海洋行动"和"美国沿海协会"这样的市民团体发起的海滨净水运动。乘客从飞机的另一边向下望去，可以看到有人在低空跳伞。我们转弯驶入最后一个导航点，我能沿着长岛南岸的沙地一路望去，直到看到火烧岛，三月初停车场里空空如也，还能看到琼斯海滩荒废的海滨，这也许是罗伯特·摩西[①]对这座城市最大的贡献。我们飞过了大北湾，顺路经过牙买加湾，在那里海平面的上升已经改变了盐碱滩的自然属性，1994年来以每年3%的速度侵蚀盐碱滩。几秒后，我们在一片欢呼声中顺利着陆了，加利福尼亚八年级的一班学生前来迎接我们，我来为皇后区圣约翰大学的师生做一场关于海洋的讲座。

纽约市的80%都未与美国大陆相连，纽约的桥梁和隧道系统很难让其大部分居民认识到纽约独特的城市属性。在"9·11"世贸双塔遭袭后，50万人从曼哈顿下城区通过一条条渡轮、拖船、施工船逃离，成为了世纪历史上一次最大规模的海上救援行动。在2006年我曾给曼哈顿下城区的一队野外旅行中的四年级学生讲课。我的话音刚落，一个站在前排的小女孩就举手提问。

"那真的是一个岛吗？"

[①] 罗伯特·摩西：20世纪30年代到50年代的纽约城市建设的掌权者。他将纽约的面貌彻底改观，让城市向四面八方大大地扩展。这个不会开车的奇人，极大地改变了纽约甚至美国很多地方的交通面貌。

"哪个真正的岛？"我问道。

"你说的皇后区和布鲁克林都是那个岛的一部分。"

在我四年级的时候，就下决心长大以后做一名潜水员。我做这个决定的时候，雅克·库斯托的水下电视剧还没有开播，那个电视剧直到1966年才开播。在20世纪50年代晚期和60年代早期，电视上还播过一个关于水肺潜水员的系列剧，主题曲阴森恐怖，母亲、小姐姐和我每周都看。那部剧的名字叫做"海上搜寻"，演员劳埃德·布里奇斯饰演该剧中的男主角水下搜救员迈克·尼尔森。之后我才发现有一大批海洋生物学家、海洋学家和海洋探索者和我一样都曾受到布里奇斯海洋冒险剧的启发，剧中布里奇斯扮演的水下搜救员要在水下真刀真枪地和敌人搏斗，还要切断对手的氧气管。

我们镇上的男孩们也是用水来划分阵营的，看你是"船坞"会员还是"俱乐部"会员。道格拉斯顿的古典白色乡村俱乐部坐落在距离海滨几条街的小山上，每年夏天过节的时候对社区开放一次。尽管这时是吃派比赛和嘉年华游戏的好时候，但更是了解这个神秘"俱乐部"的好机会。我们有机会一睹"俱乐部"里面的网球场、修剪的草坪和氯化泳池，目睹了这些，我们几个"船坞"会员暗自窃喜，知道我们"船坞"才是这场比赛的赢家。

船坞延伸深入长岛湾，底端用焦油木桩固定在海堤下一片狭长的石滩上。在船坞的一端,有一个突起的平台与3个浮桥相连。在这里我们要么从木桩向外发射大炮,要么挖洞,要么在别人往水下扔冰棒棍后跟随着潜入水里,要么藏在浮桥下面。

在浅滩玩耍还有另外一种乐趣,那就是用脚在泥水里寻找背着原始硬壳的鲎①,然后抓着它们尖尖的尾巴,把它们拿起来,做近距离观察。早先开始,我们男孩里就分成了两拨,一拨人不赞成把鲎拿来把玩,这些人会小心翼翼地跳着走过浅滩,生怕伤到淤泥里的鲎,另一拨年纪稍长的"弟兄"则喜欢把鲎囚禁在岩石珊瑚中,然后用沉甸甸的石头敲打鲎的硬壳。

我还记得有一次我们以压倒性的数量打败了伤害鲎的那伙"弟兄",一个头发灰白的鳗鱼渔夫走到我们跟前祝贺我们的胜利,他还告诉我们,有时候我们需要为那些没有能力自卫的动物而战斗。

当年那些捍卫鲎的少年们长大了,今天有成千上万名这样的青年在保护鲎、美国鳗和其他濒临灭绝的生物。在新泽西和特拉华州的海边,数以百万的鲎被捕捞起来,做鳗鱼饵,而因此减少的鲎蛋,又对海滩候鸟的生存构成了威胁。海洋行动主义者已经为这些和恐龙同时代的远古动物建立了新的保护机制。在这些新机制落地前夕,我看到新泽西州贝德福德黑水渔村的一个鲎渔民,他是个年轻的小伙子,披

---

① 鲎(hòu):属于肢口纲剑尾目的海生节肢动物,形似蟹,身体呈青褐色或暗袍色。鲎的祖先出现在地质历史时期古生代的泥盆纪,与它同时代的动物或者进化,或者灭绝,只有它至今保留着原始的相貌,有"活化石"之称。

着散乱的黑发，穿着污渍斑斑的牛仔裤，T恤衫。他从他的波士顿捕鲸船上拿下一堆他捕捞的活鲎，用一个像巨大的裁纸器一样的机器把它们剁成了两半。就在他拉下控制刀锋的手柄时，那声音好似他在切断湿硬纸板。他把鲎的尾巴扔回水中，把两半蟹体放进一个箱子里，这样一只鲎就能赚1美元。

现在还有人在为保护濒危的美国鳗而做斗争。它们从马尾藻海沿墨西哥湾流开始回家的旅途，与欧洲鳗表亲分离，游入北美东部河流的上游。和大马哈鱼及鲱鱼一样，鳗鱼的一生一半在淡水中度过，一半在海中度过，它们不像其他鱼类那样在海里长大，在河里产卵。拥有类蛇外表的鳗鱼正好相反，它们在淡水里长大，到海里产卵。但是现在鳗鱼千万年来向上游的成熟之旅却受到了大坝、经济发展和全球海产品市场的阻挠。亚洲海产品市场对"鳗苗"求之若渴，鳗苗是5~8厘米长的小鳗鱼，位居其次的是稍微长大一点的"幼鳗"，在20世纪90年代幼鳗每磅可以卖到300美元。伴随着这种情况的出现，2007年美国渔业和野生动物服务协会认为是时候将鳗鱼列入濒危野生物种的名单中。就像一只受惊的幼鳗一样，人们终于开始认识到保护鳗鱼的重要性。现在美国鳗的境况比起欧洲鳗来说要好得多，欧洲鳗的数量据估测，在最近的20年间减少了99%。

在我9岁那年的夏天，母亲在西汉普顿的一家艺术馆中做筹划工作。我们居住在一间小木屋里，隔壁住着一个鳗鱼渔民，每天下班，他都拎着满满一大桶 2～4 磅重的成年鳗鱼，那些鳗鱼在桶里痛苦地挣扎，他却只顾在翻盖车道上把它们拍晕。那年夏天我们有很多免费鳗鱼吃。和新鲜玉米或塔特酒一起煎过后味道还可以接受，但我拒绝吃水煮鳗鱼。

我们回到道格拉斯顿的时候正赶上飓风多娜，那年 9 月整个东部海滨就像一节节货运火车一般被飓风吹来吹去。母亲开车带着我和狄波拉沿街向下驶去，向下观望船坞。我们停在两辆警方的巡逻车旁边。还有 50 个左右的乡亲和我们一样在雨水的抽打下张望着灰色白顶的巨浪冲刷着海滩，看船坞在风雨中来回飘摇，直到狂风吹烂了木板和挂架上的围栏，把它们卷起来抛向空中，就像失控的篱笆。我想那是我看到过的最酷的场面了。

我父亲就住在曼哈顿，周末有时带我们去曼哈顿玩，他会带我和狄波拉乘坐环线观光船绕曼哈顿看风景或是带我们参观切尔西船坞的拖船。夏天他会带我们去伊利湖南岸的克利夫兰，把我们接到苏阿姨和阿尔伯特叔叔家里。尽管在我们的年幼时光中，克里夫兰算不上什么，但每个夏天总有那么几周是在那里度过的。苏阿姨和阿尔伯特叔叔会开车带我们去伊利湖上的威洛比，那是一个有小木屋的避暑胜地，白天我们游泳垂钓，晚上我们用罐子抓萤火虫，大人们则聚在门廊，伴着杜松子酒玩拉米纸牌直到深夜。

"苏阿姨会告诉我一些女孩子的事，像是怎么化妆，还有就是女人需要自己做诱饵，自己捞鱼。"我的小姐姐想起苏阿姨是这么告诉她的。

我们经过威洛比的时候邂逅了另一种自然现象，我认为可以与飓风相媲美。正像威洛比随处可见的广告牌上说的那样，你可以看到鸭子从鱼身上走过。那里有一个建造在湖上的泄洪水库，湖里都是鲤鱼，花上两毛五你就能买到一块不新鲜的"引发奇迹"面包，把面包扔给鱼儿们，它们就会密密麻麻地游到面包周围，争着咬面包，这时，成群的野鸭也过来凑热闹，站在鱼背上，从鱼儿口中哄抢大块的面包。今天你还可以见到这"世界奇迹"。

我们在俄亥俄州度过的夏天里还亲眼见证了崩溃的生态系统。工业废料不断向五大湖倾倒，无法调节。我们坐阿尔伯特叔叔的小铝艇出行，在美国钢厂附近钓鱼，只见橙黄色的污水从高处的管道里喷涌而出，直接流入了伊利湖。许多年来一直如此，现在已经有警告说不能再食用附近的鲈鱼，之后羊头鱼（即淡水石首鱼）也被勒令禁食。沙滩上开始出现一团团的焦油，我们要用松脂才能把这些油从脚上刮干净。接着清洁剂泡沫和死鱼也被冲上岸来。之后他们开始围闭海滩，禁止游泳，因为大块大块的绿藻已经覆盖了湖面。这种围闭从一开始的几天发展到后来的一整个夏天，再后来，你再也不能在伊利湖里游泳了。

到1969年，流入伊利湖的克利夫兰的凯霍加河开始着火，位于两座天桥下方的水面出现了浮油和垃圾废物,伊利湖的衰退和燃烧的河水发展成了 20 世纪 70 年代兴起的环境保护运动的有力口号。伊利湖和其他五大湖在之后几十年间通过污染防治和栖息地保护已经得到修复,这有力地证明了环境恶化可以通过采取明智的政策手段予以改善,让自然界本身的恢复力发挥效应。

让我们在家中也无法得到安全感的不是污染而是社会无情的发展,即使在家中,我们也能感受到父母的不安,尽管他们在我们面前努力装作若无其事的样子。历史可以在任何时间让你分崩离析,无以维系。

夏天,在我们在家度过的日子里,母亲会在弧形的后门廊上给我们三个搭帐篷,门廊下面就是一处面朝森林的山坡。

听着蟋蟀的叫声和偶尔的青蛙叫,我和小姐姐在睡前会照例进行下面的对话。

"晚安。"

"晚安。"

"好梦。"

"你也是。"

"谢谢你。"

"不客气。"

海洋拯救了我
SAVED BY THE SEA

"晚安。"

"晚安。"

一天夜里两点，我们都被推土机的轰隆声、树的吱呀声和蕾蒂的狂吠吵醒了。黄色的巨型机器压下来，把我们屋子后面的树都扯断了。母亲出门查看情况，他们让她离机器远点。她开始给警察局和镇上的办公厅打电话，但没人接。第二天一大早，我7英亩童年森林的一半，已经被夷为平地，上面躺着一棵棵倒下的树，奄奄一息的火星，推土机铲成的土丘和石块，夜间完工的工人们已不见踪影，只剩下他们的机器。

原来是我们的房东已经和开发商达成了交易，要在他的产权地上建一栋两层高的公寓楼，但是之前一直没有得到分区的规划许可。他就想出来这么一个法子，先把森林铲平，这样就生米煮成熟饭了。经过一系列官员互相的争辩，他最终获批把小森林剩余的部分也一并铲除，让我母亲在30天内搬走，在母亲的劝说下，他多给我们留了一个月的时间搬东西走人。

祸不单行，他们开始动工想把我们的沼泽狐狸据点铲平，在PS98后面铺设公路，这样我们的卫国芦苇军营就成为了公路网的一部分，那上面还建起了新的砖房。

从殖民时期至今，美国为了发展农业和城市已经丧失了50%的湿地，特别是在第二次世界大战后。在加利福尼亚，这个比例接近

95%。富饶的加利福尼亚中央山谷面积辽阔，野生动物种类繁多，却在20世纪上半叶成为了农业产业化基地，之后便成了美国大米、水果、坚果、葡萄、生菜的原产地，在20世纪下半叶又铺设了公路，开发了新的住宅，到了21世纪，许多当时建造的房屋都成了抵押品。

在几代人的观念中，沼泽都是潮湿、危险、有害的地方，有各种东西蜇你、咬你、传染你；你很有可能流血；沼泽里满是蛇、鼠、鳄鱼和各种昆虫；沼泽对邻近的人类居所并没有真正的用处。

从那开始，科学界开始将湿地和海洋盐沼地作为候鸟和野生动物的重要栖息地，那里孕育着75%的海洋鱼类，是沿海风暴和飓风的防护屏障，是污染过滤系统，淡水蓄水层的天然再装填器和碳隔离器。与此同时，湿地面积的减少会释放出大量的二氧化碳和甲烷，这些温室气体会对气候变化产生负面影响。

许多滨海湿地都缩减成了海草场和红树林，对近海海底有保护作用，降低海水浊度，还为幼鱼和贝壳类提供了另外的栖息地。

最近，我回到道格拉斯顿的时候从朋友那里听到了振奋人心的好消息。我和他们去琼斯海滩的路上就已经和他们谈到过，我劝服了我城里的朋友马克和艾米莉以及他们的小女儿索菲亚在北方大道转弯，这样我就可以去看到老城的样子。

老城还是老样子，没有多大变化。我们驶过两栋公寓，以前我们的黄木房和不远处的森林就在那两栋公寓的位置，越过小山，沿长岛铁路铁轨方向开至小颈湾，然后是乡村俱乐部，再向下开到船坞，见到孩子们还在鹅卵石沙滩上浮桥下的水面游泳。小帆船在附近停泊，似乎在等路过的水彩画家架起画板。

在我们开车返程的路上，我们沿 PS98 后面一大片砖房之间的一条路驶入了 20 世纪 60 年代建起的一片种着繁茂植物的居民房。这里恢复了沼泽的原有面貌，生机勃勃地延伸到海湾和海峡。我走下车来，看到一块城市公园的牌匾，激动地发现我们当年的沼泽狐狸地带已经变成了如今 30 英亩的尤德尔生态公园，该公园是一个 650 英亩沼泽和栎树橡木林高地保护区的一部分。那片沼泽已经变成了长嘴秧鸡、木鸭子、讨厌火车的野鸡、啄木鸟、浣熊、乌龟、饥饿的鱼鹰、大海鹰等肉食鸟类的家园。驱蚊喷雾卡车呼啸着驶过街区，喷洒杀虫剂的白雾这在我小时候是没有的。20 世纪 70 年代，在禁用 DDT 杀虫剂后，秃鹰、褐鹈鹕、鱼鹰的数量都有了大幅度的上升，重新回到了这片沼泽；但有一大堆合成化合物，现在统称为难降解有机污染物，或持久性有机污染物（POPs），被作为农药进行使用。这些农药杀死的不仅是害虫，它们在生产并投入使用后，可以沿着食物网存留数十载。

结果，当地居民厌倦了垃圾填埋和倾倒，厌倦了小颈湾的发展，1969 年他们合力建立了尤德斯湾保护主义协会，在约 60 名环保主义者和一位长期居住在道格拉斯顿的一位名叫欧若拉·加雷斯的居民的带领下发起了环境保护的运动。早先他们就成功击败了在大颈区 55

英亩湿地上建造高尔夫球场的计划，之后又否决了在小颈湾上建立半岛城的提案（F. 斯科特·菲茨杰拉德的小说《了不起的盖茨比》一书中提到的"西旦"指的就是大颈区，"东旦"指的是华盛顿港北岸的城市）。

在 1970 年第一个地球日当天，环保协会为庆祝击溃兴建高尔夫球场的首次胜利，300 名志愿者聚集在一起为沼泽开展一次清扫活动，把 17 辆报废汽车，20 只大垃圾桶的垃圾和杂物从沼泽中清扫了出去。该协会在之后的 20 年间仍致力于保护那片沼泽，至到 1990 年政府在沼泽上建立了城市公园。又过了 10 年，加雷斯去世，享年 91 岁，是成千上万名我所谓的"海藻行动主义者"之一，是保护海洋的草根英雄，为保护和修复我们的海岸和海洋而战斗。

第二章

集群行为

游击队在人群中穿梭，好似海中游水的鱼。

——毛泽东

第二章 集群行为

父亲曾想给我起名为赛斯,但是好在我母亲操着浓厚的德国口音,无法发"斯"这个音,所以与其改叫赛特,他们还是给我起名为戴维,戴维·塞缪尔。我不喜欢我的中名,所以我开始告诉朋友们塞缪尔是水上飞机的意思,因为我是在一架停在海里的水上飞机里出生的。我母亲总是说我爱编故事,即使我并没有那样做。

在推土机铲平了我们在道格拉斯顿的家之际,母亲开始着手创建属于自己的画廊,就在北方大道以北的托马斯顿村,那个村位于五大湖地区。她找到了一间可以付得起租金的两层木屋,白屋绿边,还有一个供蕾蒂奔跑玩耍的大院子。

美中不足的是,这个木屋离水太远了,住在木屋里,你就被国王点村的商船学院把你和水隔开了,国王点村位于大颈区最发达的地段。我有时会去商船学院看商船学院对海岸警卫学院的足球比赛,但再也没有以前像"船坞"那样属于我自己且靠近海洋的地盘。我还参加了初高中的游泳队,但再也不能像小时候游得那么快,小时候在温热潮湿的氯化泳池里奋力拼搏的那份悸动也不复存在。

在我 13 岁完成受戒礼之后,我们教会的拉比(犹太教教士)尝试让我们一群男孩签字进行进一步的学习。我们纷纷拒绝,我们问拉比了几个问题,比如,他如何知道上帝是存在的?他告诉我们,他在完成在韩国的传教工作后乘坐客船返回美国途中的一个夜晚,他看到太平洋上出现了一轮令人震惊的落日,再向海上望去,在那温热如丝的夜晚，海面上映衬出彩云的姹紫嫣红，他知道上帝就在那里。他关于上帝存在的论述并不令我信服，但是听了他的描述，我却格外想去海上看一看。

我作为一个美国中产阶级家庭的孩子长大了，但是大屠杀镇压下无法言表的恐怖时刻笼罩着我。我母亲9岁的时候曾被盖世太保审讯过，每当她和朋友追忆往事时，母亲总是下意识地将话题转移到德国。从很小的时候我就开始意识到生活中的种种舒适和安全感都是那么的脆弱，一触即碎。回想起来，我总会被历史运动和我青葱岁月中的点点滴滴所牵绊，这似乎是我的宿命，我唯一遗憾的是这些似水年华会把我从海洋中带走，且越走越远。

20世纪60年代改变了这个世界，尽管这种改变并不像很多年轻人期许的那样。那十年的反权威运动让这十年过得混乱无序，从1963年肯尼迪遇刺到1974年尼克松卸任约11年间，人们对民主和人权的定义有了新的扩充，对种族主义发起挑战，赋予女性更多权力，整个国家伴随着那场在东南亚错误发起的凶残战争而分崩离析，人心惶惶。

与此同时，现代环境保护运动也开始兴起。海洋生物学家雷切尔·卡逊在1962年出版的，关注化学污染主题的《寂静的春天》给当时的环保运动极大的启示。她闻名于世的还有其他几本关注海洋的书，包括《在海风的吹拂下》、《围绕我们的海洋》和《海角》。另一方面，泰迪·罗斯福和约翰·缪尔发起了荒野保护运动[①]，这种新环保主义把关注点聚焦于污染对风景的破坏作用，并将这种破坏作用与海啸相提并论。结果有两千万民众在1970年4月22日——第一个地球日当天走上街头，示威游行，右翼评论家称之所以选择这天为地球日，是想偷偷地为列宁庆生。与此同时，一些左翼评论家认为地球日的创立是为了配合革命青年运动的开展。

事实上，确立地球日标志着一种全新社会力量的崛起，这种新的社会力量使得20世纪60年代激进的宣传与草根民间组织力量相结合成为直接行动力量。如绿色和平组织针对俄国捕鲸船和美国在阿拉斯加岛上预计实行的核爆测试，展开了海洋封锁，一起合作的还有一些基于社区的组织，例如纽约的爱运河房主协会，该协会曾成功抵制了社区内儿童成长环境中的有毒物污染，之后不久，就形成了强有力的自下而上的需求书，让政府相关部门调整其军工生产过程，降低废料排放。

环保主义在经历足够长的时间后，会从一种社会运动发展为一种社会道德伦理，尽管诸如"要爱你的邻居"这种道德呼吁经常是纸上谈兵。另一个问题是，尽管地球日是由海洋生物学家创立的，但人们总是倾向于认为环境问题止步于海岸线。就算是把这一天叫做"地球日"，人们又很容易联想到居住在陆地上，呼吸空气的哺乳动物。那

[①] 19世纪中叶以后，在美国有关资源危机和环境恶化的声音日渐浓厚，最终，于19世纪末20世纪初演变为一场引人注目的资源和荒野保护运动。

为什么不叫做"土地日"呢?

回首往昔,我可以清楚地看到自己的过往,从 15 岁那年我开始把握自己的生命轨道。1967 年 2 月 14 日,母亲带着我和姐姐开启了为期一周的基韦斯特之旅。那一天,狄波拉 18 岁的生日刚过去两天,而距离我 16 岁生日还差两个月。我们飞到迈阿密,租了一辆车,一路向南。

我们沿着双车道公路桥穿越海面,向外望去,可以看到湛蓝和翠绿交融的礁石线,奇怪的是,我感到一阵安详,好似我回到家中,而不是看到一个我从来未曾见到的地方。我们把车停在了绿茵礁岛上的桑蒂尼海豚学校,校内有一个由珊瑚石炸开的围起来的海豚池。我后来才知道中央情报局(CIA)也曾在这里训练过他们的海豚。20 世纪 60 年代,中情局和海军给海洋哺乳动物发明了一系列训练内容,包括致命性和非致命性抗泳者系统,水下物体复原以及将水雷放置在指定位置、安装窃听装置等。中情局甚至还设想用海豚偷袭水肺潜水中的古巴国家领袖菲德尔·卡斯特罗。桑蒂尼是第一批海豚驯化中心之中的一个,之后我还见过一系列的动物表演,我观看过电影《海豚的故事》和后续连续剧中那只大西洋宽吻海豚米斯蒂的表演,前渔夫、现在的海豚训练师米尔顿·圣蒂尼问坐在看台上的 30 名观众有没有人愿意下来和米斯蒂一起游泳的,我跳起来,脱下 T 恤衫和运动鞋,穿着我的蓝色牛仔裤潜入水中。海豚训练师指导我怎样游到米斯蒂身边，伸出双手，等米斯蒂向我游来，再抓住她的鳍，她带着我绕围场游了一大圈，拽我在起浪的大圈里环游了几圈，直到我的笑容像米斯蒂自己的笑容那样凝固在脸上。

现在面对驯养海豚游泳计划，我的心情是矛盾的。尽管我知道其中大部分的驯养海豚都来源于对海洋哺乳动物的不正当捕捞，若没有精心管理，这种与人类的反复接触会形成动物的压力，但我也知道与海豚一起游泳是一种可以改变你生命的体验。因为我曾经做过身体冲浪，也曾绕着海豚游泳，我认为后者也是一种不错的选择。但你要牢记海豚始终是一种野生动物，且具有攻击性，你需要让海豚自己决定是否要靠近你，并且你要遵守规则，与海豚保持一定距离。

在离开海豚训练营之后我们到了鸽子岛，在那里迈阿密大学已将一处老旧的木屋改成了研究站，暴风雨席卷过的旧泳池变得破败不堪，里面填满了活珊瑚、鹦鹉鱼和一些大家伙。

最后我们到达了基韦斯特，在机场外的基韦斯特人旅馆投宿，福特·扎卡里·泰勒国家公园就位于水边环路的另一侧。我们游览了当地的小镇，小巧整洁的海螺屋舍，鲜红明艳的凤凰树。捕虾船、渡轮停靠在钓鱼码头上，船上的鱼钩上挂着大个的石斑鱼、红鲷鱼、剑鱼和梭鱼，褐色的鹈鹕围着船绕圈，等待着倒掉的鱼饵。我们参观了欧内斯特·海明威的故居，看到了它的六指猫。狄波拉已经被太阳晒成

海洋拯救了我
SAVED BY THE SEA

了龙虾红,我们的导游切下一块厚厚的芦荟仙人掌,用挤出的汁液涂抹在她的脸上、脖子上、胳膊和腿上,几小时后她就没事了。

我们参观了基韦斯特水族馆,那里满是大海鲈(现在叫做大石斑)、海鳝、梭鱼、七带豆娘鱼和女王天使鱼。在我辨认这些鱼的时候,母亲转头朝姐姐说:"哇,我猜他是真认识那些鱼,不全是瞎编的。"

在我还是个孩子的时候,我曾在仰望星空之后愤愤地离开,因为我认为在我们出生的时代里,人类对其他世界的探索来得太容易。但我在基韦斯特度过的一个星期里,我们乘坐了玻璃底的船,我得到了一副潜水面具和呼吸管,独自一人潜入水中,沿着海堤游了好久,我看到珊瑚礁的明丽色彩,看到海参和一只女王螺,还有一只小锤头鲨溜进浅滩的珊瑚谷,周围有浅水鱼,我这才发觉在海堤的远处还有一个完全异化的世界。之后我们在 A&B 龙虾屋吃了酸橙派,鸟瞰整个墨西哥湾。

另一天晚上,母亲带我们去了克拉尔斯餐馆,那里有关在围栏里的大海龟,母亲给我们点了海龟汤,还让我点一瓶伏特加,我喝多了,开始做起鬼脸来,母亲转过头去,和姐姐说:"他抽烟的时候会不会也做鬼脸呢?"我们都被母亲的话惊呆了。

我当时恨不得马上去海里潜一会儿,但是那时候的一场战争将美国搞得四分五裂,我们也不得不回到纽约的家中。刚回家几天,马丁·路德·金就来我们高中演讲了。

让人难过的是，就在我们第一次游览之后，佛罗里达群岛的礁石系统从 90% 的活珊瑚覆盖率降低到了不到 10%，海水污染、南佛罗里达径流、污水处理池、游船排放物带来的破坏，加上水上摩托艇、船只、船锚等物体对海水的影响，再加上人类以及人口密集带来的环境变化，使得海洋水体变暖、珊瑚白化、海洋酸化，导致珊瑚和其他小型贝壳类生物难以从周围的海水中萃取碳酸钙去造壳，也难以获取石灰岩供给下一代珊瑚虫的生长。

我最近一次去基韦斯特是在 2005 年，同行的还有我的朋友克雷格和戴文木·奎罗勒，他们是环保主义组织"礁石救济"的创始人，他们带着我去东岩体进行通气管潜泳，那里距离基韦斯特有 7 英里。当年生机勃勃的那片海已经全部变成了死珊瑚岩，最近才挂上了不少混凝土轮子，人们试图在轮子上种植饲养濒临灭绝的麋角珊瑚，并取得了一定的成效。但是这种实验怎么看都像是在一片清除得一干二净的森林里建造一个小型的英式花园。在去"礁石救济"的路上遇见一个车上贴着这样的车尾贴，"你要是义愤填膺，那就是你没有认真去看！"

我认为随着年龄的增长，能保持住那份拍案而起的愤怒是十分重要的，特别是在你年轻的时候。在我 17 岁的时候，我还跑上芝加哥的街头参加抗议越战的 1968 年民主党大会，警察发动暴乱，我也在人生中第一次尝到了棍棒、催泪瓦斯的滋味，留下了钝器敲击的创伤。

一年之后我去了波士顿大学读大一，三个月过后，我作为学生会的排头兵参加了抗战暴动，结果被打得头破血流，并有可能因此遭遇7年的牢狱之灾。那时候我18岁，我那个梳着马尾辫子的律师告诉我："不必担心。如果苗头不对，判你入狱，我会提前告诉你，这样你就可以转入地下。"

就在关于我是否入狱一事悬而未决的保释期内，母亲带我和姐姐来到了加勒比背风群岛的安提瓜岛，我们住在一家名叫海军上将的旅馆里，这家旅馆的前身是一个英国船厂。服务生在海边给我们上茶，如果你挖一勺糖伸出去，蜂鸟就会飞过来啜饮茶匙里的蜜糖。我们划一只星座橡胶筏，越过蓝色海湾，爬上悬崖，来到一处废弃了的英国18世纪要塞（现在已成为一处旅游观光景点）；倚靠在筏子的浮桩上，咸咸的海水喷溅在我们身上，伴着头上辽阔湛蓝的苍穹，我第一次有了人生如戏的感觉，仿佛我就置身于一部似曾相识的电视电影作品中，那次我感觉好似正在经历一次库斯托探险。

母亲总是带我们去一些要有大事发生的地方度假，这一点十分有趣，像是那次，我们刚结束在多米尼加共和国的度假，美国海军陆战队就侵入了那个岛国：倒钩的天线和被大炮粉碎的建筑堆满了前往海滩的路。现在母亲又告诉我们她想卖掉在长岛的画廊，搬去毗邻安提瓜岛的蒙特塞拉特岛。这听上去总有种超现实的感觉。我去潜水，看到了几条引金鱼、羊鱼、雀鲷、甜嘴鱼和鲷鱼，上岸后，姐姐告诉我她找佛蒙特的一个大师算了一挂，大师保证我不会进监狱。

审判当天，我剪了短发。父亲也出庭参加了我的审判。我有1米77高，体重大约120磅。受到重罪指控的我们三个和其他受审的学生隔离开来，站在一个单独的区域内。一个1米92高，200磅重的魁梧警察向法庭作证说他"帮助其他4名警官，制伏了暴乱的学生"。我的律师满脸戏谑地转过身来，指着我说："你的意思是你们四个制伏的就是中间那个小不点。"整个法庭开始一阵哄笑，就连裁判也捂着嘴，掩面而笑。我没有去监狱，但我仍坚持抗议游行。

1970年4月，尼克松派美国军队进驻柬埔寨，试图摧毁北越南边境上的保护区，我们在全国范围内关停了600余所大学校园，包括许多波士顿周边的高校，开展了一场声势浩大的学生罢课运动，也看到警察和国民自卫队在全国范围内杀死了8名学生，其中4名都来自俄亥俄州的肯特州立大学。

在关停学校的同时，我们还辩论不通过革命来结束战争和种族主义的可能性，在华盛顿的其他对话可能会对我们海洋空间的未来以及我们如何保护海洋空间产生深远的影响。那些决定和同时期制定的其他决定一样，都难逃印度尼西亚战争和尼克松政府对任何异议做出的偏执反应的腐蚀。

海洋拯救了我
SAVED BY THE SEA

20世纪60年代除了创新、灵感和幻想外,还是一个对海洋探索充满希望的年代,60年代雅克·皮卡尔驾驶15米长深海潜艇特里亚斯特潜入世界最深处,即11034米深的太平洋挑战者深度。潜艇发明者之子,美国海军上尉唐·沃什出艇登陆。在几近5小时的下潜后,他们在海底停留了20分钟,还看到了一些鱼。直到2012年,导演,同时也是海洋探索者的詹姆斯·卡梅隆才第二次到达太平洋挑战者深度。至今为止,只有三人去到过我们星球的最低点,相比之下,太空旅行的人则超过了500人。

在20世纪60年代的大部分时间里,探索"内部空间"的重要性至少等同于对外太空的探索,宇航员、海底实验室工作人员、宇航员转海底观察员的斯科特·卡彭特占满了新闻的头条。呼吸多种混合气体的饱和潜水团队居住在水下居住地,像是雅克·库斯托在地中海和红海海底的大陆架,海军在百慕大和圣地亚哥的海洋实验室(一只名叫图菲的海豚帮他们从海面运送工具)以及加勒比海底的玻璃陨石居住地。海洋探险家西尔维娅·厄尔(又名"深海女王")就是早期的海底实验室研究人员中的一人。由于政府无法设想将男女勘探队员合在一起会发生什么后果,1970年一支清一色的女海底勘探者团队问世,媒体把这支队伍叫做"水宝贝"。在玻璃陨石中度过的前两周内,她们对珊瑚礁生态系统进行了研究,并对海水污染对珊瑚礁可能产生的影响做了初步实验。她们的行动启发了美国国家航空和宇航局（NASA）开启了女宇航员培养计划。

超过一半的深海居住地（60%）是由美国和苏联搭建的。几家这方面的大公司，像通用电气（GE），通用汽车（GM），联合碳化物公司、洛克希德和美国铝业，争相投资，他们认为海洋开发也应该像宇宙空间竞赛那样，是数十亿的大投资，立志与俄国人拼个你死我活。1965年，华盛顿议员沃伦G. 马格努森提醒说，"阻止共产主义对海洋的统治也许是我们当前最急迫解决的问题……我们的海洋科学家必须帮助我们面对这一迫在眉睫的挑战。"

"如果我们在海底的某处看到的不是鱼，而是俄国人的脚印，那我们必须也潜到那里去。"唐纳德·沃尔什后来在特里雅斯特告诉我他曾这样告诫自己的属下。

不久，伍兹霍尔海洋研究所就发射了像海军阿尔文这样的潜水艇（阿尔文潜水艇之前还曾用于定位一颗在西班牙周边海域失联的氢弹），从阿瑟·克拉克的科幻小说《深海牧场》到约翰·莉莉的作品《海豚之心》，再到像《海豚的故事》和《海底追捕》这样的电视节目，关于海洋的故事点燃了民众想象的激情。其中不乏库斯托的书籍、电影，电视上抒情的《海底世界》特辑，更有像沙滩男孩、贾恩和迪恩、投机者、迪克·戴尔等明星将加州之梦重塑为冲浪冒险，沿着布满金色流年的黄金海滩寻找那个完美的滚筒浪。

1966年，在库斯托的电视专题片播出的同一年，在副总统休伯特·汉弗莱的支持下，斯特拉顿委员会成形，它是一个一流的专家小组，由福特基金会主席朱利叶斯·斯特拉顿担任委员会主席，致力于从海洋角度思考美国未来的发展。

1969年在一篇名为《我们的国家和海洋》报告的推动下，一系列保护海洋的法案得以通过，包括《海岸带管理法》和《海洋哺乳动物保护法》，还有之后的《清洁水法》。这些法案的主要提议是创建一个统一的海洋部，负责美国蓝色边境的管理和探索。

但是东南亚战争中的日益增加的军费投入削弱了人们对全新政府计划的热情，之前热议的"湿NASA"（即美国国家海洋探测局）也搁浅了。

要是没有一个独立的海洋部，那对海洋科学、保护海洋和海洋研究的投资就只能合并到天气和气候部门，从属于负责管理和保护美国自然保护区的内政部。

1970年4月30日，尼克松下令在越南的美国部队入侵越南的邻国柬埔寨，这激起了随后的五月学生抗议，有学生在那次运动中被害身亡。尼克松把抗议的学生叫做"游荡者"。美国内务秘书沃尔特·克尔为眼前发生的镇压学生的惨案深深震惊，以个人名义上书尼克松总统，信中对尼克松对我们年轻一代的反战情绪的充耳不闻持保留意见。

克尔这封1970年5月6日的信中有一部分是这样写的，"在大约200年之前，在英帝国境内崛起了一个伟大的国家，这个国家的兴起源于几个殖民地内年轻人的暴力反抗，这些年轻人里有帕特里克·亨利，托马斯·杰弗逊，麦迪逊和门罗等等。他们的反抗，起初无人理会，于是最终导致了战争。战争的结果是他们重写了历史。我认为，回顾历史，我们可以清晰地看到年轻人的反抗需要得到聆听和重视。"

在这封信到达白宫之前，早已在内政部传开了，美联社也得到了一份该信的副本并将其刊登在《华盛顿晚报》上。尼克松和他的副官鲍勃·霍尔德曼、约翰·埃利希曼读后大怒。尼克松告诉沃尔特·克尔他现在已经成为了一名"敌对者"。克尔被禁止参与白宫的各种事宜，并在媒体上被塑造成了一场密谋已久的诽谤运动的打击目标。不到两个月，美国国家海洋和大气局（NOAA）就成立了，从属于商务部，由尼克松战事募捐者和之后的水门事件中间人莫里斯·斯坦斯担任部长。在感恩节前夜，内政秘书沃利·克尔被解职。

密歇根州议会代表、众议员约翰·丁格尔抨击了总统的这一行动，丁格尔将新成立的美国国家海洋和大气局（NOAA）描述成商务部的女仆，被工业利益所左右，"无力对海洋环境问题作出客观的判断和处理"。

尽管丁格尔的评论略显犀利，但却大体上经得起时间的考验。成立四年来，美国国家海洋和大气局（NOAA）作为民间机构，却无视我们的公共海域，其作为大多是为商业捕鱼公司、海军和其他海水利益机构招投标，对于海洋境况的每况愈下，鳕鱼、野生鲑鱼和太平洋岩鱼等食用野生鱼和其他重要野生鱼储量的下跌却无能为力。

当然，很少有人注意到海洋的衰败，就像我们中的大部分人在海洋里所做的事那样——从倾倒垃圾和塑料，到海底拖网捕捞和长线捕鱼（每条鱼线上布有多达3000个鱼钩），再到工业爆破和军事噪音取代光线，成为当地居民彼此定位、喂食和繁育的参照物——我们对海洋泄愤式的毁坏早已眼不见为净。

与此同时，在这样一个地图上未标明、有待探测的环境中，我们正在发现新的物种，像会行走的鲨鱼和吸血鱿鱼；全新的荒野栖息地，像深海海绵群；有用的产品，像从海绵、海鞭子和其他顺从的海底小生命体内提取的天然药用化合物。这些生命面临着灭绝的危机。人类这样做，也不是完全因为贪婪的本性。轻率和无知让我们屡屡做出伤害自然的行径，却看不到我们的行动可能带来的种种恶果，直到一切都为时已晚。

和我们人类一样，动物的性别往往会引起一定程度的混乱。长久以来一直提倡的所谓渔业管理实践的好方法是只捕捞大鱼，让小鱼有机会长大，由此补充大鱼的捕捞带来的不平衡。现在科学家已经发现一些鱼种是可以变性的。石斑鱼生下来都是母鱼，随着它们的成长，鱼身变大，变成公鱼。大公鱼的过度捕捞，让石斑鱼种群中的母鱼数量过多，无法找到公鱼伴侣，繁育石斑鱼宝宝。不歧视任何性别的物种进化在海葵鱼（又称小丑鱼）的繁衍战略中也同样适用，在海葵鱼群体中，个头最大、最能保护群体成员的就成为了雌鱼大姐大。雌鱼死后，个头第二大的雄鱼会在几天之内变性接替雌鱼。迪士尼影业公司出品的《海底总动员》并没有打算刻画小丑鱼尼莫的父亲如何变性成它的母亲的。

传统观点认为像白鲍鱼的雌鱼数量是巨大的，无论怎样捕捞，都不会灭绝，这种观点在囫囵吞枣的广播节目中随处可见。之后观察发现白鲍鱼要是在一码范围内没能找到异性，那它就会把卵或者精液洒在水里，这些无效的卵子或精液是不会繁育出新鱼苗的。1972年加利福尼亚的商业潜水捕捞的白鲍鱼达到143000磅。到20世纪90年代末，一艘科研潜水艇中的两位科学家在海下150小时的搜寻过程中发现的好吃的软体动物只有5种珍珠母贝。这些珍珠母贝都被转移到了大学实验室，饲养在水缸里，希望有朝一日培育出新一代的白鲍鱼，再将其放生，回归野生环境。

电视说教者认为有些鱼类是尊重"传统家庭价值"的，即使在这类鱼中，最有价值的往往也是俄勒冈州立大学海洋科学家马克·克森所谓的"胖老妪"，因为它们可以产很多卵，这些卵又能孵出小鱼。不幸的是，这些"胖老妪"由于体型相对较大，反而更容易被捕捞殆尽，我的朋友，插画《谢尔曼的泻湖》的作者吉姆·图米将母鱼捕捞机器形象地比作"无毛沙滩猿"。

在美国，对槌头鲨等大型鲨鱼的过度捕捞使得鳐鱼和牛鼻鲼的数量暴增。随着这些鱼类数量的爆炸式增长，它们继续捕食它们最爱的扇贝，破坏了北卡罗来纳和东海岸大部分地区的扇贝渔业。不仅是鲨鱼、海豚、旗鱼等顶端捕食者的移除会对海岸海洋复杂生命生态系统网的平衡构成威胁，任何物种的大规模减少，都会破坏生态网的平衡。

青蟹几乎位于食物网的底端，过度商业捕鱼也殃及到其生存。在切萨皮克湾和墨西哥湾沿岸一带，有一家名叫欧米茄蛋白的企业（公司的标语是"健康世界，健康产品"），正在用拖网渔船和探鱼飞机舰队对海域里最后几群鲱鱼进行捕捞，鲱鱼个头小，皮质油滑，是饵料用鱼，是鲱家族的一员，它们像凤尾鱼和沙丁鱼一样，是大鱼的重要食粮。

但是现在这些食藻鱼在海上被露天开采。占据海洋生物量三分之一的食藻鱼、作为大鱼食粮的鲱鱼被做成了鱼肉粉、鱼油，工厂鸡饲料、猪饲料、宠物饲料或保健食品店里的营养药（你今天吃鱼油了吗）。条纹鲈最爱的食物是油鲱，但随着油鲱数量的急剧减少，条纹鲈开始大量吞食切萨皮克湾的小青蟹，进而对船工的生计构成威胁，我们也曾目睹这些船工的牡蛎大丰收由于经营不善和鱼类疾病变得颗粒无收。加上食藻油鲱和滤食牡蛎的消失，当年清洁的海湾已经变成了暗绿、泥褐色，一到夏天，海水就被罩上厚厚一层纤维状的大藻黏液垫，又名"绿色黏性物质"。

在秘鲁，由于当地的饵料鱼被做成了鱼粉，使得海湾底部加工厂周围铺满了一层工厂泄漏的白色凝胶状脂肪。另一方面，海洋采矿对饵料鱼的捕捞使得成千上万绝望的捕鱼匠人转而食用海龟、尚未成熟的旗鱼和海豚，当年兴旺的海滨渔场也就此衰落。邻国的智利禁止在水域中饲养饵料鱼，但却从秘鲁买了大量的鱼肉粉来喂食本国人工饲养的鲑鱼，再大批量地把鲑鱼出口到北美。作为野生鲑鱼的替代品，人工饲养的鲑鱼价格相对较低，味道较淡，不如野生鲑鱼健康。大部分北美渔民仍然靠野生鲑鱼维持生计。

布设在水中的生命网，牵一发而动全身。每年我们从全世界的海洋中剥离出90吨的生命，将这些生命喂入全球海鲜市场贪吃食客的胃里，这些食客可以吞下海里长出的任何东西，从藤壶、螺到非法的蓝鲸肉。当前行驶在海里的大型航空母舰尚且为数不多，试想，如果有800个航空母舰，为我们400万的水手所用，那我们每年从海中捕捞的生物量将是多么巨大，世界海域内捕杀鱼类的速度将远远超过其自身繁殖的速度，同时，鲸鱼、海豹、海鸟也会因难觅食粮，慢慢饿死。

与此同时，我们还在用城市暴雨下水道、排污明渠、工厂化养殖、肥料、石油和塑料污染物玷污径流，造成径流污染。尽管大部分人知道我们正在增加大气中的二氧化碳负荷，却很少有人知道从天然气和化石燃料的燃烧中产生的合成化合物，包括机动车尾气排放等污染物已在20世纪60年代到90年代末短短的几十年间已经让全球氮循环翻倍增长。天然氮存在于空气、土壤和雷电中，但你要是在爱荷华州、伊利诺伊州或内布拉斯加州每英亩的土地中添加150磅左右的富氮化肥，就会造成富营养化。这种浪费和不必要的过量氮将冲刷土地，在重力作用下渗到地下径流，流入密西西比河、墨西哥湾或其他400个近海中（源自联合国数据），在那里形成二茬养殖，滋养大型水华[①]，再腐败，成为细菌的食粮，造成水体氧气稀薄（缺氧）和贫化（厌氧）的死亡带。任何无法逃脱这些全球死亡带的海洋生物都会在海底缺氧窒息而死。和氮污染类似，制糖厂排放的磷和养鸡场的废料，包括切萨皮克湾东岸5亿个养鸡场排放的鸡粪，都同样会造成水华。

你还泰然自若吗？再看下面这个。

我们每年新增的塑料量约为两亿吨。如果这两亿吨中有一半最终排入海中，那就意味着我们用一磅又一磅的非生物降解聚合物置换了同等重量的活生生的海洋野生生物。我猜想这么大量的塑料废物应该大部分都被燃烧或填埋了，我们只是不知道实情。我们能知道的是我们生产出的塑料有一半都被做成了可回收处理的一次性用品。

一大部分塑料确实排入了海中，变成了"有毒的海绵"[②]，这些

[①] 水华：淡水水体中藻类大量繁殖的一种自然生态现象，是水体富营养化的一种特征。
[②] 有研究指出，塑料在海中分解为颗粒后可以像海绵一样吸附海水中的有毒化学物质。海洋中的动物，如水母等，会误将这些塑料颗粒作为食物吃下去，导致这些有毒物质沿着食物链一直来到人类的餐桌上。

海绵比起海水，能更高效地吸收多氯联苯（PCBs）和其他顽固不化的有机污染物（比海水的吸收能力强 100 万倍），在食物链上聚集污染物，然后饵料鱼食入这些肉眼看不到的塑料微粒，大鱼食入这样的饵料鱼，然后变成你在红色龙虾餐厅点的生煎吞拿鱼或牛排烤剑鱼。

根据加利特海洋研究中心的出海调查，一些海域可以被形容为塑料的字母表汤①。至少我们在杀死野牛后，我们不会在平原上留下 15.2 厘米深的塑料水瓶、旧丁烷打火机、泡沫塑料、牙刷和多力多滋玉米片袋。

幸运的是，全球还有 5% 的原始或近原始状态的海洋保存了下来，这 5% 的海洋时刻提醒着我们野生海洋的模样，激励我们为修复剩余 95% 的海洋而努力。富有生命的海洋像其他自然系统一样，具有惊人的自我修复能力，可以从多种环境侵害中恢复到起初的状态。纵使你可以将自然系统摧残得体无完肤，就和打人一个道理，只要不致命，就能恢复。我曾见识过惨遭蹂躏的自然系统，海里堆满死鱼，死去的礁石表面满是海藻。

有迹象表明仍然存在一线希望可以扭转这种局面。奥巴马政府承诺 2010 年发起一项基于生态系统的国家海洋政策；2012 年和 2014 年加利福尼亚和太平洋将建立大型的禁捕海洋保护区，又名野生公园，海洋保护区覆盖的范围进一步扩大；在联邦渔业公司的改革推动下，

---

① 形容各种各样的塑料垃圾在海上到处都是。

一些食用野生鱼类的数量有所回升；美国国会和美国乃至全世界沿海区域中都建立起了海洋冠军组织。

回想尼克松曾让美国国家海洋和大气局（NOAA）从属于贸易驱动的美国商务部，但时代的激流仿佛将我冲到了新的海边，我发现自己需要一些不同寻常的求生装备，包括一支12口径的猎枪和绿色的鸭甲板。

第三章

海滩

苍海苍海，余念旧恩。

儿时嬉水，在公膺前。

沸波激岸，随公转旋。

淋淋翔翔，滕余往还。

涤我胸臆，憺我精魂。

——拜伦《赞大海》[①]

在我 20 岁搬去圣地亚哥海滨居住期间，发现了人体冲浪这项运动，由此重新拾起了对神秘海洋的兴趣，我的生命轨迹再次转到了儿时的海边，从此我便和海洋紧紧地黏合在一起，就像藤壶分泌胶体将自己黏合在坚硬平滑的表面上一般。但是到海边去，并住在那里可能是一种冒险的选择，让人提心吊胆，又充满挑战，就像在浅滩上，头顶上方突然袭来两排巨浪，抑或是在拥挤的街道遭遇汽车爆炸一般心惊胆战。

1971 年我辍学成为了一名全职的反战组织者。一年后，在我住在波士顿后湾区的一家廉价睡袋旅社期间，接到了我朋友彼得和乔治的来电，他们住在圣地亚哥的海滩上，当时正在组织反抗预计在当年夏季举行的共和党大会。名叫秘密军队组织（SAO）的右翼恐怖主义组织成员向他们的屋内开了一枪，他们的舍友里一个名叫保拉的护士受伤了，他们打电话给我，问我是否愿意过去帮忙，保护大家的安全。

几天后，我就睡在了彼得和乔治居住在圣地亚哥海洋海滩的公屋里。我上半夜拿着我的 12 口径短枪守夜值班，轮到我睡觉的时候，

---

① 此处译文作者为黄侃，但亦有人认为乃苏曼殊译作。

我就小心翼翼地向街道尽头走去，走完人行道，我便来到了一处开阔的洒满月光的海滩，我就在那海滩上待着，直到天亮，看太平洋的海水拍打着海滩，短短的小波浪上泛着银色的冷光。那一夜在海边，我感受到了前所未有的宁静，我仿佛和生命的源头建立了深层的联系，这让我在那之后的几年中受益匪浅。

两天后，在日落崖上举办了一场慈善音乐会，是为当地的地下报纸 OB Rag 举办的。那天 27 摄氏度，晴空万里。摇滚乐队在悬崖顶上的露天平台上演出，成百上千的年轻街坊在悬崖下面的海滩上或坐或跳，喝啤酒，玩游戏通关，在水中嬉戏，其中不乏秀发柔顺的加利福尼亚女孩，她们身着比基尼，抛着飞盘。我也心情舒畅地下到蓝绿色的海水中，20 摄氏度的海水让人神清气爽，不热，又不至于太冷，那时我再一次感觉到我回家了，到了一个从未去过的新地方。

圣地亚哥是个奇怪的城市。与许多其他海滨城市一样，在圣地亚哥，你可以从青少年直接跨入提早退休的行列，完全略去成人时代。每次我来到圣地亚哥，我的智商都会下降 10 个点，但我的身体状态却提升了一个等级。圣地亚哥是很保守的城市，在这里随处可见强大的军事力量，整座城市见证了政党的堕落和暴力，与之形成鲜明对比的是，圣地亚哥有着完美的海岸沙漠气候，波光闪闪的海洋和迷人的边境文化。在 20 世纪早期，圣地亚哥充斥着两种不同的声音，"大烟囱"和"天竺葵",前者支持工业化的迅猛发展,后者则呼吁保留该城的地中海魅力。

直到1972年,尼克松都把圣地亚哥称作他"最爱的城市",我也深有同感,尽管我和他出于不同的原因热爱这座城市。圣地亚哥的海洋海滩带建立于1887年,当时是用于开发不动产的,配套别墅相继建立,当时还不叫海洋海滩,而叫做"蚌滩"。到1913年,海洋海滩上建了沃德兰游乐园,建成后不久就被太平洋风暴刮跑了。之后,这片独立的一英里长的海滨吸引了几代艺术家和波希米亚人,到20世纪60年代末,又来了形形色色的冲浪者、摩托车骑行者、嬉皮士、激进分子和接受社会救济的妈妈们。

1970年,激进的冲浪人士在海滩的北段与警察发生冲突,旨在让美国陆军工程兵团不要在海滨建立码头海堤或酒店大厦,因为建立这些建筑会破坏冲浪带。我的朋友凯蒂·富兰克林回想起她12岁时候打头阵,对着麦克风,为鹈鹕大声呼喊,要是建了海堤或酒店,鹈鹕就会失去它们的家,再也不能沿着海浪畅快飞翔,抑或拍打着翼尖乘风破浪。

冲浪者们在这场对峙中获得了胜利:海洋海滩仍然面朝来自圣地亚哥河南端和疏浚的米申湾的太平洋风浪,海滩上有海滨酒店,海洋世界主题公园和水上摩托租赁部。海洋海滩面积约一平方英里,居民一万有余,位于多山的洛马岬半岛的西面,终止于一个大海港入口的海岸防卫灯塔和潮汐池。海滨繁华地带和3个重要的海军基地都在山上的东面。

海洋海滩的主要街道新港大道沿着西海岸最长的市政码头延伸至海滩，一直能通到距离海边 0.3 英里的地方。新港大道于 1966 年建成，冲浪者们经常撞到大道的水泥柱子上，驾着海浪在爬满藤壶的柱子之间穿行。

我从未在东海岸见到过这样的涌浪。不像白浪花或风暴潮，这些是生动的大波浪，形状规则，浪节稠密，站在山顶上，有时你能看到这些浪像绵延不断的灯芯绒布一直延伸到天边。

在反战圣地亚哥联盟会工作期间，我成为了一名徒手冲浪迷，买下了我第一对绿色丘吉尔冲浪板，以及专为追浪设计的橡胶短脚蹼。

当你把自己推到浪里的时候，你的速度比踩冲浪板冲浪要慢，所以你需要等相对较长的一段时间，直到浪几乎到达你头顶的时候，你再开始进入。然后你需要骑到浪肩上，就在浪尖下面一点的位置，努力直线穿过波面，直到你进入一个类似空桶的空间里，这尤其适用于初学者，直到你能在沙滩、岩石和满是贝壳的海底做横滚运动。

我在大浪里折腾的头几个星期被吓得够呛，周围的人也纷纷投来了怜悯的目光。用冲浪圈的话来说，我就是个十足的冒险冲浪客。光是从近岸的白色花浪中游出来就耗尽了我的体力。在我从浪花中奋力游出来，进入更加平静的海水"阵容"时，一群大浪又冲我袭来。我冲进浪中，要么过早，要么过晚，总是从浪上摔下来，或者被狂浪卷进去，在水下扑腾，四肢和头朝相反的方向扭动，除了气泡和几回由于缺氧而浮现在眼前的黑点之外，看不到任何东西。缺氧的那几次，好在我能在下一个狂浪袭来之前及时浮出海面，紧接着又被巨浪打了下去，回到那不断搅拌的黑色大气锅里。

直到那时候，街头暴乱对我而言仍然是最极限的运动。毕竟，暴乱需要奔跑、投掷、闪躲、再奔跑。自从开始冲浪，我就不断被大浪拍打，同时我的肾上腺素也在体内暴走，我终于骑上了 1.5～1.8 米长的浪花，感受着海水用难以想象的速度将我推向岸边。我的胸和一个胳膊向前伸去，就像波塞冬，悬挂在风口浪尖长达 20～30 秒，又或者没有这么长，只有短短的几秒钟，但对于我来说却仿佛是永恒的。有一次我赶上一浪，发现身旁还有一个认识的女孩也在这朵浪上，周围有人，我就有点害羞，我们肩并肩一起冲浪。当我翻下浪再次回到海面后，她给了我一个灿烂的微笑，说道："一起冲浪是不是很棒？"

几个月后，我爱上了太平洋的起起伏伏，它锻炼了我：我现在能够在水下停留得更久，学会了如何保持冷静，把身体团起来冲入致命的位置。我的身体仿佛要被撕裂，好像我不能马上浮到海面，我学会了等待，等漩涡和下推力停止后，我就可以跟随气泡浮到海面，尽管这些气泡有时候可能会跑偏。

一开始我不知道怎么做更好，于是我就在冲上大浪之前深深地吸一大口气，这样我就能在水下屏气更久。直到后来我才知道吸入大量氧气以减少肺内的二氧化碳会降低我去呼吸的需求,这样肺内的氧气浓度会降低,我甚至会在毫无征兆的情况下失去意识。这就是所谓的潜水眩晕,这也是为什么北卡罗来纳的海岸警卫队救生员学校会开除任何过度换气学员的原因。

我并不是说 30 年的徒手冲浪经验已经让我成为了劈波斩浪的弄潮儿。就在我写这本书的同时,我还在看护在欧胡岛(夏威夷群岛之主岛)庞德斯海滩海浪的重击下眼部割伤、脖子扭伤的冲浪者。我到庞德斯海滩的时候,正值海洋的修复期,工人们清理了欧胡岛东北岸面朝太平洋环流的海滩上的塑料废物带,太平洋环流把我们曾经向海中丢弃的塑料垃圾又返回给了我们。在赶上了 3～4 个近滩好浪后,一个打桩般剧烈的大浪狠狠地将我拍倒在坚硬的滩底,大浪朝我脸上扑来,就像电击般猛烈地挫伤了我的脖子。那一刻我躺着浮在水下,仿佛被闪光灯闪过,眼前一片空白。我尝试移动我的胳膊和腿,转头,然后我的身体就这样又动了起来。我没有残疾,没有扭断脖子。大量的冰块和泰勒诺(一种止痛药)伴我熬过了几天,之后我就觉得好多了。从我拿起冲浪板进入大海的咽喉以来,这么多年,从未有过那样痛的领悟。

显然,任何能给人带来强烈快感的事物都有风险。联邦情报局曾禁止巴拉克·奥巴马总统去欧胡岛沙滩徒手冲浪,因为在欧胡岛发生冲浪意外的受伤率要比其他地方都高,很多在那里冲浪的人都扭伤过脖子，从那时开始我打算告别沙滩大浪，在往后的日子里情系深水区。

共和党大会依旧计划在 1972 年 8 月召开，但会场已经在 5 月搬离了圣地亚哥；或许会在迈阿密召开，民主党大会也在那里召开，而不会再在圣地亚哥开会。原因之一是政府惧怕我们反战示威游行可能在夏末的圣地亚哥海滩聚集成千上万的青年抗议者，很有可能变成一场暴力事件。

其实我们早就在作为反共秘密武装组织分支的秘密军队组织手下体验到了暴力，这支军情组织是首批右翼国民军中的一支，曾参与过抢劫银行和敲诈勒索。在尼克松访华后，秘密军队组织（SAO）决定将他也视为共产主义者，并策划向反战抗议者和国会大厦开火。共和党离开圣地亚哥后，比起担心被秘密军队组织（SAO）暗杀（该组织的领导人后来被查出是 FBI 卧底），我想的更多的是离开海洋海滩这个绝佳的冲浪地，为保护夏威夷海滩的浅滩温水去组织一场前景更不明朗的抗议。但是我先前已经答应了一个反战组织者去参会，我已经被罪恶感包围，开始后悔这样做。

在我去到迈阿密后，我对加利福尼亚当地的朋友充满了同情，反战发言人和未来的电视新闻记者比尔·里特就是其中的一员，他试着在大西洋 0.15 米高暖暖的波浪中徒手冲浪。

第三章 海滩

在共和党大会召开的第一天，我们中的几千人冲上街头，其中不乏我的亲友团（战术团队），我们把这个团队命名为"红鲷鱼"。防暴警察把我们从科林斯大街赶到了枫丹白露酒店和其他北迈阿密海滩度假地前的白沙滩上，随后就向我们喷射催泪瓦斯，形成了滚滚汹涌的、令人窒息的烟云。从白色气体云中看蓝色的海水，我觉得自己生命的节奏如电视剧般剧烈，就像是《阿尔及尔之战》遇上了《海豚的故事》。

尼克松再度当选总统，战争也推迟了。同时还有几件事塑造着我们蓝色世界的未来。俄罗斯、波兰、西班牙和其他国家的工厂拖网渔船从新英格兰海岸捞起了成千上万吨鱼，但除了格洛斯特渔民，其他人对此事毫不关注。"他们用远洋油轮把那里的鱼都捞干净了！"格洛斯特渔民一脸惊诧地回到港口。他们遇到的是第一批的海上捕手加工船，船上备有鱼开片生产线（"黏液线"），甲板上有大型的冷冻储藏箱，大型渔网，和像捕鲸船那样的尾跳板。如此设计为的不是捞起像利维坦那样的海中怪兽，每次声呐指挥下的拉网为的是捞起成千上万磅的小鱼。今天，你若去海中漂浮，随处可见巨型工厂拖网捕鱼船的身影。几英里外，你就可以嗅到它们的气味。在大约7英里外，海面上就飘着一层油光锃亮的鱼油，你会看到成群的海鸟盘旋在血腥的源头。像海盗幽灵船一样，这些如鱼般漂浮的屠宰场可以在海上持续不断地捕鱼长达几个月，甚至几年，船员和捕到的鱼可以在海上卸下来周转，同时燃料、食物和其他生活补给品也可以得到供应。有些渔网大得能包裹住好几架喷气式客机。世界上最大的工厂拖网捕鱼船，美国君王号（在挪威制造，现在在俄罗斯服役）每天能捕捞一百磅鱼。被捞起的鱼中还有其他"非目标物种"或"副渔获物"，像是海鸟、海豚和海龟，会被扔下船——作为死掉的废物扔回海中。

沿美俄边境的白令海边界线巡逻，海岸防卫队C—130远程飞行器总能发现多达70艘大型工厂拖网捕鱼船。2008年4月，"阿拉斯加山脉"号工厂拖网捕鱼船在白令海荷兰港以西120英里处突然沉船，海岸防卫队帮助救起了该船47名遇难船员中的42人。该船的日本"捕鱼大师"据说对该船和船员都过于严苛，让船员们把船驶入危险的冰层，"不捕鱼只有死路一条"的态度与那次船难不无关联。那位日本大师最终不在幸存者之列。

20世纪70年代关于海洋的趋势并非都是负面的。美国净水法在1972年得到通过（不顾尼克松的反对票），数十亿税收款项用于改善城市污水处理设施、减少水道工业污染和对内陆及海洋湿地进行保护。这些行动立竿见影，美国北部溪流、河流、大湖和海洋水域的水质都得到了改善，显示了自然界强大的回复力，也掀起了新一轮关于环境管理普遍方法的研究。70年代还通过了海洋哺乳动物保护法，

第三章 海滩

海岸带管理法和其他美国联邦海洋法律法规。

到此刻,我已决定是时候回归校园,我向学校递交了申请,并被姐姐曾经就读的佛蒙特大学高达尔德学院录取。高达尔德学院是一个激进主义,倡导自主学习,及格、不及格分制学校。我姐姐在读期间,宿舍都是男女同住,作为处于萌芽期的女权主义者,姐姐强迫校方接受全女生宿舍。

学校有个半工半读计划,允许学生开展为期半年的实地考察研究。得知美国不会发动革命的我又对城市游击战产生了兴趣,决定作为记者去北爱尔兰报道战争冲突,以此作为实地考察学习的内容。我从另一家通讯社和波士顿的主要摇滚电台 WBCN 拿到了记者证,在我 21 岁生日前一周飞到了都柏林,再搭火车向北到了贝尔法斯特。

城市战事看上去十分平淡,但对个体而言却充满了挑战。它让我更好地理解了海勒姆·约翰逊的格言,在战争中,掌握真相的人往往是第一个被干掉的。我意识到自己的同情没有丝毫用处,每个人只会并且只愿意对我隐瞒真相,维护他们的立场。我也很快学会了战地的生存之道,作为目击者和调查者,我尝试写出准确而有分析深度的报道,我笔下的事件中充斥着枪支、汽车爆炸和假新闻活动。

我的一位朋友是美国一个左翼军官之子,给我寄了一封 4 页的问候信,还有他幽默的评论。在每页信纸的背面都影印了美国游击战手册，告诉你如何制作不同种类的炸弹开关。我没有选择把信交给爱尔兰共和军（IRA），而是在壁炉里烧掉了这封信。并不是因为这场战争的输赢与我无关，而是因为那不是我工作的内容。我的工作，就我的理解而言，就是尽我最大的努力报道事件，还原真相，而不是作为主动参与者加入事件之中——这份实习反倒让我有了不同于以前怒发冲冠、抗议游行的人生角色。我不向人和一边做承诺，我的义务是让公众享有知情权。小小的几页信纸在炉火的燃烧中先是蜷缩成了蓝色的一团，然后变成了炭黑色，这是我人生的重要转折点，我从未后悔做出这样的选择。

当我在阿尔斯特（爱尔兰北部地区的旧称）报道爱尔兰共和军（IRA）、新教激进分子和英军三方之间的"北爱尔兰问题"期间，英国还在公海上有争议的渔区打响了与冰岛的鳕鱼之战。之后英军抓住机会向若干艘冰岛渔船开了炮，一个暴徒放火烧了英国驻雷克维未克[①]大使馆。那时爱尔兰共和军（IRA）正聚集在老房子酒吧，我碰巧也在那个酒吧，当他们在BBC上看到大使馆被烧之后，个个都像着了魔一样，像球迷般欢呼呐喊。当然，在20世纪70年代，大西洋里还有足够多的鳕鱼值得发动战争。

到1992年，曾经数量庞大的海中大鱼——鳕鱼，已经衰竭殆尽（马克·克伦斯基的《鳕鱼传：一种改变世界的鱼》一书中这样提及），

---

① 雷克维未克：冰岛首都。

加拿大政府不得不关停国内的鳕鱼渔场，超过 4 万名工人因此失业。两年后，美国国家海洋和大气局（NOAA）也接到命令，必须关闭新英格兰沿岸乔治斯浅滩的鳕鱼渔场，由于多年来无视当地科学家关于过度捕鱼的警告，乔治斯浅滩的鳕鱼渔场已濒临瘫痪。英国迅速用小型的狗头鲨替代了鳕鱼，由于这种新的市场需求，新英格兰的狗头鲨数量骤然暴跌（加上个头大的雌性狗头鲨又比较容易被捕捞，也容易加工）。直到今天，新英格兰的渔民对重建狗头鲨储备这件事仍然不太感冒，在他们眼里，人们的餐桌上要是没有狗头鲨，就会将目光投向小鳕鱼和鲱鱼。

另一方面，科学家发现鳕鱼种族下又细分为几个截然不同的次种群，所以北极圈的鳕鱼不可能从格陵兰岛游过来帮助它们在北美过从甚密、相见时可接吻致意的远亲繁殖后代，然而这一发现来得太迟了。

加拿大的鳕鱼生态位已经被小龙虾取而代之，这些小龙虾原来曾是大鳕鱼的食粮。和它们在缅因州海鱼中带壳的兄弟一样，小龙虾们在一个世纪以来从未见识过真正大型的鳕鱼捕食者，导致这些加拿大"虫子"现在长得异常硕大，创造了缅因州又一大高产值渔业。尽管这让之前下岗的渔民为之高兴，但却反映了科学家所谓的"沿营养级向下捕鱼"或"沿食物网向下捕鱼"。正如英属哥伦比亚大学科学家丹尼尔·保尼所说，"我们今天吃的都是奶奶用来做鱼饵的鱼"（或者，还有龙虾，它以前是当作农场肥料使用的）。

海洋拯救了我
SAVED BY THE SEA

我在圣地亚哥也见到了相似的情况,每天在洛马岬船坞停泊的海上休闲捕鱼船的甲板上摆放的都是马鲛鱼。我 30 年前第一次搬到洛马岬的时候,马鲛鱼都是切碎做鱼饵用的。更明显的是,大藤壶居然列入了高档美食餐厅的菜单,而且作为海鲜出口至亚洲,同样作为海鲜出口的还有海胆、海参和鳐鳍。也许哪天我们还能目睹公海上演"沙丁鱼大战"。

在跟踪报道了一起在德里附近的克雷根山庄的北爱尔兰共和军(IRA)枪手和英军之间发生的暴乱和枪战后,我回到了公寓,跟着就接到了我在都柏林一个记者朋友的电话,让我给我住在泰瑞豪特的姨妈去电话。雷纳特姨妈是一个家庭医生,她告诉我,母亲得了癌症(母亲一天能抽一包半的烟)。我穿过马路坐在近期被炸毁的布鲁克公园公共图书馆废墟上。旁边有人正开着收音机听广播。广播里放着保罗·西蒙的那首"妈妈和孩子的重逢"。

36 小时后,我到达了印第安纳州的泰瑞豪特,母亲刚刚动完手术。在一通拥抱和眼泪过后,她感谢我在都柏林国立图书馆那几天里做的研究。在那里,我找到了 17 世纪的殖民地记录和货物仓单,这些资料来自驶向蒙特色拉特(1943 年由哥伦布命名)的"翡翠岛"的帆船,船上载有爱尔兰天主教移民和签了卖身契的仆人。"翡翠岛"小而多山,是座火山岛。我还找到了一份关于岛上第一个石室教堂的报道,母亲和她的管家弗兰奇先生在清理灌木丛的时候发现了该教堂的地基。圣文森特是座休眠火山，位于翡翠岛的上坡位，伊娃买下了圣文森特火山上 140 英亩的高地，她打算在这块地上盖一座 20 个房间的小旅馆，再帮助建立一个国家公园。

在母亲术后痊愈之后，我们从印第安纳飞回了纽约。空姐问我们是不是一切顺利，伊娃回答说："不，我得了癌症，就快死了。"空姐的脸变得刷白，我用胳膊肘推了母亲一下，母亲回过头说："怎么了，我就是快死了，不是么？"

我们最后去蒙特色拉特岛做了短暂的旅行。我在那里浮潜的时候，伊娃引起了一阵骚动，她声称一头野驴掉进了岛上的蓄水池里。我姐姐和旅游发展部部长，以及他手下的几个大汉，不得不在夜里爬上山头，用手电照着去寻找母亲口中野驴的尸体。

回到家中，我帮助母亲整理物品，帮她关停她的画廊。随着疼痛的加剧，她决定返回印第安纳，在那里姨妈可以更好地照顾她。我回到佛蒙特，在伯灵顿和我姐姐住在一起，在那里我完成了关于爱尔兰主题的本科毕业论文，练空手道，还时常眺望尚普兰湖的雪岸，好想回到圣地亚哥的海滩。伊娃不想让我们看到她用药后臃肿的身体和面无血色的脸庞，不想让我们看到她的痛苦，几周后，她去世了，年仅 49 岁，没有让我们去见她最后一面。

母亲大部分的财产都在蒙特色拉特，她当地的律师也不太愿意帮

海洋拯救了我
SAVED BY THE SEA

我们处理她在加拿大银行的未清账款。我们谁都没打算去岛上为母亲争回属于她的产权，最后没能保住她的财产，后来听说母亲的财产都落入了律师的手中。蒙特色拉特岛也一度成为度假胜地，乔治·哈里森等举世闻名的音乐人都在那里进行过专辑的拍摄。在大约 20 年后的 1995 年，苏弗雷火山大爆发，把普利茅斯都市埋了起来，5 英里的火山灰高耸入云，把这个小小英国殖民地 2/3 的人口都赶出了岛。到今天，该火山仍然在那 71 英里的加勒比岛上保持活动状态，但规模已大不如前。

在母亲去世后，我回到了圣地亚哥，成为了一个小周报的编辑，同时还开启了我自由撰稿人的职业生涯，工作之余，我还抽时间徒手冲浪。太平洋带我重温了儿时海水味的梦想，帮我从创伤中痊愈。我就住在海滩边，书写关于海军海豚、海军核武器、快速攻击潜艇群，以及为裸体海滩、白鲨、近海石油钻探发起的战争——这些能把我和永恒的大海联系起来的故事。我当时还不知道我即将在新的地方徒手冲浪，在那里，身体是政治话语的通用货币。

第四章
沉迷战争

直到敌人摔下船去或调转船头

徜徉而去,

让和平之声甜蜜地释放

海洋拯救了我
SAVED BY THE SEA

枪后的人!

——约翰·杰罗姆·鲁尼《枪后的男人们》

在我 13 岁立志长大后成为一名海洋学家的时候,我就知道真正的海洋研究所只有两家,即美国海洋科学的两个梵蒂冈:科德角的伍兹霍尔海洋研究所,坚实的砖混建筑、混凝土码头、历史上著名的鳗鱼池对面的大型研究船;另一家是圣地亚哥的斯克里普斯海洋研究所。斯克里普斯不高的实验室、办公室和图书馆坐落在一处风景优美的断崖上,俯视着它位于拉荷亚海岸的码头,上面就是加利福尼亚大学圣地亚哥分校。该研究所的科研船队停驻在洛马岬的海军潜水艇基地里。

在我回到圣地亚哥后不久我第一次参观斯克里普斯蜿蜒曲折的树荫校园,那时我正在写一个关于深海采矿的故事。这座闻名世界的海洋站远比我想象的规模小。

"你可以把地球上所有的城市碾碎,把碎片撒到海里,海洋能完全容纳这些碎片,且不会发生明显变形。"我采访的第一个斯克里普斯科学家这样告诉我,"这就是为什么我们说稀释法是解决污染的通用方法。"他接着说,引用了当时在科学家中广泛流行的公理。

另外一条已过时的理论,还在物理海洋学家中流行,该理论认为海洋中鱼类的数量过大，且繁殖速度快，可以经得起人类大规模的捕捞，除非是在特定海域或特定阶段进行持续捕捞才会让鱼类吃不消。营养物上涌、幼虫随水流和风浪而离散，加上海水温度和化学物质的变化，所有这些因素加在一起，造成了加利福尼亚沙丁鱼等鱼类的出现或消亡，这也是为什么认知海洋的物理性质是如此重要，科学家们如是说。

这些让我感到有点奇怪，与我以往读到的关于海洋生态系统的流行书籍中的相关内容有所出入，这些书籍的作者有雷切尔·卡森，雅克·库斯托和海洋生物学家蒙特利的埃德·特利克特，他的朋友著名作家约翰·斯坦贝克还将埃德的形象写进了他的《罐头工厂》。

当我在写关于斯克里普斯的故事时，我才揭开了美国战后海洋科学的隐秘历史。

我在为《圣地亚哥》杂志写一篇关于原子弹发展的专题报道期间，采访了斯克里普斯海洋研究所的主任比尔·尼伦贝格。他是一个粗暴的光头物理学家，顶着几绺灰白的头发，喜欢穿卡其色工作服，他曾经是北大西洋公约组织（NATO）的助理秘书长，还是反水雷专家，曾在曼哈顿计划中建设原子弹，这些资历也为他赢得了海洋科学家的头衔。同时，我还发现伍兹霍尔研究所的主任是前海军上将，擅打反潜艇战。

1903年伯克利动物学家威廉斯·里特创办了海洋生物站，得到了斯科里普斯报业的资助，这成为了斯克里普斯研究所的前身。海洋生物站早期的工作致力于帮助海洋学在美国主流科学中占据一席之地。里特坚持将全部生物体与它们的居住地、环境的关系综合起来考虑，后来发展为了生态学。

在之后的几十年中，海洋科学一直基于海岸生物事业，包含对鱼类、无脊椎动物、植物生命和陆地与海洋交界处的研究，几乎没有深海船只能离开大陆架对海洋进行深度探索。1941年12月7日，日本军队攻击了美国夏威夷的珍珠港，世界从那之后永远地改变了。

斯克里普斯、伍兹霍尔和其他海洋站也随即加入战事。斯克里普斯的罗杰尔·雷维尔，这位高大、风度翩翩，充满好奇心的现代海洋学之父，在落马岬潜艇基地建立大学战争实验室后，成为了海军的第一个海洋学家。在他的同事之中，还有一位来自奥地利的名叫沃尔特·蒙克的研究生。

"现在在物理海洋学中，研究声学、水温、水流、海底结构、可见度等一切可能影响潜水艇或船舶操作的因素都开始受到关注。"我数年后采访蒙克时，他这样回忆道。

通过研发声呐和声音定位装置来追踪敌军潜水艇，斯克里普斯和伍兹霍尔的物理海洋学家帮助美国海军在数次海战中屡屡获胜。他们还研发了水下相机和炸药，放污染涂料、潜水技术和为盟军两栖登陆所做的冲浪预测，包括二战诺曼底登陆日。

第四章 沉迷战争

在二战结束后，美国又继续与苏联打冷战，并在太平洋战争中测试了美国的原子武器。1945年冬，雷维尔被指控在比基尼环礁进行海洋核弹测试的影响力研究。"美国当时几乎所有的海洋学家都会聚在那里，尽管当时海洋学家的数量并不多。"在我在他位于拉荷亚可爱的海滨之家里采访他的时候，他嘴角泛起意味深长的微笑，如是说道。

感谢战争为海洋科学带来的发展的同时，海军将战后剩余的深水船舶供给了海洋学者朋友，在1946年，建立了美国海军研究局（ONR），成为了冷战中海洋科学的主要资助方。到1949年，美国海军研究局资助的科学基金占全美总数的40%。美国海军研究局除了捐助斯克里普斯和伍兹霍尔研究所外，还资助华盛顿、俄勒冈、得克萨斯、佛罗里达、纽约和罗德岛的大学建立了海洋科学研究计划。

"几乎所有海洋站的主任都由物理海洋学家担任，海洋生物学家现在有种二等公民的感觉。"斯克里普斯研究所高级馆员狄波拉·戴这样告诉我。

1955年，罗杰·雷维尔帮助海军在圣地亚哥西南450英里处选址建立深水站，用于棚屋行动，试发射深水核弹。爆炸产生的冲击波本不应超出海面，但实际却事与愿违，冲出海面的冲击波像暴雨一般给周围的观察船来了一场辐射浴。两天后——1955年5月16日，一股辐射穿过圣地亚哥。雷维尔告诉我他为棚屋行动聘请的几名科学家后来死于骨癌、白血病等辐射引发的疾病。"那些核弹测试让那个反武器的我荡然无存，"他说，"这种感觉十分强烈。我认为不应该有人再去研发核武器。"

然而，就在一年后的 1956 年，伍兹霍尔主持了诺布斯卡计划，顶尖海洋学家和武器科学家长达一整个夏天的蛰伏，形成了潜水艇运载发射的核弹头北极星导弹概念和实践研发，这也让冷战的两个对立阵营发生了重大的转变：攻击性核武器已不再被空军垄断，海军也拥有了攻击性核武器，从那时起，从海、陆、空发射的核武器作为"核三角"三足鼎立。在之后的 30 年间，海军一方面致力于保护自己雨后春笋般蓬勃发展起来的核潜艇，同时通过卫星、直升机、水面舰艇紧追苏联潜艇，用最先进的科学技术对苏联潜艇展开攻击。

民用海洋站也变得一边倒地为军事发展服务。通过最严苛的忠诚调查的物理海洋学家和物理学家不仅服务于海军，还为空军、美国中央情报局（CIA）和美国国防部高级研究计划局（DAPPA）以及美国国防部研发中心效力。科学家们还配有一艘日益壮大的、海军资助的远洋考察船，其中包括深海潜艇"阿尔文"和它的母舰"亚特兰蒂斯"。

物理海洋学领域的发展为地球科学做出了不少重要的贡献。板块构造论（大陆漂移说）得到了验证，罗杰·雷维尔确立了大气中二氧化碳含量升高与工业温室气体排放之间的关联。雷维尔在哈佛大学做了关于人类活动对气候变化影响的讲座，当时听讲的学生中有阿尔·

戈尔。

但是,海洋生物学、海洋生态学和近滨环境中开展的各种研究在20世纪下半叶都被人们忽视了。尽管美国海洋学力量在冷战期间得到了极大的扩充——无论是在人力、物力(船只)还是资金方面,但是却没有引起足够的公众关注。民用海洋站成为了海军深水世界的一部分,不能将公众的视线引向近海海边,公众变得不再关注海洋中濒临灭绝的生物资源。科学家们没有让我们看到海域、河口、盐碱滩、红树沼泽、野生海滩、海草草甸、障壁岛、海丘、珊瑚礁和栖息于此的 90% 的海洋野生生命由于一连串的环境破坏而急剧减少。尽管我们无须对这种可怕的忽视负全责,但我们都品尝着自己种下的苦果。

到 20 世纪 70 年代末,我搬进了日落崖的一处岩屋中居住。棕色墙板,3 间出租房,屋子下面 18.3 米处就是大海。进门走廊上有一处沙地花园,起居室装有落地玻璃(沿窗摆着一列石决明[①]),向窗外望去,你可以看到木甲板和长满冰叶松叶菊的悬崖、海景和一处开阔的空地,空地前曾是一条居民区街道。和许多加利福尼亚海岸线类似,日落崖渐渐被风化侵蚀,在我们下面形成了一处洞穴。这座岩屋在冬天暴风雨的夜里会跟着震颤,海浪还会撞到屋子上。另一处坐北朝南的三层粉色泥灰公寓悬挂在悬崖边,风水欠佳,建成几年后,就在一

---

① 石决明:一种海洋软体动物,贝壳较小型且坚厚,呈椭圆形。

阵巨大的隆隆声中倒塌了。

对于我和我的室友——曼尼·拉莫斯，一个来徒手冲浪的古巴裔美国律师，查理·蓝顿，一个土生土长的加利福尼亚冲浪客和当地哥伦比亚广播公司（CBS）附属机构的电视摄像师——这个岩屋是绝好的度假、聚会地点。我不止一次在清晨长满冰叶松叶菊的悬崖上捡科罗娜空啤酒瓶，摇醒宿醉人。幸运的是，这些喝得酩酊大醉的人们都没有摔下悬崖。悬崖下是一望无际的神秘荒原，我们还都记着我们起居室壁炉上方玻璃上映出的悬崖那头的景色。

每到傍晚，褐色的鹈鹕排成 V 字形飞过我们的甲板，飞往它们沿悬崖而建的窝。在冬天，我们向外远眺，看到灰鲸向南迁徙，它们在阿拉斯加填饱肚子，游向墨西哥巴哈潟湖温暖的湖水中交配繁衍。2 万头灰鲸被列入了保护范围，多亏了鲸鱼和海洋哺乳动物保护运动，这些一度濒临灭绝的鲸鱼族群又再次风生水起。我时常观察那石板色的海水，寻觅鲸鱼喷出的团团水柱，在鲸鱼将身体跃出水面时，我会在它们落入海面水花四溅前数数有多少条尾巴。有人说鲸鱼这样跳来跳去是为了弹走皮肤上的寄生虫，也有人说它们只是单纯地喜欢这样的运动。

在春天和夏天，当镂空的海蓝宝石似的海浪在钻石般波光粼粼的海面上留下鸡尾形的水花时，我就和查理或曼尼爬下砂岩悬崖，拿着脚蹼，从岩石上跳入海中，追赶螃蟹岛边的花浪。螃蟹岛是一处露出地面的岩层，就在我们屋子北边。有时我们还能在回家的路上沿着漂亮的大陆架遇上搁浅的海狮或潮池章鱼。

我的这几位舍友也不是省油的灯。一次我让查理教我怎么用冲浪板冲浪，他就把我带到一个暴风潮里，然后开始滑水。接下来的一个小时，我的脚踝牢牢地捆在仿佛一条加长的水泥船板上，在狂暴的2.4米近岸开花浪中一路冲到了圣克鲁斯湾狭长的沙滩，路上我唯一能想到的就是杀了我的舍友。

有一次，我不得不把查理的长冲浪板向下扔给两个救生员，他们正在救一个从我们甲板下方狭窄的砂岩小径掉入海中的年轻女孩，还有一架海岸防卫队直升机在附近盘旋。她在送去医院的途中丧生。还有一次，我们看到一艘游艇在海浪的拍打中断裂。查理举着他的摄像机，我则拖着完好的甲板。到我们加入佩斯卡德罗大街下方的海滩护理人员队伍中时，天色已经暗了下来。我们打开了相机上的便携灯来照明，他们用船桨努力向受害者胸部伸去，那是遇害者中最沉的一个，穿着泳裤和白色 T 恤。但一切都太晚了。船上 6 个人中有 3 个都溺水身亡。

这个时候，我已在人民二百周年委员会（PBC）工作了一年，该委员会由我打破旧习的朋友杰里米·里夫金创立。PBC 讽刺了社团发起的为庆祝美国革命的沉闷庆祝活动，并为之提供了新的选择。例如在1973年，我们就率领2万人的年轻人在雪中的波士顿倾茶事件二百周年纪念地，把55加仑的空油桶扔进波士顿湾，以此抗议近海石油钻探，对抗大型石油公司的力量。

我父亲担心我忽略了我的新闻工作，我也理解，但向父亲解释说我在PBC的工作只是我做自由职业者的一个小插曲，但自由职业者实在入不敷出，在PBC工作还能补贴一下我的生活，同时也是在做我喜欢的事。

随着我慢慢成熟，我和父亲之间停止了争吵，我们开始享受彼此的陪伴。在母亲去世后，父亲不仅在情感上给予我支持，同时他也是值得我尊敬的人。尽管马克思是个秃头、爱搞怪、魅力四射的男人，但我认为他从未从伊娃的死中走出来。我在纽约的时候，喜欢把朋友带到他的家里。他给我们做牛排和薯条，还给我们喝伏特加、吃咸黑面包。一次我和姐姐在他家的时候，我们问他是否支持越战。

"当然不支持，"他情绪有点激动，"我怎么能支持一场让我的孩子和这个曾经给我庇护的国家反目成仇的战争呢？"我当年23岁，那是我第一次深切感触到我父亲曾经的移民和难民身份到底意味着什么。

一年后，在纽约一个炎热的夏天，父亲中风、心脏病发作。在医院里，我清楚地记得，他不仅偏瘫，还变得痴呆，且缺乏存在感。几周后，我们不得不把他送到阿肯色州史密斯堡的一家养老院里，那里有苏姨妈和阿尔伯特叔叔,他们都退休了。他姐姐可以在之后的三年间照顾他,我也可以每隔几个月从加利福尼亚飞去看他。我依偎在父亲身旁,和他聊起了他过去在科尼岛的成长经历和我们共同的回忆,像是第一次他带我去布鲁克林的羊头湾外钓鱼,我还钓到了一只康吉鳗。

养老院里有个叫肯的男护士,曾经是前海豹特种部队的成员,他曾与军事海豚一起工作,执行绝密任务,让动物游到北越水域内,把水下爆破弹系在敌人的码头或堤坝上,然后再游回它们的打捞船。"这么多年了,仍然让我为之触动的是那些水中哺乳动物的智力,"他回忆道,"你在它们的围栏里可以听到它们的叫声,在水下和它们一起工作,你发誓这些动物在对彼此说话。"在我为海军长达数十年(现在还在持续)的海洋哺乳计划的展会做报道时,我采访了肯和几位前训练员、科学家和军事人员,该计划中的海洋哺乳动物包括海豚、海狮、白鲸,甚至还有一对逆戟鲸。你永远不知道下一个采访的目标会在何时出现。

父亲安装了起搏器,身体一日不如一日。在他度过的最后一个逾越节,他坐在轮椅上,笑容扭曲,圆顶帽也歪到了一边,我帮他扶正,亲了亲他的额头。

在他的最后几天,他已神志模糊,我赶到他的医院病房,握住他的手,他也用力握了握我的手,好让我知道他还没走。我坐在他床边,给他读约翰·斯坦贝克的《胜负未决的战斗》，他就这样离开了。

"他走了。"护士告诉我。我仔细看他，几分钟前他还有呼吸，现在却只剩下一副躯壳。我知道护士说的话是什么意思。苏姨妈走进了病房，我出去大厅给狄波拉打电话，她已经搬去波士顿居住。她拿起电话，我却哽咽得说不出话来。"我知道了。"她开始泣不成声。

一个月后，在我28岁生日那天，我和女友分手了。她是第一个让我心碎的女人。我什么也做不下去。之后我大部分时间都独自一人躲在房里，不让别人看到我流泪。我不再去海滩。我开始觉得过去我浪费了太多的时间浸泡在水里，那是一种自我放纵的任性。最后，在我决定和好友约翰·霍格兰去尼加拉瓜报道桑定诺革命后，我终于摆脱了悲伤。约翰之前是个海军菜鸟，也是个冲浪客，之后他成为了一名旧金山的钢铁工人和摄影师，搬去了莫哈韦沙漠。我之前和他有过接触，一起拿到了记者证，1979年春，我们又返回了战场。

在我报道中美洲地区那些文明抑或极度不文明的冲突中，我在炸弹、子弹中穿梭，目睹被杀人小队杀死的受害者，咖啡庄园，弥漫着DDT杀虫剂气味的棉花地，拥挤的波多黎各人或墨西哥人聚居的贫民区，被烧过的森林，我才开始认识到战争、发展、人口、贫困和包括对占据我们蓝色星球大部分区域的海水等自然资源的管理之间有着密不可分的联系。

第四章 沉迷战争

在1980年那个严寒刺骨的冬天，我途经危地马拉的奥拓普莱诺。我们搭上了一辆开出内瓦赫城的卡车，3天前，军队向内瓦赫城市广场的游行人群中开枪杀死了8个玛雅印第安人。"他们想要干什么？"我问当时一个开枪的士兵。"谁知道呢？"他用西班牙语说道，"他们根本不说西班牙语。"

我们沿着漆黑的之字形公路前行，公路陡峭、没有铺砌。我们遇上一队押人的敞篷卡车，上面载满了印第安农夫，还有军队士兵守卫，士兵们扛着以色加利尔冲锋枪，头戴羊毛拉克拉法帽，掩饰他们的士兵身份。这些"雇员"是玛雅军队的劳动力，被押去大西洋低地的棉花地里做季节性采摘工。在那里这些农夫可以有一个月不必忍受山里的野蛮镇压，但却要面对杀虫剂污染的棉花，累死累活做一个月的小时工，采摘出口农业作物。这些棉花地侵占了原本富饶的海滨热带雨林，让湿润的海滨变得干燥不堪。

越过边境线，进入游击队控制的萨尔瓦多山地，枪声取代了野生鸟儿的欢唱，时常萦绕在我耳边。饥饿的人们早就把野生鸟类吃光了。在洪都拉斯，我在一座二层小旅馆二楼的房间里住了一段时间，老鼠挠墙或在床头板下出没，狼蛛时不时来我的铁管阳台上做客。我们出去吃饭，点了牛排，当地人告诉我们要把牛排上的肥肉撇掉，因为DDT杀虫剂容易聚集在脂肪里。城里川流的小河无异于一个大污水厕所，不像尼加拉瓜首都马那瓜泥泞的、被寄生虫污染的湖畔，在那里我看到红十字会燃烧在暴乱中丧生的死尸，防止传染病扩散。

特古西加尔巴，和当地大部分充斥着难民的城市一样，空气中弥漫着灰尘、柴油和粪便的气味。"第三世界的生态，"就像一位巴西专家后来指出的那样，"始于水、垃圾和污水。"

在城边有一个大垃圾场，孩子们在成堆的燃烧垃圾里挖来挖去，寻找任何可以换钱的东西，以最不好的方式循环利用这些垃圾。

中美洲地区冲突的核心是土地、食物、水和人口爆炸带来的不平等。婴儿死亡率约为6%。十个孩子里就有一个活不过五岁。乡下和城市贫民区笼罩在饥饿和营养不良的阴影中。这种境况，在过去的30年间几乎没有得到改善。

我还记得1983年我报道过美军在洪都拉斯海岸近尼加拉瓜段的一次军事演习，成千上万的美军空降部队从大型C—141喷气机上跳下，随行的新闻摄影记者还拍了一张敞胸的米斯基托印第安男人拿着渔叉的照片，正巧有一只鱼从当时最先进的黑鹰直升机面前跃过。

进入21世纪后，尽管该地区已结束了恐怖血腥的战争岁月，洪都拉斯和尼加拉瓜沿岸大部分的米斯基托印第安成年男子，还在艰难地维持生计，靠潜水捕捞出口美国的龙虾度日。"红金"已经发展成为5000万美元的海产业，是至今为止与世隔绝的米斯基托海岸最大的产业。浅滩早就没有龙虾了，潜水者开始潜入深达 46 米的水域，寻找龙虾的发源地，他们每天工作 5～6 小时，几乎未接受过安全培训，装备也极其简陋。他们在水下时间待了太长时间后，一下子浮出水面，呼吸的压缩空气中的氮气一下子涌入他们体内的脂肪组织，在血管里形成气泡，这些气泡随着血液循环，并聚集在关节或身体的其他部位，包括肺和脑，会让他们疼痛难忍，变成残废，甚至死亡。治疗减压病的传统方法是让病人进入加压舱里，舱内压强与水下 1.83 米的压强一致，从而让体内的氮气回到停滞状态，然后再慢慢减压，让病人吸入氧气，净化氮气。原理和打开一瓶摇过的啤酒瓶类似。如果你在瓶盖上戳破一角，滋滋响的气泡会逃出瓶子，整个瓶子慢慢恢复平静。打开瓶盖，你会看到一堆泡沫。

但是整个海岸只有两个高压舱，对于潜水员而言，去一次这样的高压舱路途遥远，价格昂贵。再加上，不少潜水员认为减压病是海洋守护神（可能是美人鱼）对他们过度攫取龙虾的惩罚，想仰仗这片海洋维持生计、发家致富这种想法是注定要受到天谴的。结果，在大约 9000 名潜水员中，有 400 人患重病，包括严重瘫痪、耳聋、四肢受损，乃至截肢。

随着世界一多半的人口移居至不到 50 英里的海岸线附近，像这样骇人听闻的事件层出不穷。这种人口迁移带来的影响让海洋和海洋沿岸的人们置身危险之中，这种危险不仅来自人类对自然资源的开采和消耗，还有自然和人为造成的灾难。

没有优质的饮用水和处理污水系统，没有对倾倒工业垃圾的控制，病原体和细菌就会漂到海里，并随着潮水来回传播，同样传播的还有工业溶剂、有毒化学品、含油废物、重金属和有害藻华（HABs）。有害藻华是一种自然发生的现象，叫做赤潮（也可能是褐色、绿色，甚至黑色），聚集着高浓度的海藻，包括鞭毛藻和硅藻，会释放强力的神经毒素。从农业到城市，人类产生的营养物污染成了这些藻类的食粮，滋生出越来越多的藻华。有害藻华会污染海鲜，杀死海洋鱼类和海洋哺乳动物，引发人类呼吸道和皮肤过敏，从中国海边到南佛罗里达，让无数人住进了医院。其他有害藻华相关的疾病还包括鱼肉中毒，偶尔的致命性神经中毒和麻痹性贝类中毒，已经习以为常的腹泻性贝类中毒和失忆性贝类中毒造成的永久性短期记忆丧失。

不足为奇，从民意调查的结果中可以看出，拉丁美洲和非洲最贫困的城市居民，与北美和欧洲最富裕地区的居民表达了同样的心声——我们要更好地保护环境，即使牺牲短期的经济发展。我在旅途中遇到的大部分人也有着同样的觉悟，认为洁净的空气、水、肥沃的土壤、物产丰富的海洋和野生地带（包括自在的海滩和珊瑚礁）对于快速融入世界市场的贫困地区而言并不奢侈，而是想要有尊严地活着的必备之物。

第四章 沉迷战争

约翰·霍格兰带着他的冲浪板来到了萨尔瓦多，海滩带我们逃离了战争造成的习惯性恐惧和情感淡漠，我们不再在炸弹爆炸声和自动武器枪声中蜷缩起来，不会再看到杀人小队屠刀下被肢解的尸体。我们有必要采取介于军事作战和反对派反抗之间的某种行动。

一次我在梦中梦见了父亲。他坐在我们道格拉斯顿故居的摇椅上对我说着什么，突然他脸上和胸前的肉开始脱落，逐渐露出头骨和肋骨，就像每天清晨军事禁令解除后，我们看到的丢弃的新鲜尸体一样。我姨妈苏也在梦中，她说，"你知道他在对你撒谎。你难道不知道他已经死了？"醒来后，我在电话膳食公寓旅馆给约翰去了电话，问他是否愿意搬去拉利伯塔德。

约翰喜欢在拉利伯塔德城外，萨尔瓦多以南车程 45 分钟的地方冲浪。我喜欢黄金海岸一带狭长的贴合人体的滚筒浪。在拉利伯塔德北面，一条现代的高速公路沿着充满岩石的海岸线蜿蜒数英里，与加利福尼亚北部有所不同，从这里到危地马拉边境，你会见到一个个小小的沙湾和荒废的沙滩俱乐部。向北开车一小时的地方有个日本人开的海滩俱乐部，在 1979 年战争刚打响的时候就建好了。一直对外开放，却一直空空荡荡。花上 5 美元，你就能在那里享用午餐，享受浪花四溅的沙地泳池——泳池依着一处潮汐架顺势而建，还能在新月形的冲浪海滩上享受劲道的激流。

拉利伯塔德的南面有着一望无际的曲线型白色和灰色沙滩、热带河口和延伸至海岛遍布的丰塞卡湾的红树林湿地。整个海湾是个浅浅的 700 平方英里的入海口，为洪都拉斯和尼加拉瓜共用。红树林"托儿所"的抚育使之成为了一处天然的虾子工厂，加上河流补给的营养，虾子们迅速茁壮成长。萨尔瓦多的小型海军基地就坐落在米斯基托港口城市卡塔赫纳外面。

我去卡塔赫纳后的路上，就有人告诉我游击队发动了一场袭击，但当我和摄像师斯图尔特·泽伊廷到达卡塔赫纳之后，才发现原来海陆两军和国民警卫队之间上演了一次西大荒枪战大片，目标是争夺虾子和枪支走私业的主控权。不一会儿，我们看到了一个醉汉挥舞着大刀，杀死了一个手无寸铁的士兵。他带着枪的哥们可以击垮任何阻挠的力量。

星期天我开始了在萨尔瓦多的第一次冲浪旅行，从拉利伯塔德向南一直到 La Zunganera 海滩。沿途中，我们遇到了一个巡逻部队，他们拦下了一公交车的农夫，有大概 55 人，有男人，有女人，还有小孩，巡逻队让这些人在路边分组站好，大人把手放在脑后。巡逻队配有 G3 来福枪，他们拿着枪在人群前晃来晃去，开始对人群进行搜身检查。

我们驶入了一段崎岖的土路，穿过人口稠密的乡村，路过大片种植着玉米、蔗糖和棉花的田地，看到一架喷洒农药的小飞机正在向田里喷洒杀虫剂，也洒到了路边和田头的农夫身上。我们最终到达了"海滩城"，两个煤渣砖酒馆旁边矗立着一小撮茅草房和锡棚房。猪、瘦狗和鸡在沙街上自由地徜徉，沙街一直通到海滩。我们一路走到了炙热的沙地上，挂上毛巾。海滩一望无际，只能依稀看到远处地面上升起的薄雾。海滩边种有威忌州松和椰子树。三艘蓝白相间的渔船仰面躺在沙子里。头上顶着热带的大太阳，我们划起1.83米长的白色船桨驶出了海滩。水温大致在26摄氏度上下。在品尝了几口大浪之后，我骑上了一个浪面清晰的大长浪，在海面上划出一道长长的裂痕，在大约一小时后，这个大浪把我带到了位于出发地下面一英里处的海滩。

在走回去的路上，我见了几个颜色鲜艳的粉珊瑚和黄贝壳，经过空荡荡的泳池和紧锁的海滩别墅，这些别墅的主人是这个国家最富有的家庭，当时他们已经飞去迈阿密度假了。

当天下午，我们围坐在煤渣砖酒馆前的桌边，喝了几扎皮尔森啤酒，拒绝了孩子兜售的放在蕉叶上的龟蛋，听着露天自动点唱机里不知是谁唱龙施塔特的"蓝色海湾"，我们几乎忘却了战争，仿佛置身在一片和平之中。我发现一只体型庞大的动物随着浪潮跃出了海面，就在我刚去潜水的地方，于是我再次潜入海中。我以为那是只海豹，但是当地人坚持说那不是海豹，而是鲨鱼。"永远不要在夜海里游泳，"一个老渔民这样给我忠告，"鲨鱼习惯在夜间进食。"

"要是鲨鱼没有吃了你，奥登（一个右翼准军事组织）也会把你抓走。"一个年轻的渔民补充道。

海洋拯救了我
SAVED BY THE SEA

我们驱车返回城市，落日把绿色的甘蔗地映成了血橙色，我们碰上了一大群农夫和无家可归的流浪客。他们告诉我们，他们的公共汽车被游击队劫持了，被扣在了路的前面。人群中有个像是出身中产阶级的女孩，约莫十六七岁，深色的头发充满光泽，身穿牛仔裤和吊带衫；女孩和其他两个男孩站在一旁，哭得歇斯底里。我们问她发生了什么。"我借了爸爸的卡车……去海边玩……和我的朋友们。"她抽泣地说着，"我没有告诉爸爸……游击队偷了我的车……"

"她要被禁足了。"我告诉我的同事斯图亚特、雷纳托和彼得，他们也深有同感地点点头。我们停下车，衣衫和头发上都是潮湿的海水味，拿出相机、笔记本和录音机开始沿着公路前行。天色渐晚，我们依稀能看到远方有辆公交车，被拖出了公路。车前有一小团火焰，行李包裹散落一地。有四个站着的人，还有一个，也许是公交车司机，面朝地趴在地上。"记者！媒体！"我们边走边朝他们喊。

"回去。我们现在不接受采访！"游击队里的一个队员拿着来福枪喊道。

"你是什么组织的？"我们大喊。"FPL（大众解放力量）？你们确定不让我们过去吗？我们想和你们谈谈。"

其中的一个成员单膝跪地，用冲锋枪对准我们。

"好吧，我觉得我们还是退回去的好。回头见。"

很多年过后，我才意识到为什么当时我选择去那里。我失去了双亲，极度沮丧，和约翰一起飞到了尼加拉瓜。他和一直同居的女友分手后去了莫哈韦沙漠开采绿松石。我的好朋友，同时也是战争中的患难兄弟，理查德·克劳斯是个风景摄影师，当他走进未婚妻在哥伦比亚波哥大的公寓后，发现她躺在另一个男人的怀里。两天后，他只身奔赴战区。我们都几近而立之年，都是单身汉，没有什么可以失去的。

"嘿，戴维。我听说他们看到你和游击队搞在一起。"阿尔伯特·莎佛伯格提到我1983年被萨尔瓦多军队逮捕的经历时用黑色幽默的口吻对我说道。

阿尔伯特曾是海豹特遣队队员，一名杰出的圣地亚哥科罗拉多基地海陆空突击队员，我当时正为家乡的《圣地亚哥联盟报》写报道，我们就这样自然而然地成为了朋友。此外，我们都热爱海洋，尽管我们爱的方式有所不同。海豹特遣队队员首先是娴熟的划手，同时是注意力高度集中的战士。一次一个在海上石油开采业工作的商业潜水员这样跟我调侃道："海豹突击队队员在水下能用69种办法置你于死地，但要是给他们一个扳手，他们就变得束手无策了。"我认为阿尔伯特对我多少心存嫉妒，作为记者，我能越界采访游击队队员，光是这一点，就够他羡慕嫉妒恨的了，相比之下，那些教他们怎么偷虾的训练内容简直不值一提。

金发、结实壮硕的阿尔伯特当时33岁。美国海军军事集团在堡垒一样的美国驻萨尔瓦多大使馆里有一间凌乱的办公室，阿尔伯特是那里的负责人，每周都要飞去卡塔赫纳，和3名海豹特遣队队友一起，训练70人的萨尔瓦多海军突击队，又名"食人鲳"。他们给这支海军突击队配备了"黄道带"橡胶冲锋艇、海洋搜索雷达、高频通讯装置和其他海洋小部件。在他们的训练下，这支海军突击队还阻止了捕虾船劫持事件，让劫持虾船的船只向上驶入乌苏卢坦以南的红树林沼泽，向当地游击队发起直接战斗。

我告诉他，我还是觉得马蒂民族解放战线（FMLN）游击队随时可能过来攻占卡塔赫纳的海军基地。"这就是我们为什么一直睡在海边的营房里，"他嘴角露出一丝笑意，"如果他们破墙而入，我们可以跳入海中。在海里，没人能抓住我们这些'海豹'。"

反叛军显然也清楚"海豹"在水下的实力。阿尔伯特在萨尔瓦多大学门外接他女朋友的时候，一个暗杀者走到他车窗跟前，直接对着他的脑袋开了一枪。他是华盛顿承认的第一个在萨尔瓦多战死的美国军人。

几周后的1983年6月21日那天，我的两位朋友，理查·克劳斯和在《洛杉矶时报》工作的记者戴尔·托格森，他们开的车碰上了洪都拉斯—尼加拉瓜边境的一处地雷，两人因此去世。

9个月后——1984年3月16日，约翰·霍格兰在萨尔瓦多的苏奇托托附近反叛军枪战交火中中弹身亡,死前他正在为《新闻周刊》拍摄照片。

在他们去世前的几个月,理查德还和我一起住在海洋海滩的岩屋,约翰在附近的莱蒙格罗韦探亲。我们都去了海滩,之后又去了黑山路东的一个聚会,那时候那里还是干燥的海岸荒漠。聚会上歌舞升平,房主还养了一只狼犬,去屋外的仙人掌上小便,在回屋的路上你还能听到它温柔的咆哮声,告诉你它一直在那里。今天若是想找到当年这个地方,我得驾车穿越旁逸斜出的高档城市开发区。如果有超过10%的水域变得不再透水(比如,填充上水泥),那么水质将大幅度下降,有至少20篇学术论文论证过这个观点。无计划的城市扩张是我们常用的把海岸"爱到死"的方法。我们始终难以对自然之死感同身受——鲸鱼、水域和野生海滩——我们作为生物的一种,却乐于杀死我们的同类。

"约翰不爱自寻烦恼,烦恼偏偏找上了他。"我在他的葬礼上说道。约翰躺在棺材里,盖子敞开着,我仍记得抚摸他的头发时,感受到的那种柔软。其实我们一直都在自讨苦吃,是我们自己用铁锹把麻烦挖出来的。理查德去世的时候年仅33岁。约翰也不过36岁。

在岩屋室友查理的帮助下,我做了一个名为《约翰·霍格兰——前线摄影师》的纪录片。在片子里,我采访了约翰14岁的儿子厄洛斯。他谈起了约翰为他雕刻的一只小小的黄色潜水艇;他把小艇抛到旧金山的海里，小艇总是自己游回来。"那个小黄潜水艇。"他感慨着叹了口气。他说以后他也要成为一名像他爸爸那样的摄影记者，我真心为这个孩子感到难过。

2008年，我和厄洛斯吃过一餐饭，他为《纽约时报》拍照，刚刚从巴格达回来。他已经成长为一名和他爸爸一样优秀的职业摄影师，开始拍摄关于战后萨尔瓦多街头党的影像集。有一次我叫他来参加聚会，他在机场给我打电话，告诉我他来不了。他要飞去新西兰避暑，和那里的一个哥们儿一起冲浪。

"他给你准备冲浪板了吗？"我问道。

"我带了我自己的。我的意思是，为了安全考虑。"他说道，那一刻我恍惚觉得和我通话的不是厄洛斯，而是他爸爸，我的好朋友约翰。

1984年，我的纪录片在美国公共电视网（PBS）和探索频道播出的同时，我自己还做了一次摄影展，把约翰和理查德的摄影作品，展现在大众面前，并把这次展项的成品命名为"战争的两张脸孔"。

"还有件事，是有个约翰和理查德的朋友提的建议，"我在展览开幕式的导语中这样写道，"下次你在尼加拉瓜、萨尔瓦多、贝鲁特或其他第三世界动荡地区的报纸或杂志上看到一张给你触动、让你思考的照片时，请看仔细了。在照片底部或边缘可能印着一行小字，可能是个名字。读读那个名字。它可能是约翰·霍格兰或理查德·克劳斯，不管他们出于什么样的初衷，他们到了那里，冒着生命的危险，向你展示了人性的另一副面容。"

在接下来的几个月里，我大部分的时间都躺在沙子上，仿佛我也已经离去，又像是漂浮在大海上的浮萍，等待卷入下一波浪潮。好在大海还是那样的清澈，能够抚慰我的伤痕。

第五章

再看水肺潜水客

我只是一个在水下工作的人,我在工作,而不是在玩游戏。

——麦克·尼尔森《深海捕猎》

在我迈入而立之年后，我也该为自己的人生选择新的方向，换份工作，换个环境，换个方式和海洋相处。我想念在战争和战火中失去的朋友和同事。我就像个吸毒或者烟瘾患者，必须戒掉这些致命的习惯，否则它们将置我于死地。一周三次的空手道拳法课上，我们能沿着海滩跑上3～4英里，一直跑到海洋海滩码头，跑上山，俯瞰大海，再跑回新港大道的道场，这才开始正式上课：我们要做上60～90分钟的开合跳、高抬腿、打腿练习、拳击、踢砖、套拳，然后再开始两两对打。我们的老师，或"先生"（日语）——雷·利尔会关上灯，让我们躺在地板上，闭上双眼，放慢呼吸。这让我集中精神，找到我的"气"。

查理还买了一艘4.9米长的双轨帆船，我们喜欢乘它去海里，只用其中的一个船体。我们站在能自由翱翔的上船体弹簧垫边，穿着剪成梯形的臀带，随着海风前后摇摆，在涌浪里扭动身躯，活脱脱像野兽一样。风浪能让人打转，我们需要跳上去，再用一根长绳摆正身体，用尽全身的力气，把被海水浸湿的帆压上去。

有一次查理划得太快了，下船体降到了吃水线下，船陷入了涡流里，船体颠簸摇晃，一个劲地往水里沉，好像一心要变成一艘潜水艇一样，我也掉下了水，好在我还抓着桅杆和帆，努力解开系在屁股上的吊带，冷静地挣脱了缠在脖子上的弹簧绳。

我们驾双轨帆船驶向岩屋附近的佩斯卡德罗海滩途中还有不少刺

激的事。我们爬上岩屋吃了点零食，休息了片刻，然后又开始冲浪。在岩屋的时光以及徒手冲浪让我神清气爽。但我需要工作让我忙起来，而且还要交房租。

我儿时最喜爱的电视节目是《深海捕猎》，劳埃德·布里奇斯在里面扮演潜水调查员麦克·尼尔森。我还喜欢20世纪70年代的《洛克福德档案》。吉姆·洛克福德住在海边的旅行拖车里，靠近他爸爸的住所（这些场景是在加利福尼亚拉古纳海滩的翡翠湾拍摄的）。他成事不足，败事有余，在查案过程中还经常被打。不足为奇，他在很长一段时间里都是私家侦探们的最爱。在我想当记者之前，也想成为一名私家侦探，现在，我的私家侦探梦已经被我所选择的职业所累，多年来，战场上血雨腥风的洗礼，让我和我的朋友都生死未卜，即使这样，我也没看到我们用生命换来的报道对这个世界产生过什么影响，所以我想回归我的初衷，做一名私家侦探。

结合我这几年战地记者的工作经验，我做了6000小时的调查记者，拿到了加利福尼亚私家侦探执照，然后在面试前，我还进行了6周的学习，之后就去洛杉矶参加了半天的面试。尽管我也想像麦克·尼尔森那样做海洋侦察工作，但是后来我大部分接的案子都是刑事或民事案件，包括自杀、贩毒、过失致死，我第一个办的案子是1984年在圣地亚哥一个叫阿兹特克的旅馆里发生的一起蓄意谋杀案。

在我当上私家侦探后，姐姐结婚了，和她丈夫帕特里克搬去了旧金山湾区。狄波拉过来看我的时候跟我说如果我愿意,她欢迎我搬过去跟她一起住。工作得不到成就感,满是沮丧的我决定要改变一下自己的生活,我收拾好衣服、潜水衣和脚蹼、冲浪板、艺术品、书籍和枪,一路北上,途经洛杉矶、圣巴巴拉、大苏尔、蒙特利和圣克鲁兹,来到了闻名遐迩的海湾雾都。

狄波拉和帕特住在湾东面日照更强的地方,就在佛鲁特维尔(水果谷)旁边的阿拉梅达县。要说起水果谷名字的由来,是源于早些时候那里遍地都是水果包装仓库,就像奥克兰海边的叮当县,是因为当时仓库工人经常在海边的小酒馆里叮当叮当地花钱,由此得名。这些都发生在20世纪初,那时候,牡蛎海盗转变为了海洋执法者,杰克·伦敦常常在那片海湾航行,后来他把自己在那里经历的冒险故事加以演绎,写出了《鱼巡故事集》等书。

开始的时候,我与著名的旧金山侦探社签约,包揽了一些工作。同时,美国公共广播公司(PBS)旧金山站和旧金山公共广播电台(KQED)播出了约翰·霍格兰纪录片,并给我一份额外的工作,让我做一个时长半小时的关于近海石油钻探的纪录片,我们给这部纪录片命名为《受难之水》。

我和联合制片人史蒂夫·托尔伯特走访了南加利福尼亚的渔民、收获海带的人和旅馆老板,他们反对里根政府提出的新型近海石油钻探政策。我们还坐直升机俯瞰了圣巴巴拉市外的近海钻机,那里曾在

海洋拯救了我
SAVED BY THE SEA

1969 年发生过臭名昭著的联合石油平台爆炸事件，泄漏的石油激起了 70 年代的环境保护运动，使绝大多数加利福尼亚居民对近海钻探持反对意见。我们还拍摄了一段雪弗兰公司在建的路上炼油厂的视频，炼油厂就在圣巴巴拉北面。

就在我们的纪录片播出后，雪弗兰公司的一位副总埋怨我们对他们公司不够公平，但他们拒绝上电视来和我们辩论，并且表示，作为一家总部位于加利福尼亚的公司，他们不会冒这个风险，走上风口浪尖。我们给他们寄了一封信，指出在我们节目采访的对象中，有 6 票赞成、6 票反对近海石油钻探，但我知道节目一旦播出，反响就远不会止步于此。雪弗兰公司就这样死在了视频媒体的手上。反对的声音来自门多西诺遍布松树和红杉的断崖，那里是世界海岸线上最亮丽的风景线，而雪弗兰公司的发言人却选择在他们公司还在建设中的新炼油厂前录制采访视频。"有些人认为他们的海洋风光美丽动人，而我们中的一些人却认为油机才是美丽的。"他对着远处在建的炼油厂，在工地的嘈杂声和钻机的轰隆声中说出了这样的话。倘若他们不那么自负，而能询问一下我们的意见，我们会告诉他们，这样拍无异于自取灭亡，但是他们什么都没问。

当然，今天关于石油钻探的议论不再围绕攫取能源还是污染海洋，而变成了更大的产品质量责任问题，石油产品的应用，直接升高了地球的温度。

2009年4月，美国内政部在新泽西、新奥尔良、阿拉斯加的安克雷奇和加利福尼亚的旧金山就为未来近海能源召开了一系列民众听证会。在旧金山，我加入了500多人的听证会，出席听证会的还有芭芭拉·博克瑟议员，俄勒冈州州长泰德·库隆格斯基，加利福尼亚州副州长和4位国会众议会议员，他们都力争并呼吁用清洁能源代替新石油钻探。博克瑟表示海岸是人类的财富，是巨大的经济财产，就像，海岸年产值240亿美元，每年提供390000个就业机会。冲浪客、码头工人、风能企业家和渔民都对她的观点表示赞同。只有两人倡议加大石油钻探，其中一人来自西部州石油协会（他们靠石油发财，就和他们说的一样），另一个则是速8汽车旅馆的老板。

在20世纪80年代末，除了私家侦探，我还当上了电视制作人，报道海军在公海上的漂网捕鱼舰对北太平洋生态系统的破坏，以及倾倒在国家海洋保护区的核废料。我还为W集团电视网报道流行性艾滋病，因为这种疾病已经危及到湾区同性恋人群的健康，随着艾滋病病毒向危险人群的传播，对美国境内成百上千万的同性恋和异性恋人群的生命构成了威胁。我为此制作了一个关于艾滋病和美国医疗体系的国家纪录片，名为《危笃状态》，由理查德·德莱福斯叙述。

当时流行病学家和其他科学家都认为艾滋病病毒起源于非洲的热带雨林。在那里，他们发现黑猩猩身上存在一种病毒，当地土著居民又以黑猩猩为食，这种食物关系至少存在了 60 年，甚至很有可能长达几个世纪之久。随着工业伐木和随之而来的筑路工程，卡车司机把木材运出了森林，一路上在路边的新兴城市和妓女私通，通过性传播和血液滋生的艾滋病病毒迅速传播到了世界各地。艾滋病病毒的传播告诉人们，对雨林和其他原始生态系统的破坏，包括海洋生态系统，诸如珊瑚礁和海岸红树林，可能释放出威胁生命的传染病和全球流行病。

人类病毒和病原体向海洋环境的流动也同样引发了全世界关于公众健康的关注。20 世纪 90 年代早期，在停泊在阿拉巴马莫比尔的几艘从拉丁美洲驶来轮船的压舱水中发现了霍乱病毒。美国食品药品管理局随后就在莫比尔湾区的牡蛎样本中查出了相同的霍乱菌株。现在更常见的是由污水排放产生的胃肠道疾病，以及由有害水华造成的肺和神经系统损伤。最近有关于在污染的沿海水域中游泳染上的金黄色葡萄球菌感染的新闻，2006 年还有一人丧命于火奴鲁鲁的阿拉韦港，当时该港发现有污水溢出。

1985 年，姐姐和丈夫帕特搬回了波士顿，我和我的作家朋友史蒂夫·察柏尔，还有察柏尔 80 磅的阿拉斯加极地犬爱德搬去了旧金山。没有哪座城市比旧金山更适合私家侦探的了。我开着我 1967 年的迈瑞宝在旧金山城里兜来兜去办案子的时候，我仿佛置身于达希尔·哈米特的小说里。

我爱旧金山这座城,但却讨厌那里的天气——雨水丰泽,得益于海洋的滋润。海洋中蒸发的水汽形成云雨,再从我们的山顶上以溪流的方式流下去,受重力作用,经由分水岭流入海湾、入海口、盐沼、红树林滩涂、海草甸、海草林、珊瑚礁、海底山、海底峡谷,最后到达海底深处黑色平原的深渊,那里盲鳗以鲸鱼排泄物为食,海生蠕虫穴居在泥里。之后,水又开始缓慢地上升到海面,进入大气,持续以水蒸气的形式推动生命的循环。

我不太适应旧金山的海洋层,那里的蒸汽凝结成雾,刺骨的凉。我知道夏雾从哪儿来,但是我也不因此责怪海洋。错就错在峡谷。太阳照热萨克拉门托和圣华金峡谷,形成低气压。同时,活跃的近海上升流把富含营养物质的冷水带到了海面,进入大气形成雾。在远海上有一个高压带,叫做太平洋高压,因为气流流动要平衡气压,所以气流向着温度高的低压内陆流动,形成的风把雾从金门大桥吸进来,金门大桥成为了加利福尼亚海岸山脉的分界线,雾气像一条多情的、快速移动的白毯子一样把旧金山包裹得严严实实,让置身其中的人体会低温的浪漫。"我人生中度过的最冷的冬天是在旧金山过的。"马克·吐温曾经这样写道。不管怎样,在大雾的帮助下,渔人码头和39号码头沿岸的小商贩向穿着T恤衫和短裤的游客兜售科幻小说套头衫和运动衫，游客都以为加利福尼亚绵延 1100 英里风光秀丽的海岸线都是和马利布·芭比的海滩小屋的背景沙滩如出一辙。我个人不太喜欢做 6 月和 8 月还穿着羊毛衣和皮衣的城里人，在北美也只有旧金山这么特殊。

为了摆脱这奇葩的天气，我开始去夏威夷旅游。夏威夷是这个星球上最与世隔绝的群岛，四周几千英里内都没有和其他地方接壤，它如同伊甸园般富饶，尽管大部分的植被都是从别处引进的。我第一次去夏威夷旅行，就去了夏威夷大岛，我插着潜水通气管，游到了大岛的南点，看到了大绿海龟，在海底温泉冰冷、模糊的上涌淡水中浮潜。当我回到黑沙滩的时候，遇见了一位拿着渔叉的渔民，他告诉我他是从圣地亚哥的海洋海滩搬来夏威夷的。夏威夷大岛，尽管在我第一次去之后又经历了几十年的开发，但它始终是我在这个星球上最爱的避暑胜地，让你在酷热中冷静下来。

我在欧胡岛（夏威夷群岛之主岛）和查理·兰顿不期而遇，同行的还有一个我俩的朋友，之前也是我们岩屋的邻居，泰德·沃纳。沃纳曾是当地美国广播公司地方公司的一名主持人，他在做主持人期间，租了一个半圆拱形活动房屋，配有一个日落滩上的室外冲凉房。在欧胡岛和夏威夷大岛附近，有夏威夷第一个完美的波滑，当地贵族禁止普通民众在那里练习，担心他们会抛弃自己的芋头地，转行冲浪。在欧胡岛的北岸，我体验了此生最完美、最惊心动魄的一次冲浪。

在威美亚海湾里,我徒手冲上了 2.4 米高的浪面,海浪是那么的平滑,你甚至觉得你能永远停留在浪上。然后,我们到了日落滩,我听从查理的忠告,仅仅把接下来的这次冲浪当作一次冒险,我冲入了浅礁上 4.6 米高的浪花里。我能感受到涌起的海浪把我吸进去又吐出来,我知道我不该冲进来。查理说当时能看到我整个身体在浪面里,能看出我在竭尽全力穿出浪肩的后端,但大浪又把我头朝上卷了进去,让我迎头劈浪。我大概花了一个小时的时间,才挣扎着回到海边,好在没有被珊瑚礁撕碎。我需要等待几波浪一个接一个地翻滚起来,形成一大锅沸腾的白水,我才能跌跌撞撞地游回去。这次是我在萨尔瓦多后第二次听到肾上腺素横冲乱撞的刺耳响声,两次都是在面对马上到来的事故中可能会死亡的情形下发生的。

我在海滩上睡觉,睡梦中我又回到了萨尔瓦多。还是那种热带的湿热和茂密的枝叶、甘蔗园和 80 年代第三世界的感觉,日本投资商买下了农田,把它们变成了高端的高尔夫球场,给草皮施用的化肥进入径流,污染了珊瑚礁,加速了鱼类肌肉中毒。当地夏威夷土著谈及他们土地被人占领后的生活,那片土地曾经世世代代都属于他们。与得克萨斯州短暂的共和国不同,夏威夷直到 1893 年为止,一直都是一个独立的国家,在美国海军陆战队波士顿重型巡洋号的支援下,美国种植园主上演了一场武装政变,颠覆了利留卡拉尼女王和她的政府统治。

海洋拯救了我
SAVED BY THE SEA

1985年,我又在旧金山的眼画廊展出了"战争的两张脸孔"照片展。我在备展期间住在画廊主任安德鲁·里奇在伯克利的房子里,整个9月都在备展,一个画廊的志愿者顺便拜访了我,为了拿回溜进房子的她的小猫。她身高1米62左右,有着长长的黑色直发,柔软动感的身体,思维活跃,态度略带嘲讽,厚嘴唇,双眸明亮生动,还有一个有趣的名字:南希·琳达思凯。她后来告诉我,我一直用我"大大的、棕色的战地记者的双眼"朝她放电,但是她的目光都在猫咪普斯身上,她用两根手指轻抚普斯,这个小毛球就在她手上喵喵地叫。小猫咪和南希一样,可爱极了,是南希的心肝宝贝,灰毛黑斑,眼睛黄绿,在鼻翼上还有一个小白斑。在带小猫咪回家之前,南希看了看我随身带的霍格兰和克鲁斯的海报,并和我探讨了她可以为这个展览做些什么。

她走后,我问了里奇关于她的情况。他让我忘了她,说每个见过她的人都对她感兴趣但她已经名花有主了——她和不知道什么人住在奥克兰。南希信守承诺,帮我们剪辑了一个很多人参与拍摄的视频展示,完善了照片展。我发现她诙谐幽默,善于挑逗,虽然她后来坚持说她那是友善,并非挑逗,她只是喜欢男人的陪伴,尽管他们有点"变态"。

第五章 再看水肺潜水客

两年后,我回到眼画廊,遇到了我的战地摄影师兄弟比尔·詹泰尔。多年未见,甚是想念。但南希也在那里,并且告诉我她现在可以和我交往了,我们开始一起出去旅行。

我带她去了莫斯海滩菲茨杰拉德海洋保护区的潮汐池,就在旧金山的南面。陆地和海洋在崎岖的潮间带交汇,景色美得令人沉醉,在菲茨杰拉德,潮间带是一个宽阔平坦的落地窗,延伸至100码外的岩礁的冲泳渠道和沙提的交汇处,沙提上有被潮水从海湾里冲上来的满眼迷离的灰海豹。在落潮时,潮汐池也在礁岩上形成一个个天然的水族馆。在这些池子里,你能找到华丽丽的海葵、帽贝、大海星(或海马),有橙色的、红色的、棕色的、粉色的,还有紫色的,还能看到鲇鱼,暴脾气的海胆,有时还能见到脾气怪怪的比目鱼,还有其他错过了最后一班潮水回家的小动物。

在这潮涨潮落的生态系统中生存的生物很少有能伤害到人类的时候,它们当中很多都很敏感,会轻易地被人类伤害。例如,加利福尼亚的沿着冲浪带的潮汐池里常有附着在岩石上的鲍鱼,直到它们被人类刮干净,拿去出售或自己吃掉。同样的问题今天依旧存在,人们在菲茨杰拉德这样的潮汐池里捡海蚌、海棕榈、高帽钟螺和猫头鹰帽贝拿回家吃,尽管当地已严格禁止这种觅食行为。

我和南希在潮汐池边待了一下午,直到潮水打湿我们的膝盖,将绳状的海草冲断,在离我们一两码远的地方展开了一幅生动的透视画,上演着退潮大戏。我轻轻触动几个海葵，直到它们把紫色或白色的尖尖触角拉回自己球形的绿色身体中，我捡起一只玉黍螺蜗牛，让它爬过她的掌心。她小心翼翼地把它放回水中，对我说海洋是她最愿意来的地方。

在潮水淹没潮汐池后，我们去悬崖上的松柏林里漫步。那天下午晚些时候，我们又回到了海边，走进了一个砂岩穴，我们第一次久久地亲吻着彼此。她说我的吻让她后背丝丝触动。她的吻让我脸红心跳。

南希是我在爱情和冒险中永恒的伴侣。在十年的共同生活中，我们潜入了澳大利亚的大堡礁，还有夏威夷、佛罗里达、蒙特利、墨西哥和加勒比。我们爬上了洛矶山、雪乐山、卡斯克德山和阿迪朗达克山，去过大苏尔、俄勒冈沙丘和阿拉斯加的基奈半岛。沿途她都拍下了很好的照片，用她的冷幽默、激烈的独立意识和天生丽质吸引了很多人，她逐渐成为了一名旧金山湾区小有名气的电脑图像设计师，也让我这个记者见证了她的努力，让我更接地气。

一天，我和南希去蒙特利海湾著名的水族馆，去眺望海里的海獭、海豹和在宽广的海藻床上漂浮的海鸟。几十年来，海草已经消失殆尽。在海獭（又名海狸，它们的毛皮价值不菲）被捕猎得濒临灭绝后，海胆迅速繁殖，吃掉了海草的根，直到海底变成了大片尖尖的海胆荒原。1938年，人们在蒙特利南面的大苏尔荒野陡峭悬崖下发现了尚存的一群海獭。当海獭被再次引入蒙特利海湾后，饿极了的海獭开始吃海胆，那种饥饿程度只有海鼬①才能体会得到。这为海草的回归重开了生态空间，这就像是在黄石公园中引入狼群后，麋鹿不再过度啃食小白杨，让树有了喘息之机，沿着公园河畔再次生长起来，这反过来又帮助重建了海狸、紫崖燕等一些小型毛皮哺乳动物，因为它们的生长有赖于河岸森林的生长。

巨藻和牛藻并不是白杨树。它们是海洋中的红木和红杉，从底部的固着根开始，每天能长 0.6 米高，创造出复杂的水下结构，为大量的海洋野生生命群体提供栖息地。

之后，作为潜水者，我们从底下仰望了 0.6 米高的海藻林，看一缕缕阳光仿佛照进教堂般，在海藻林的卷须和透明的叶子之间玩耍，藻鲈、虫眼岩鱼、比目鱼、猫鲨和狼鳗在海藻林里徜徉，海底还有海豹和海獭，还有零星的海葵、海星、海胆和鲍鱼。

我去看我在佛罗里达的记者朋友卡尔和凯西·赫什夫妇之前一直想上的一门教授水肺潜水的课程。卡尔是一名电视摄像师，那时他接受了一个任务，要去基拉戈码头下，为一档名为"花多少钱才能买下全世界？"的日本游戏节拍摄那里的水下旅馆。当时日本的金融泡沫尚未破裂。装上了一根通到水面的空气软管，我陪着卡尔潜到了位于水面下 10.7 米深的前科学栖息地，从旅馆下方的月亮池进入到内部，到达建筑内部后，我们从几个防水鹈鹕箱里拿出了卡尔的电视拍摄装

---

① 海鼬：也叫海貂，食性很杂，鱼类、贝类和海草都是它们的食物。由于其拥有华丽的皮毛而被大量猎杀，现已灭绝。

备。里面有三个套客房，有一个主人房，一个淋浴室，然后就是中心生活、用餐区，配有一台视频播放器，可供选择播放的卡带，包括《海底两万里》和《十二英尺礁石下》。这让我想到了1964年世界博览会上看到的"未来世界Ⅱ"那个展品。和其他第一次进入这里的潜水者一样，我们录制了旅馆主人身着比基尼的安全助理，她们向我们炫耀着介绍了旅馆里的各个地方，还在我们面前展示了淡水淋浴。水面上的制片人让工作人员转达给卡尔，让卡尔问比基尼安全助理是否能脱掉胸罩，卡尔直接告诉他这不可能。

我回到湾区的家后，就和专业潜水教练协会（PADI）订了一个为期六周的潜水课程。大部分课不是在教室，就是在旧金山动物园附近一个奥林匹克规模的加温的游泳池上。我还是用我之前买的装备潜水。我们会记住减压表，而不用潜水电脑，来让我们在水下不要待得过长或潜得过深，或者上浮太快，这三种情况下身体都会感到不适，甚至遇到危险。有时在我去潜水的当天都会被潜水长质问，问我知不知道我的章鱼式气源、备用调节器和气管在哪里。我回答他说，你能看得到的才是你能用得上的。"那当你或者你的潜水同伴突然用完了氧气怎么办？"他最近常问我这个问题。

"我们共气。"我回答道。当然，这是假设那个因氧气用完而恐慌的同伴在拿到你的调节器，用了一段时间后，能还给你。如果他不还给你，你就要用拳击打他的胃部，把他送回水面（尽管他在上升过程中如果没有呼气,他的肺就很有可能会破裂)。

我第一次学会共气就在我拿到合格证的那个泳池里。我当时和同班一位迷人的金发女郎为伴,她当时穿了一件蓝色的比基尼,一到水下,我们就开始轮流用她的咬嘴,同呼吸共命运。那可能是我和连名字都不知道的陌生人之间做过的最性感的事。

一周之后,我们班在蒙特利海湾令人冷得打战的碧绿海水中参加我们的资格证考试。我们拿开并替换了水下面罩,调节了我们的背心,使它能让我们处于自然漂浮状态,松开又重新系上配重带,还有其他符合测试要求的准备后,我们开始了自由的水下探索。我和潜水长结伴游过了蒙特利码头,凝视着浆果般鲜亮的草莓海葵和海星覆盖着的奇妙卵石,看一条大蓝岩鱼在扭曲舞动的巨藻透明浅绿茎叶中无忧无虑地闲逛。几只海狮在我们余光的视线范围内进进出出。

有些人一潜入水下就感到紧张,随着深度和压强的增加,每隔10米,水下大气状况都会发生显著的变化,一些人的鼻腔会承受不住。我却觉得潜水是最能让我沉浸其中的一种自我放松方式,是我一生的挚爱,潜水对于我这个闲不住的记者,好似来自大自然的镇静剂。

当我在水下时,我用很少的氧气,我还偶尔用低沉的声音向一些好奇的海豹、海狮、海龟或石斑鱼呐喊,好像在对它们说:"你这家伙真是个奇妙的小东西。"我还喜欢漂流潜,沿着涌流漂浮,是最能放松自己的事，还能算得上是种体育运动。

在夏威夷的考拿海岸流行着一种夜间潜水，我也去过几次，30个潜水者在水下围坐成一个圈。潜水长举起满是潜水灯的塑料牛奶盒，灯光朝向水面。光能吸引磷虾，磷虾又能引来小绯鲵鲣和鬼蝠魟，翼幅有20厘米、30厘米和40厘米三种，这样在水下就能形成杂技般的捕食圈。鬼蝠魟翼尖有时还能给你梳头发。这不像是一种体育运动，更像是太阳马戏团的表演，是自然景观的典范。几天后，在夏威夷大岛另一端的希洛湾，我走进了小镇上唯一的一家潜水用品店，在那里我租下了一件打着补丁、有点褪色的潜水服，还有其他一些穿戴式设备。租给我的是一个老水手，他告诉我他一个月至少要潜水30天："因为我是个潜水迷。"我带着我在当地认识的一个花农朋友苏姗去希洛湾潜水：我们是海里唯一的人类，和一群心满意足地吃着水下海草的大个头绿海龟一起游泳，尽管不如鬼蝠魟表演翻跟头的技术含量高，但还是很吸引人的。

当然，当你去潜水之前，还是要做好一些必备的预防措施，比如确保你的调节器气流顺畅后再跳入水中，有一次我在水下2.4米的地方才发现这项措施没做好，还好我及时调整了气流。在水下呼吸本来就不是我们人类擅长的事。

两年后，我领到了自己的潜水证之后，搬去旧金山的诺伊谷附近和南希一起住。之后在南希30岁生日的那天，作为给她的生日礼物的一部分，我给她报了一个潜水班。

她顺利通过了六周的课程学习，并在 1990 年寒冷刺骨的 1 月在蒙特利的修道院海滩进行了潜水资格证考试。那天冷到你抬头就能看到圣克鲁兹山顶结冰的雪。"天太冷了，我冻坏了，"她边烘干身体，边抱怨，"但是我成功了。"她哆嗦着，用冻得发紫的嘴唇咧着嘴给了我一个骄傲的笑容。

我从现在开始进入了我人生最满意的阶段。在做电视纪录片的时候，我已经平衡好了电视纪录片和我选择的记者职业生涯，在两者之间我找到了报纸编辑 H. L. 门肯所谓的"抚平磨难和折磨安逸"的媒体工作。我还在我私家侦探的第二职业中，找到了社会效用和工作满足感。

更重要的是，和南希在一起的我找到了真爱，我和她共享我的人生经历，同时她还用她辛辣的人生观丰富着我的人生。我们不是在补全对方的人生，而是在对方的鼓励下，补全自己的人生。我们很享受在一起度过的时光。

三周后，她拿到了潜水资格证，我给了她生日礼物的第二部分，同时也是给我自己的一个礼物：去澳大利亚的大堡礁旅行。大堡礁是世界奇迹之一，是从太空能看到的地球上唯一的活物，也是这个蓝色星球的珊瑚心脏。

第六章
珊瑚园

　　小船漂在水面，从船上看海里五彩缤纷的海洋花园，可以看到热带的繁茂和神秘，感受到一阵生命的压力带来的悸动。

——雷切尔·卡逊《海角》

第六章 珊瑚园

珊瑚礁就像热带雨林一样，在营养物质匮乏的环境中都能繁茂地生长出令你脑洞大开的大量独特的生命形式。我们众所周知的海洋鱼类之中，25%都是珊瑚礁的居民，还有颜色艳丽的海螺，同时你还会发现成千上万种海洋软体动物也生活在珊瑚礁里。濒危的僧海豹、海龟和海鸟——包括军舰鸟和信天翁——也都在珊瑚岛、珊瑚礁和环礁上筑巢、繁育后代。历史上，珊瑚礁也是海盗一贯的藏宝地点。珊瑚礁，加上海底火山，一起创造了我们想象中的热带岛屿天堂，现在还有人天天住在那里。热带珊瑚礁同时还是抵御暴风雨的护栏和护锚地，食物、沙子、休闲、旅游收入的来源，是海岸和岛屿居民的骄傲。

澳大利亚的大堡礁是你能从太空看到的最大的活物。面积约350000平方公里，但这只占世界海洋表面积的千分之一。这千分之一的海洋，却养活了8%的世界知名鱼类（约1500种）和超过500种活珊瑚，包括麋鹿角和雄鹿角这些已列入美国水域濒危物种的二级珊瑚种。我想，如果南希之前从未见过珊瑚，那大堡礁无疑是南希接触珊瑚最理想的起点。

"巨型鳕鱼让潜水者致死"的标题明晃晃地登在《凯恩斯邮报》上，这显然是热带北昆士兰和约克半岛海岬的声音，这两个突出的手指形的礁石和热带雨林就像澳洲丛林的一把尖刀，抵着巴布亚新几内亚柔软的下腹。

海洋拯救了我
SAVED BY THE SEA

"一条巨型马铃薯鳕鱼的一记重击使得24岁的因尼斯费尔潜水客在离蜥蜴岛不远的鳕鱼洞附近溺水身亡。"是导游读者报纸上的新闻报道。下面的文字将这起"不同寻常的事故"和之前被大鱼撞晕,被潜水同伴救起后已经身体冰冷的事件进行了类比。身亡男人的朋友,在探索者Ⅱ号船上说,鳕鱼在事故发生时表现得"极其的活泼"。

我把文章拿给南希看,好让她不再一心只想躲避鲨鱼。我们订了一个3天的探索者Ⅱ号潜水项目船上旅行团。

在买了报纸后,我们在道格拉斯港的报刊亭装上胶卷、零食和太阳镜,回到了芙蓉花旅馆,在我们之前入住的是一对维多利亚苦味酒①夫妇,他们和旅馆老板站在门廊上,旁边还有几个其他的男男女女。老板是个大腹便便的直肠子,他开始告诉我们,在澳大利亚最后一片海边,有哪些不得了的吃的,有哪些东西会蜇伤你,又有哪些会把你毒死。

"第一凶猛的要数鳄鱼,它们在过去两年里夺去了九个人的性命,其次你还有可能撞见鲨鱼和蛇。我们这儿的丛林里大概有7种蛇,其中不乏致命的毒蛇。然后你还可能邂逅箱型水母、毒树和毒蜘蛛。在美国,有什么能杀了你的动物吗?"他边问边打开另一罐啤酒。

"只有人。"南希回答道,引得周围一圈人哄笑。就连池塘旁的青蛙也呱呱叫地捧场。

---
① 指一对英国夫妇。苦味酒据说是一种受到维多利亚女王喜爱的酒。

第二天，我们坐探索者Ⅱ号驶出了码头，那是一艘1.83米长的柴油机双体船。我们有12个人潜水，我们这艘船上有7人：一个澳大利亚人、一个纽约人、一个日本商人、一个BBC摄像师、一个加拿大哥伦比亚潜水长，还有我和南希，我们都迫不及待地准备下水和蓝海星（而不是蓝唇花）游泳。

就我个人而言，我从11岁就开始期待这次旅行。那时我读了《国家地理》杂志上一篇关于大堡礁的文章，文章里描述了这个12英里长的活迷宫是如何从成百上千万个小水螅珊瑚的石灰岩骨架发展而来的。其实，最吸引我的还是一条海蛇的照片，据说照片里的海蛇比眼镜蛇的毒要强10倍，两者都是致命的剧毒，这让年少的我展开了无尽的想象。所以，现在我们向北驶入赤道明亮的布满星座和星团的夜空，这在北方的气候中是难以想象的，看南十字星座起起伏伏，勾勒出一幅幅海上壮观的图景。我们的一个同伴，头上裹着海盗破布，戴着耳环，在甲板下不停地抽拉杆子，好让柴油机运转起来，我们其余人回到了船舱里。南希紧紧抓住舱架，给我们唱《吉利根岛》的主题曲，哄我们睡觉："天气开始变差，小船不断摇摆……"

黎明之光照亮了挂在空中的一朵朵云彩的粉色面，云彩下是风平浪静的外堡礁的蓝色浅滩。一轮丰满的彩虹弧线跨过我们的开放扇形船尾，标志着一轮暴风雨刚刚过去，一架水上飞机降落下来和我们相会。我们吃了一顿丰盛的早餐，有蛋、吐司和新鲜的菠萝。日本电视摄制组在水上飞机的浮船上等待我们的"黄道带"筏子过去接他们。

上午9点，气温32摄氏度，距离海滩90英里，是时候去鳕鱼洞潜水了。我们打开装备，检查同伴的装备（南希拽了拽我的浮力调节背心肩带，确保我的充气机已经打开），然后从船的后置平台朝海里迈了一大步，跳入海中，水花四溅。

水温刚刚好，29摄氏度，和淋浴水温相仿，可见度24.4米或更远。顺着锚链看下去，可以见到一群大鱼在一块岩石附近懒散地闲游，还看到了珊瑚花园。几群黄尾鲷鱼和明亮的绿鹦鹉鱼从我们身边飘过。我们中的一人用一桶解冻的鲻鱼试了试最低点。大嘴石斑鱼，满身斑点，倾斜的大脑袋，围到我们身边。这些石斑鱼可不像扳机鱼、丑角象牙鱼这些水族馆中能见到能让你为之心跳加速的、五颜六色的珊瑚礁鱼那么神经质：那些住在珊瑚礁里的鱼全身发亮，红、蓝、黑、黄，诱惑着你的柯达和爱克发。不，这些野兽是范斯·帕客派的鱼，长得那么丑，却那么吸引人，体型不等，从200磅到350磅重，1.5～1.8米长。

我滑到一只鱼身边，抚摸了它的背。它用扁平的眼睛无精打采地瞅了我一眼。我没有食物喂给它，它对我不感兴趣。还有一只鱼对污水桶产生了兴趣，贪婪地索求着。我们的潜水长把盖子打开，碰到了它的鼻子，它愤愤地游走了，好似一个长着鱼鳞的无礼的流水线工人。你想得到的鱼，没有一只能让你攻其不备地得手的。

第六章 珊瑚园

一个在悉尼做房地产生意的家伙让自己被另一只大鳕鱼包围了，骑它、轻拍它、爱抚它。我在想，当地司法机关是否建立了相关的道德法规，调戏鱼儿该当何罪。

再远一点，有四五条差不多大小的拿破仑濑鱼，钝头钝脑，短尾巴，色彩是鲜亮的水绿和水蓝色。尽管这些家伙能长到400多磅，但你很难在今天未受保护的水域里见到那么大的濑鱼。在中国香港和其他地方的买家愿意花90美金一磅的价钱买濑鱼肉和鱼唇，有钱人和打肿脸充胖子的人都把濑鱼视为美味佳肴。

一条大绿鳝鱼从岩缝里钻了出来，为了捕食一条人工饲养的鱼，也为了让我们拍拍它的脑袋。头上过去了几大团阴影。我们抬头向上看。那是米提亚鲨鱼，日本摄像团队绕着我们转了几圈，各个方向摆弄着他们的水下相机。我从上面看看我的女孩，她在面罩和调节器后面笑嘻嘻地看着我，也在摆弄着我给她买的尼康诺斯水下相机。

我们爬上梯子，回到了船上，高兴的同时还感到饿了。甜点早就准备好了。电视团队成员转移回到了他们水上飞机上，并且飞远了。我们也回到了船行日程：潜水、吃东西，在甲板上晒晒太阳，去到下一个景点，潜水、吃东西、潜水、吃东西、潜水。

我们的第二次潜水是在鲨鱼巷。不巧的是，大部分鲨鱼都被潮汐冲跑了。但我们还是按照计划去一睹巨蛤的风采，这是我们人生中第一次见到这么大的蛤蜊。紫色、绿色的柔软美丽的内膜组织和红色的附着海藻的软体皮肤就这样张开着,就像是大海肥厚的丰唇,从藻类和海水吸入物中摄取养料。稍微一摸,它们就撤退到大大的满是凹槽的壳里,再挑逗它们,贝壳就一下子关上了,好似很不耐烦。

除了一些钻洞蛤深藏在硬珊瑚里,其他蛤蜊都平躺在沙底上。怪兽双壳蛤有500多磅重,它们能轻而易举地吸入10加仑的塔塔酱。生长在大堡礁这个保护区里,从我第一次在电视上看到它们开始,这些蛤蜊向来不惧怕陌生人,沉着冷静的程度让你震惊,电视上,它们吸住劳埃德·布里奇斯的腿,不松口,还试图溺死他,逼他不得不用上自己的潜水刀。我再往下沉,遇到了一个1.2米高的卵石型蛤蜊,我把调节器从嘴上拉开,朝着南希的水下相机,给了她一个微笑。

我们下一处潜水地是皮格茜顶峰,那是一个沿着外部丝带状礁石的珊瑚峰,峰谷延伸至海底深处。在这里我们看到了鱼儿在各种各样的浅滩珊瑚里游来游去:有软有硬,有扇形的,有蘑菇形的,有大脑形状的,也有雄鹿角形状的,颜色有黄色、绿色和粉色。橙白条纹的小丑鱼在带刺海葵的簇拥保护下,娇羞地瞥了瞥你。什么也骗不了我们,任何人只要翻一翻潜水杂志,就能知道这个场景是拍摄珊瑚大片的绝佳地点(在《海底总动员》里的小丑鱼成为家喻户晓的明星之前,我们就对小丑鱼再熟悉不过了)。

在每次潜水前,我和南希都会记录好我们的潜水日志,计算潜水深度和时长,仔细阅读鱼类图。至今为止,我们已经见过了白顶礁鲨鱼、魔鬼鱼、扁鲨、海龟、海松鼠、海鹦鹉、扳机鱼、独角鱼、喇叭鱼、蝙蝠鱼、石斑鱼、梭子鱼、海龙、红帝鱼、长须鲸、獭鱼、箱鲀和长鼻珊瑚鱼。

之后我们进行了人生中第一次夜间潜水。南希很紧张，却还是冲了气，我也一样（尽管我不想表现出紧张）。我们在从扇形船尾跳下水之前，我们团的一个人用绳子拴着一个桶，扔进了海里，看在灯光周围徘徊打转的是什么东西。他把桶拉回来，结果发现那些是红色的蜈蚣一样的海洋生物。没人知道它们到底是什么，但至少肯定它们不是海蛇。我们大步迈进了漆黑的水中，开始沿锚链向下摸索。

对我而言，这次潜水的场景似曾相识，就像是《星球大战》电影的场景：我们都处于中性浮力状态，就像太空中的失重一样。我们能听到的只有自己的呼吸气泡破碎声。我们提灯发出的光束就像激光剑一样划破黑暗，变成绿色，直到消失在一望无际的远方。然后我们到达了海洋底部。还有另一只大马铃薯鳕鱼位于船的正下方。这里的珊瑚礁头，或平顶的珊瑚头，让我们花了半小时才绕了一圈。如果我们一直在一起，不走散，就没事。在水下16.8米、离岸100英里的地方你不会想要失去方向感。如果你迷路了，你就要按指示浮回水面，再环视周围。那遥远的灯光应该是你潜水船上发出来的。切记不要朝着海平面月亮的方向游去。曾经一艘从道格拉斯港出发的潜水船数错了返回潜水客的人数，把几个潜水客落在了珊瑚礁处。六个月后，这几名被遗落的潜水客的潜水装备被发现了，但是却无人生还。

我们开始沿着珊瑚礁头的外边缘游动。我的灯照到了6条大拿破仑濑鱼，好似在峡谷边吃草的水牛。我的思维跳脱了眼前的画面，想起了过去的自己，感觉自己像个在古老西部穿行的先行者，为捕食者查看那宽广的新天地。我把我的信号灯朝珊瑚照去，又射向公海里。其他潜水客发出的灯光变成了闪烁在远方的绿色荧光棒。我俯身捡起了一只蓝色的海星，海星下面的沙子像爆炸一样开了花。我还吵醒了一只熟睡的鳐鱼，一下子又躲进了暗处。我抬头，看到饶有兴致的澳大利亚人，用灯光向我示意。我发现南希就在不远处，我向她挥了挥手，让她过来。那个澳大利亚人用灯光照到了一个在岩石中睡觉的漂亮的蓝宝石鹦鹉鱼。白天的时候，你可以听到它们用自己的小硬喙津津有味地啃着珊瑚。我们花了好一会儿才看清楚他让我们看的是什么。那只0.6米长的鱼正睡在一个晶莹剔透的气泡卵里，鹦鹉鱼每晚都要吐气泡把自己包裹起来。一旦壳被捕食者戳破，鹦鹉鱼还有喘息之机应敌或逃跑。

在珊瑚礁的沟回里，我们发现了一只英俊的珊瑚鳟鱼，红色的身上有蓝色的点点。这真是条好鱼，看上去赏心悦目，吃上去估计也美味可口。一般来说，我们可以吃下任何鱼，只为填饱肚子，但可食用鱼的种类也在锐减。

回到船上，我们记录了这次夜潜，用手提音响听澳大利亚午夜石油摇滚乐队演唱《床在燃烧》（多年后，乐队主唱彼得·加勒特成为了澳大利亚环境部部长）。南希迅速融入厨房餐桌旁正在进行的扑克游戏。我拿了一瓶可乐，走到扇形船尾，和BBC的一个摄像师分享我的战时趣事，他曾在树上趴了6周，只为拍到非洲豹进食的照片。

第二天，一切照旧——吃东西、读书、晒太阳，我们渐渐逼近了最后的潜水点。我们在3天内潜水了8次。鲨鱼体形不大，却很光滑，像是喷气式战斗机一下子集结成队，绕行于珊瑚礁头的周边地带。有一次，这些小鲨鱼把我们的一名船员围追堵截到了一个浅珊瑚架上，这名船员几乎金鸡独立，等待我们的"黄道带"筏子开过去接他。

我们最后一次潜水充满了魔力，那是一处特别的珊瑚礁头，有着浅顶和暗礁。反向滑水离开"黄道带"筏子后，我们进入了一片杜松子酒般清澈的水域，里面全都是鱼。那是一片开阔的花园，由狮子鱼负责把守。这些尊贵的鱼身上长着羽毛般的鳍，像是穿上了水斗篷一样，身上有奶油色、黄色和棕色的条纹。它们移动起来就像日本艺伎的扇子，忽闪着翅膀捍卫它们小小领土内里的珊瑚。它们的背鳍里有一种毒素，可以让人产生剧痛，导致呼吸衰竭。中央情报局（CIA）有专门的水族馆用来饲养这种鱼。

我跟着一只河豚游到了边上，看到一对蓝色和红色的丑角象牙鱼正在臭美。回过头来，我看到一滩的蓝色和黄色海鲈，就像窗帘一样左右分开。在这些海鲈后面，我们一个船员正跟着一条2.1米长的海蛇用通气管潜泳。这条海蛇显然不希望被笨手笨脚人类的打扰。它游过我，头朝下继续游去。我跟着它潜到了18.3米深，但是它还是执意离我而去，游到27.4米甚至更深的地方，直到它的身影消失在海底。

"要是它缠上你，你该怎么办呢？"南希在我们返回船上后替我担心。

我们沿着海岸线未受人类惊扰的绿色度过了我们此行的最后几个小时。那天下午晚些时候，我们到了库克敦，地图上有记载的通往昆士兰最北部土著保护区的最后一站。库克船长曾把船停泊在此，并将该地命名为袋鼠。凯阿拉凯夸湾是我们最喜欢的几个世界景点之一，位于夏威夷大岛上，就在库克船长的袋鼠镇下面。库克船长就是在这里从澳大利亚开始返程的途中被害的；当地一名勇士吃掉了库克船长的心脏以示尊敬，但我从不觉得这种行为有什么值得尊敬的。

在过去的几个世纪里，库克城也没发生多大变化。城里铺了路，两三家小酒馆里安装了吊扇，吸引了蜥蜴前来造访，还有大个的白色澳洲鹦鹉用嘶哑的大粗嗓子朝你发出抗议的叫声，显然，它们对作为第二语言的英语毫无兴趣。

在乘坐快速渡轮回到道格拉斯港后，我们继续这次的探险，来到了莫斯曼峡谷鳄鱼农场和丹特雨林，那里我们发现了一只罕见的1.83米高不会飞的蓝头食用火鸡。

我们用通气管在苦难岬附近的一处沿海沙堤和蝙蝠鱼、鲨鱼一起潜泳，警示牌上提醒我们不要游近湾鳄或箱体水母。

在澳大利亚度过的最后一晚，我们驾车沿布鲁斯高速公路一路向南行驶。在开了一段时间后，我们就在一个小假日旅馆里住下了，这个小旅馆让我想起了《惊魂记》里的贝茨汽车旅馆。事实上，这个二层的小旅馆还不错，有一个游泳池，还可以在断崖上俯瞰敦克岛。美中不足的是我们是那里唯一的住客。我们选了二楼的海景阳台套房。在我们安顿好后，就去了附近的密逊海滩享用意大利晚餐。我们回来的时候看到甘蔗蟾蜍恶狠狠地坐在泳池边和通向我们房间的楼梯台阶上，发出隆隆的叫声。南希很惊讶我为什么不喜欢像家鼠一样大的蟾蜍，它们很有可能含有致命的剧毒（在澳大利亚难道不一样吗）。甘蔗蟾蜍在30年代为了对付甘蔗害虫引入澳大利亚，但是现在甘蔗蟾蜍本身却构成了更大的威胁。在21世纪第一个十年间，包括致命毒蛇、巨蜥在内的约克角半岛的主要捕食者消失殆尽，很可能是由于甘蔗蟾蜍的扩散引起的，咬过这些蟾蜍的捕食者都中了它们的毒。有位科学家将这种现象称为"北上大沉默"。

凌晨5点，我在咆哮的风声、蟾蜍的隆隆叫声和闪电球发出的爆裂声中醒来。我把南希摇醒，指了指窗外。天空如血，海上一片漆黑，棕榈树都被大风吹得弯下了腰，枝叶相互鞭打着，像是飓风中的风筝的尾巴，场面让人心生敬畏。

我们在黑沉沉的雷云下，开车回凯恩斯机场，一路上狂风卷着落叶飘落在双车道"高速公路"的柏油路面上。我们不确定是否要取消航线,但最后还是决定逆风起飞。我们离开了飞机跑道,升入了一个绿色和灰色的世界,季风季节的第一场大雨就这样哗啦啦地落在了澳大利亚的"深北"部。这场大雨是个美丽的凶兆。

十多年后我做环境记者的时候又再次回忆了那场大雨的情形。我接受了 E 杂志的一项工作,制作一期"感受高温"的期刊,再以这本期刊为原型,扩展为一本书。十名记者从世界各地报道着我们这个星球,关注人类影响下的环境变化。我的任务还包括报道佛罗里达、斐济和澳大利亚与气候相关的珊瑚白化事件。近几十年间,污染、过度捕捞、船舶和暴风雨以及气候变化日益严峻的影响,使得超过 20% 的世界热带珊瑚礁死去,包括珊瑚白化和海洋酸化。另有 25% 的珊瑚礁在十年间将从我们的星球上灭绝。

30 个小时,我从华盛顿 D.C. 到洛杉矶、到悉尼、到凯恩斯,再向北开,穿过昆士兰青翠的山谷和甘蔗地后,我决定把车停靠在密逊海滩。这次我住在"海平面"——另一个可爱温馨的小旅馆,有自己的木制泳池,从泳池甲板上可以俯瞰敦克岛。我在门口的酒吧喝了点酒,希望能忘掉坐在旁边椅子上表情凶神恶煞但实则心情愉快的乔治娜。我开车到海滩吃晚餐,吃完晚餐回旅馆的路上我看到一只 0.9 米长的小袋鼠一蹦一跳地穿过了我汽车前灯的光束。那天晚上,我终于睡着了，尽管周围满是丛林里的各种声音——有大蜥蜴逃跑的声音，还有声音洪亮的白色凤头鹦鹉在我屋子旁边的尖叫声。早上，我徒步去了一处遭到侵蚀的海滩，那里有一处河口，上面立着一个熟悉的木头警示牌："当心：河里住着湾鳄。"

几小时后，我们开到了汤斯维尔，一个占地12万平方公里的水岸城市，曾自荐作为大堡礁的首都（尽管凯恩斯在开放它的国际机场后，抢走了汤斯维尔大部分的游客）。汤斯维尔憋了一口气，准备东山再起，建起了新的 IMAX 剧院、珊瑚礁水族馆、赌场，更是把赌注压在锌加工厂、军事基地和政府机关上，包括大堡礁海洋公园管理机构和澳大利亚海洋科学研究所（AIMS）。我给北昆士兰环保理事会的杰里米·塔格去了电话，他邀我去他在岛上的家里做客，从汤斯维尔出发坐渡轮半小时就到了他家。

他来码头接我，一路上他尽职尽责地履行了他作为一名职业活动家的义务，给我简要介绍了当今世界最大海洋公园的环境威胁。

"公园内部分区域还是允许商业渔船的海底拖船进入，糖厂排放的氮、磷酸盐等营养物质流入径流，沿海森林为了养牛和其他发展而被夷为平地，还有公园里珊瑚海东边的石油工业持续开发的海底钻探。"

磁岛就像洛杉矶外的卡特琳娜岛，但是磁岛上还有致命的毒蛇。"这些蛇喜欢藏在树叶堆下面。"安·塔格带我们看她家像树林一样，叶子繁茂的后院时候，这样告诉我们。磁岛在大堡礁群岛中最受游客欢迎，岛上的热带鸟类和野生动物品种繁多，数量巨大。上面栖息着蝰蛇（欧洲产的小毒蛇）、蟒蛇、岩袋鼠、海鹰、果蝠、麻鹬、考拉和同样可爱的袋鼠。磁岛还有自己的活珊瑚礁，但不在耐莉湾。

1998年是历史上第四热的年份（排在前三的分别是2014年、2010年和2005年），在1998年，全球珊瑚白化大爆发，当年的厄尔尼诺现象使得全球海洋温度升高，珊瑚的耐热性超过了阈值。科学家越来越关注气候变化对厄尔尼诺全球变暖以及之后的"拉尼娜"[①]海洋冷却现象的加速影响。美国珊瑚礁特别小组报道了1998年波及全球的珊瑚白化的直接诱因是石油燃料燃烧带来的气候变化。

"当我们看着百岁的珊瑚群们渐渐白化、死亡的时候，我们知道这是人类有记载的历史上前所未闻的新闻。"保罗·豪格这样应和道，他是磁岛上的居民，为人友好，太阳晒得他满脸通红，他也是在大堡礁海洋公园管理局工作的一名研究员。

豪格的专业领域是珊瑚繁殖。"我们正在寻找没有死亡的活珊瑚，发现它们的繁殖率在白化之后的第一年间降低到原来的40%，第二年则恢复到80%。现在这些珊瑚正在承受着由拉尼娜现象带来的水温的降低，与正常水温相比，大概降低了0.8摄氏度，每过4年水温的变化幅度约为2摄氏度左右，要是遇上厄尔尼诺/拉尼娜现象，水

[①] 拉尼娜：指赤道太平洋东部和中部海面温度持续异常偏冷的现象（与厄尔尼诺现象正好相反，也称"反厄尔尼诺"或"冷事件"），表现为东太平洋明显变冷，同时也伴随着全球性气候混乱。

温变化的频率和变化幅度都会升高，珊瑚就更难适应，也更难从这些影响中调节恢复过来。"

另一方面，由于海洋吸收的人类排放的二氧化碳越来越多，海洋变得更酸了。由此产生的碳酸对贝壳和珊瑚骨架、蛤蜊和其他海洋生物都有腐蚀作用，因为这些动物要从海水中摄取碳酸钙来建造自己的硬壳房子。《科学》2008年春季刊发现，和北极海冰的消融一样，海洋酸化的速度比地球顶尖气候学家之前预测的要快得多。其他科学家认为海洋不久就会被人类制造的二氧化碳填饱，变得再也无法吸收二氧化碳，等到那时，大气升温的速度将大大加快。

"我想我们接下来要看到的不是一瞬间的分崩离析，而是（珊瑚礁）系统的缓慢衰落。"保罗·豪格这样提醒道，他的这种观点已经形成了今天的科学保守派。

他和其他观测员都认为近海群礁是最危险的，因为那里已经承受了人类发展带来的诸多压力，包括污染径流和飓风（太平洋飓风）。

我参观磁岛的时候岛上刚经历了北昆士兰历史上雨水最多的两个月。地上还堆着两周前特莎飓风吹倒的大橡胶树和落叶。

在岛上第二天晚上，我受邀参加了磁岛电影节，参加电影节的民众热情友好，喝着啤酒，有大约100人，大部分人都穿了戏装，不是穿泳衣就是男扮女装。那次我才知道岛上的200个居民分成了两派，支持或反对重建曾经失败的港口工程项目。当地的房地产发展商计划

海洋拯救了我
SAVED BY THE SEA

在社区新建600个住宅单位，缓解过度紧张的排污系统。到目前为止，昆士兰像佛罗里达一样，没有让由于气候变化而增强的暴雨、增多的降水、海平面上升或礁石的死亡阻止海滨发展计划。

曾经健康的耐莉湾，就像是邻居一样的存在，孩子们经常去那里学习浮潜，耐莉湾是保罗·豪格的七个研究场地之一。"不幸的是，飓风来袭后，珊瑚白化不断加重，成为了压死骆驼的最后一根稻草。"他告诉我们。可我还是决定要去耐莉湾看看。

我直奔海滩，一路上有榕亚树、肯宁南洋杉和椰子树，还有一个告示牌，上面写着："箱型水母是很危险的……被箱型水母蜇到后的紧急处理办法：用醋冲洗。若呼吸停止，则需要做人工呼吸。"

好在我从杰里米·塔格那里借了一件防护服（纽约佬说那是防晒衣）。我游了出去，到了标有黑色浮标的保罗·豪格的研究场，开始自由潜水。海底是碎石场状的破碎的珊瑚枝、死珊瑚、白化珊瑚和覆盖着灰泥的硬珊瑚，还有几条小鱼。一只蛤蜊藏身在一处死珊瑚岩的石灰岩骨架里。它肥胖的斗篷上都是条纹，还有星星点点健康的蓝色、紫色和绿色共生藻类，好似在墓地里搔首弄姿的时装模特。

澳大利亚海洋科学研究所位于汤斯维尔以南40分钟车程的地方。要到达那里，你需要开车经过克里夫兰角——一个野生湿地半岛，岛上住着鹳、白鹭和牛，还时不时能看到灌木丛里跳来跳去的小袋鼠。最后你终于来到了一个铁门前，在这个与世隔绝的铁门上装有对讲机。远处的大门打开了。在草山的另一端有澳大利亚海洋科学研究所（AIMS）几座矮矮的玻璃混凝土建筑，就像从詹姆斯·邦德的电影里搬出来的一样，建筑的另一侧，沿着灌木丛生的小路走下去，你会发现大约5英里的野生海滩，对面就是世界上最大的活珊瑚。

"气候变化的影响已经发生了。4次最严重的珊瑚白化事件分别发生在1987—1988年、1992年、1994年和1998年，1998年那次是最严重的。"凯瑟琳娜·法布里修斯这样向我们说明着，她是澳大利亚海洋科学研究所的一位聪明活泼的研究员，来到这里，也是为了不再忍受德国的严冬。

我们的采访在2005年之前，当时加勒比珊瑚受到了暖池水的严重破坏，暖池水的加压，也导致了飓风卡特里娜和飓风丽塔。"珊瑚的抗干扰能力是很强的，不像叶子那样脆弱不堪。"她在一间装满了像雪花一样各种各样、各具特色的软珊瑚标本的办公室这样告诉我，"但如果这种扰动过于频繁，珊瑚就会被杂草取代。你都看到了，分枝珊瑚已经取代了生长缓慢的脑珊瑚。我们在1998年失去了潘多拉礁外的前年珊瑚岬。这些礁石真的是煤矿中的金丝雀，正如你现在看到的，整个生态系统都受到了冲击。"

我告诉她我认识一位名叫比尔·弗雷泽的南极科学家，气候变化也在他的圈子里引起了轩然大波。

"十年前，人们还陶醉地以为这是片原始地域，"她接着说，不等我加以评论。"现在随着气候的变化，最保守的估测都相当的惨淡。如果你的政府（澳大利亚政府）想要销售褐煤，它们很可能没有想到要用什么其他燃料，或者太阳能代替，也没有想到这样做会给环境带来怎样的变化。从头到尾，都没有让所有人心悦诚服的方法。"

"在许多年间，司法机构都对全球气候变化对珊瑚白化的影响不闻不问，"前地方旅游局局长兼负责大堡礁海洋公园管理局的政务官弗吉尼亚·查德威克这样说道，"更不用说珊瑚白化和水温之间显而易见的关联呈现出的一种令人担忧的趋势，"她补充道，"从地方管理机构的角度出发，我们想研究的是珊瑚的适应能力，看珊瑚能不能适应水温的变化。"

"我们还没有证据，证明珊瑚可以适应快速的温度变化，"法布里修斯提出了反对的意见。"也许在成千上万年后，珊瑚能进化得适应水温变化，但是这显然超出了我们谈论的范畴。"

看过死珊瑚后，我决定去凯尔索潜水旅行，那是从轻度白化中恢复的外堡礁之一。再次来到天然水族馆，感觉好极了，鱼儿在珊瑚墙、珊瑚礁头、珊瑚峡谷里游来游去，有闪光的珊瑚鳟、蝙蝠鱼、啃珊瑚的鹦鹉鱼、海葵鱼，海葵鱼藏在海葵中间，把海葵释放的毒素接种到自己体内，这些鱼儿静静在那里等待谁来为它们拍照。还有海星和垫子一样的海参、独角鱼，好多闪闪发光的小鱼苗，紧紧抱着礁石，以求保护。一只 1.83 米长的礁鲨在我们身边驶过，健康的珊瑚礁为它增添了几分捕食者的高贵和神秘。

"我们这里是一个大型的礁石区，比佛罗里达群岛或加勒比海都要健硕，这里有超过 420 种珊瑚，是大西洋礁石种类的 6～7 倍。"保罗·豪格这样告诉我。

"这对长期估测有什么影响吗？"我问道。

"生物种类丰富的大型珊瑚群落（像大堡礁珊瑚群、新几内亚珊瑚群、印度尼西亚珊瑚群和帕劳群岛珊瑚群）都能活得更长久，"他说，"但是北美的珊瑚群受到了重击。"

去完澳大利亚，我又去斐济待了一周，在斐济我得知这个太平洋国家 332 个岛屿上的 75 万居民都感受到了气候变化带来的影响。我和当地人一起喝卡瓦酒，那是一种用胡椒酿的酒，就像是泥水加上温和的奴佛卡因（一种局部麻醉剂）的余味。潜入塔韦乌尼岛外的索莫索莫海峡，我第一次看到了如同经受了暴风雪洗礼的白化礁石。那里 1/3 的珊瑚都变成了像婚礼蛋糕上的白色糖衣那么白。

"你看到那些白化珊瑚了吗？"回到船上后，我问其他几个潜水客里的一个明尼苏达旅行社代理人，她好奇地打量着我。

"当水温升高后，受热的珊瑚虫就会把虫黄藻[①]赶跑（因为有虫

[①] 虫黄藻：海藻的一种，大多数为自养生物，很多与珊瑚虫互惠共存。虫黄藻为珊瑚礁提供高达 90% 的能源需求，所有的造礁珊瑚虫都与虫黄藻共生。

黄藻附着，所以珊瑚虫才有了颜色）。但是这些虫黄藻为珊瑚虫提供了大约70%的食物，离开虫黄藻的珊瑚虫也就慢慢饿死了。"我这样给她说明。

"真的吗？我还以为它们原来就那么白。"她这样回话，之后转头看果蝠[①]从头顶飞过。

这让我想起了我在海洋期刊上看到的一幅漫画：漫画展现了餐厅里的一个用餐人和一个服务员之间的对话。

"我要一份智利海鲈。"用餐人这样点餐。

"对不起，但是海鲈已经灭绝了。"

"哦，这样，那有牛仔肉吧？"

在第二次潜水中，我们中的几个人遇上了激流。我艰难地用手一把一把地推水，后退到一处礁石掩体后，好让自己不被冲走。后来我的氧气中断了，我不得不让另一个潜水客帮我把我气瓶上的阀门打开，我还在锋利的珊瑚上把手割破了。一小块珊瑚钙扎进了我的手掌，可能要逃不过手部手术了。搞得这么狼狈，真不是我的错。当时一只正在吃小鱼的大鹦鹉鱼让我走神了，鹦鹉鱼是草食性鱼，这种草食动物改吃肉的场面并不多见。然后我发现那里是一个清洁站，鱼儿们张开嘴，让清洁工濑鱼把它们口腔里的寄生生物清除出去，当我就这样为眼前的场景惊讶不已的时候，一个水流把我冲到了尖锐锋利的珊瑚上，

---

① 果蝠：最大的蝙蝠，有些翼幅长达2米，又称飞狐。以果实和花蕊中的汁液为食。

划伤了我的手掌。

在浮到水面的过程中,我看着黑血从我的手掌中涌出来,直到红色的血液再次流出,我也越来越接近水面,我能看到我流出了一条深红色的小血流。那天夜里,我烧得厉害,高烧和眩晕持续了超过 12 个小时,后来我清醒过来后,才觉得我当时应该弯下腰,尽管减压表不让我这样做。回想起来,那次并不是我最好的一次潜水。

我和一个叫史蒂夫的家伙一起坐夜航飞机从纳迪穿越维提岛(南太平洋岛国斐济的最大岛屿)大陆直到斐济首都苏瓦。在斐济我就和他一起出去闲逛。他来斐济准备给斐济大使谏言。他说他在美国国务院工作,让我想起了我认识的中美洲美国中央情报局的那些人。在第一任印度籍斐济首相当选后,民族危机日益扩大,斐济当地民族主义者都强烈反对这位首相上台。苏瓦作为斐济的首都,是一潭典型的破败不堪的第三世界死水,有一个中央市场和公共汽车停车场,一所大学,停泊着日本渔船的码头,郊区有外资制衣厂。没什么吸引力,也很难有谈得上愉快的经历,很难吸引旅客去纳迪和外岛。我到达的当天,斐济首相驳回了内政秘书长的提议,决定放任民族主义者举行抗议游行。史蒂夫告诉我首相之所以这么大度,是因为听从了美国大使的建议,他们说这样做是正确且民主的。

我离开后的第四天,抗议游行就爆发了,持枪匪帮从游行队伍中走出来，劫持了首相和他的内阁作人质，由此发起了一场军事政变。作为一名记者，我很后悔错过了这次事件，回到家中，翻翻照片，照下来的只有受侵蚀的海堤，而没有拍下斐济人放火烧毁苏瓦印度商铺的照片。但是，有一点我是确信无疑的，尽管斐济的民族冲突可以得到解决，但斐济人无论怎样做，他们的子孙都要面对未来海平面的上升和珊瑚礁的消亡。

9年后的2009年，我回到斐济，发现尽管珊瑚已经从2000年和2002年大规模的白化中恢复过来，但是大部分的海洋野生动物，包括所有中型和大型的鱼类，都消失了，至少我和我朋友斯科特·菲尔德去卡达雾岛（斐济的第四大岛）的鬼礁潜水时看到的情况确实如此。

在马塔奴库和阿斯特罗莱布礁有大量健康的硬珊瑚群和软珊瑚群，这里还是小鱼苗的家，但几乎没有海星、海参、海胆、鳗鱼、鹦鹉鱼、鲷鱼、石斑鱼、鲹鱼、鲨鱼或海龟。在我们第三次潜水的时候，我们开始好奇海底发生了什么。"我在印度太平洋海里潜水也有三十个年头了，但却从未见过这样的东西。"斯科特惊叹道。在差不多九到十层楼高的壮观的水下尖塔中间有可以穿游的洞穴，还有像海底深渊般无限延伸的深谷、台地和直墙，我们还发现了藻类疾病的第一个征兆——珊瑚离开了大鹦鹉鱼和其他草食性动物就无法控制藻类生长，也就活不下去了。

第六章 珊瑚园

在以"峡谷"和"水族馆"名字命名的潜水场里，我们只看到了一小撮大动物，一只形只影单的铜色大真鲨，我们一下水，它就一溜烟地跑了，一只狮子鱼，两只蝠鲼，一只大个头的鳗鱼和一只垂死的石鱼。气氛有些诡异。在这么多种珊瑚和海底巨型建筑中，我们本该被各种各样的海底生物簇拥着才对，但是这一大批海洋生物似乎一下子消失了，只留下空荡荡的珊瑚礁。

举个"移动基线"症状[①]的例子吧（也是我们基于自己的经验对现实进行的判断）——我们的潜水同伴，大部分是得克萨斯来的，看上去好像终于有时间停下来调整他们的装备，给五颜六色珊瑚里的海葵和小丑鱼拍照，从岩洞的缝隙间勉强挤过去看上去兴高采烈，即使他们并没有意识到海洋已经发生了巨大变化。

我们有两位斐济潜水长——切雷拉，47岁，绍拉，24岁——都是从那乌拉图和德鲁这两个锡棚和废木小村庄来的，村子靠近玛塔那潜水和捕鱼胜地，她们也在那里找到了工作，整个村子的发电也要依靠玛塔那的电站。她们看上去并不想多谈她们切身感受到的水的变化，我对此表示理解。后来，她们和其他当地人聊了起来，我们才知道村民们要划船划到很远的地方才能捕到原先在近海就能捞到的岩礁鱼。有几天晚上，她们看到礁石附近闪烁着灯光，那肯定是非法捕鱼者在

[①] "移动基线"症状：指随着时间推移，人们接受某些事物或现象的基准随之改变。就海洋生物锐减而言，年轻一代往往表现得更为不屑，认为老一代所描述的海洋物产丰富的景象不过是怀旧之谈。现在人们难以想象没有鱼类的海洋，但在"移动基线"作用下，未来几代人或许对此完全不以为意。

捕鱼，错不了。"以前我们这儿的水里经常看到鱼儿游来游去，但是现在你已经看不到鱼了。20年前，这里还有很多龟，现在也已经见不到了。"一位不愿意透露姓名的斐济人这样告诉我们，他担心自己对斐济现状的评价可能会惹怒苏瓦新上台的军事铁腕人物。

在礁石线外，来自亚洲的大型长线拖网捕鱼船捕捞了成千上万吨的吞拿鱼、鲨鱼和公海里其他种类的鱼，只交了少得可怜的许可费，就捞光了斐济专属经济区（EEZ）远洋海里的鱼。斐济酒店业协会曾致信军事政府，抗议这种行径，但没有得到任何回复。

我们最美好的几次潜水让我们既兴奋又伤心。一天晚上，风雨交加，海浪撞击着我们的布雷小屋旅馆，树林里传来了阵阵鸟叫。第二天黎明破晓时分，我们把装备和额外的气瓶装到固定在浮桥上的潜水船里，沿着海岸开船到了岛上的中心街区武尼塞阿，那里有飞机跑道、医院和邮局，在那里，我们把气瓶转移到了帆布盖卡车上，开了一小段路，穿越了狭窄、崎岖的地峡，开到了岛的南面。之后我们又把我们的装备转移到了0.9米长、狭窄的非洲大砍刀船上，船的马达有40马力，在向导约书亚·比洛的带领下我们乘船驶向阿斯特罗莱布礁，他是个满脸胡子的当地潜水长。到达目的地后，不一会儿我们就推开了船，潜入水面下，漂浮在海底和珊瑚礁头，那里95%到100%的活珊瑚都披着绿色、棕色、红色、黄色和紫色的外衣，大麋角珊瑚褐色的枝杈和我手腕一样粗。我们很快就被优雅滑行的蝠鲼所吸引。其中一只蝠鲼的翼幅有2.4米，就在我头顶上一米多的地方飞过，我悄悄屏住了呼吸（它们不喜欢我们呼吸出的气泡）。

在我们第二次潜水后，约书亚带我们去了他的家族大院"安息地"，在那里他们捕鱼、种卡瓦药和卡萨巴甜瓜，有时还领别人潜水。他女儿在他们家的锡棚屋前招待我们吃了午餐，那里还晒着尼龙网和潜水装备。在沙滩上有小孩子的吊床，吊在高高的树杈上，在天空中划出一道大大的弧线。当我们回到纳马拉塔湾的海堤时，潮水已经退了1.83米，露出了海边红树林的根。

还有一天我们去了珊瑚礁外墙的孔山，它是一座云雾缭绕的远古火山，当地人坚称在这里拍摄了1933年那部《金刚》电影的几个花絮镜头。在孔山外，还有一个岛、一个珊瑚海滩和一个小型的冲浪胜地，双层的大浪冲到锋利的礁石上。我们沿着海脊—槽沟地貌向下滑，不同于美国西部的峡谷、台地的是，我们能在其中无重力飞行，在悬崖断壁间徜徉，我们不仅能看到珊瑚和小鱼，还能看到迁徙途中的大个头的鲳参鱼和鲹鱼，从深蓝的海底中冒出来，后面还跟着一只灰色的礁鲨。一群鲨鱼朝我们游过来，然后又游离了我们，不失它们捕食的优雅。不一会儿，一群百余条身上有人字形花纹的梭鱼在我们身边游过。我们几个结成团队，伴着水流一起进退。我看到绍拉正沉入一个箱状峡谷，我跟着他，朝他用刀指着的地方游去，我们现在已经到达了水下 33.5 米。我们下面 6.1 米的地方有一条 2.4 米长的皮带纹海蛇，在海底翻滚着身体，进入了捕猎模式，不停地寻找着小鱼，看到我们之后，它沿断崖垂直上升朝我们游过来，然后在距离我们脚下 3 米的岩缝中停住了，我没有被它吓到。能见度有 21.3 米的潜水有趣而使人充满期待。我们还能看到一只大个儿的绿海龟和一只小小的濒临灭绝的玳瑁，但是没看到更大群的鱼或鲨鱼，除了一只睡着的铰口鲨。在我们第二次的潜水中，我尝试维持在水下 24.4 米。5 天里，我们潜了 11 次，在我身体组织里淤积的氮气越来越多，再这样下去，恐怕我就要得减压病了。我需要停在水下 4.6 米处，让气泡析出我的血液。

在鬼礁多天潜水后，我劝服斯科特尽早中止我们这次行程，启程返回斐济首都苏拉这个"大陆"岛上去。这样我还能做一些采访，看我们的怀疑是否能得到应验。

我们从武尼塞阿的飞机跑道搭乘双水濑螺旋桨去往纳迪，途中看到了一连串近海环礁和礁石。在纳迪，我们租了辆车穿过维提岛去往苏拉。路上我们听收音机广播说军队已经禁止了今年的卫理公会教派大会，因为他们认为这次民众的聚集将"对社会安定构成威胁，在斐济国内掀起新一轮的动荡……经过针对当前政治局势的有计划的商讨得出了这样的结论"（实际上，这是军队对记者、学生和法官的镇压）。斐济国内每年的教堂集会和歌唱比赛集会都有成千上万场。两年前，瓦努阿莱武岛（岛国斐济的主岛之一）当地居民举办了一场会议宴会，除了参会人员外，还有82只海龟。我跟斯科特打趣道，民主政治禁止的事，对濒危的海洋爬行动物反倒成了好事。

除了最近几次的紧张冲突外，在首都难觅军队的身影。事实上，苏拉在我离开的这些年里基本没啥变化。位于维多利亚大道的中央酒店现在变成了假日酒店，港湾里的日本和台湾大型长线捕鱼船已经生了锈，另外加入这支队伍的还有韩国和印度尼西亚的渔船。我们大致一数就有超过十五艘这样的大渔船，在任何一天，这些渔船都能向海里撒下5.5万个鱼钩。

我约了相关人士在渔业部和南太平洋大学开展采访，但是我在绿色和平组织办公室的门口停住了，就在旧市政大楼里，楼下是一个中餐馆。在那里，他们告诉我们世界各国做出了巨大努力，致力于减少太平洋延绳和围网捕鱼船舰队捕捞的吞拿鱼、鲨鱼和其他鱼类的数量。在最近一次在韩国召开的国际会议中，科学家提出要立竿见影地降低30%的太平洋吞拿鱼捕捞量。绿色和平组织则提出要减少50%。最后形成的决议是在未来三年间降低30%，相较于近期形成的另一项国际协议（2008年9月在摩洛哥）允许继续捕杀濒危的大西洋蓝鳍吞拿鱼，已经取得了十分重大的胜利。绿色和平组织的史蒂夫·沙尔霍恩和色内·那伯尔告诉我们，苏瓦当地的宪章中有一项关于海湾观测的计划，经常发现渔船的识别号码被涂改，或者与该渔船的注册号码不符，这样的渔船显然是非法捕鱼船。那伯尔说还有报道称，她老家与世隔绝的老挝群岛还有偷海参的事件。

在斐济两次政变的间隙，澳大利亚政府捐助了三艘巡逻船，帮助斐济的渔业执法，但是从海军准将弗兰克·姆拜尼马拉马当上了斐济四百海军以及军事执政团的一把手后，我觉得他在筹划更大的计划。

在苏瓦城外几英里的拉米村的渔业办公室，我们见到了第一产业（渔业、农业和矿业）下属渔业部的高级研究官员苏尼亚·瓦奎纳贝特，并和他聊了一会儿。他是个棕眼、灰发的斐济人，身高1米55左右，友好，一副见多识广的样子，身穿一件褪色的蓝色夏威夷衬衫、蓝色苏禄裙、平底人字拖。虽然他是斐济地方管理海洋区域计划（FLMMA）的领导——该计划致力于自下而上，将村民对渔区的传统观念和基于生态系统保护的方法相结合——但他还是对斐济民众的未来和作为他们食物来源和交易货物的海洋野生生命感到深深的焦虑。

他说我们的怀疑并非空穴来风，毫无规则可循的非法捕鱼现象在珊瑚礁线内各处频繁发生，还有来自苏瓦城里的渔民对卡达雾岛传统渔区的突袭，我们曾在那里潜水。"但是现在这种非法捕鱼现象已经遍及斐济各地。我们当地任命的渔场看守人没有船只和马力足够大的引擎去抓非法捕鱼船。这些非法捕鱼船有强劲的60马力引擎，有时候他们会修改标志牌，伪装成40马力。这些人有着复杂的组织网络，也有足够的经费和船舶运营商的支持。

"渔业现在面临着两大难题，一个是非法捕鱼，一个是资源的枯竭，大部分社区都向我们反映说他们捕鱼需要花费的时间增长了，捕到的鱼量也减少了，这种趋势还将持续下去。在1998年到2004年间，我们的近海渔业数据下降了不少。在一些地区，捕鱼量甚至从之前的每年1万吨下降到了每年2400吨。"他接着说道。

我问他这些非法捕鱼是否大部分外销。"有商业用途，也在当地市场销售，"他说，"我周六早上还看到苏瓦市政市场上卖这种特别大的鹦鹉鱼和石斑鱼。"

他说那些唯利是图的商人一晚上能雇上100个潜水员，拿着渔叉去给他们捞鱼（斐济的人口才刚刚80万出头）。而渔业部的员工只有116人。

他给我讲述他叔叔是怎么在老挝群岛他老家那个岛上因阻拦非法捕鱼船而被他们杀害的。"他想抓住其中一条非法渔船，但那个尾部装着马达的小艇是经过改装的，他刚想过去关上发动机，没想到船却向前方冲出去了，他就这样被甩到了船外，被船的螺旋桨绞死了。那些雇人非法捕鱼的印度商人早就搞好了关系，从当地人那儿买下了岛上所有的烈性酒（卡瓦药），于是有人就告诉他哪里可以偷鱼，这种利益链条一旦建立，就不会有人深究问责。"

后来斯科特告诉我尽管环保组织、学术机构和政府机关已经在当地发起了海洋区域管理项目，但他还是希望帮助"蓝色边境运动"筹集资金，购买马力强大的本田四驱引擎，协助瓦奎纳贝特部门的执法人员更有效地在水域内开展打击非法捕鱼的执法活动。在我从斐济回美国的途中，我就开始研究如何落实斯科特的计划，但是我们的努力被斐济"当前政治局势"所累，无法继续。

几天前的一个下午，接近傍晚时分，一个来斐济休闲度假的潜水团为德鲁村小学买了很多学生用品。20个小学生为我们用英语和斐济语唱了二部和声的赞歌，有《海洋上的波浪》和《天堂和你说再见》，优美的歌词，灯火渐暗，学生们蓝白相间的校服也渐渐变成了暗灰色。潜水旅游团领队卡玛拉对他们说："我们觉得你们这些孩子是你们这个岛屿最棒的大使，希望你们长大后，能成为潜水员，这样你们就能享受家门口的这片海洋带给你们的快乐。"

卡玛拉这样说着，我却禁不住想到孩子们家门口这一亩三分的海洋天堂早已被非法捕鱼者从他们身边偷走了。

我的故事讲得有点太快了。在我和南希从澳大利亚旅行回来后，我们从城市搬到了索萨利托双山坡，在那里我们可以透过红杉树、穿过黑莓荆棘、跳过邻居家家养鸡舍的屋顶俯瞰理查森海湾。

我和南希用多年来无休止的共同冒险弥补了我们相逢恨晚的遗憾。我们一起度过了30多岁的大部分时光，还有部分40岁的日子，做着许多20多岁的人想做的事情。追捕青春？你可能会这样说，是的，

第六章 珊瑚园

罪名成立。我们奋力工作，我们尽情玩耍，努力消除事物之间的界限。

我们乘飞机飞往卡波圣卢卡斯，透过机窗，可以看到两次风暴之间宁静的蒸汽。输电线闸门被拉了下来，这意味着试图将下加利福尼亚沙漠的尾巴改头换面变成重要度假建筑群的建筑起重机和工人不得不休息休息。社会的进步需要与自然相适应。基础社会服务始终需要得到满足，Amigos潜水商店已经储备了很多气瓶，商店里堆满了货物，准备开门营业。

我们从码头出发坐9.1米长的浮船出海。我们第一次潜水是在船坞外1英里，一块岩石将科尔特斯海从太平洋中割了出去，我们沿着这一块岩石开始潜水。海水温热，水里分布着常见的热带鱼群，有软体珊瑚、黄尾真鲷、小丑鱼、鹦鹉鱼和河豚。在水下9.1米的地方，有一大片沙子陡坡，好像海岸沙丘忘记止步于水边，继续深入水下一样。我们的潜水长贝托示意让我们跟着他，沿着狭窄的陡坡螺线形下沉。

在下面，有漂亮的晶体沙暴从岩石口喷出。我们悬浮在那里，看沙子在我们之间飘过后落入1067米的海底深渊。大陆架就像一座墙一样立在那里，对各类深海游客有很大的吸引力。我转过身来，把头放低，等动物的大须子从深处伸出来抓我。确实有东西缠上了我，又冷又黏的东西开始接触到我的肺部。原来是我的背带向上滑时碰到了我的肋骨。

第二个潜水地是一处30.5米深的岩石，就在我们标记土地的尽头，

太平洋和科尔斯特海的交汇处，我们绕悬崖游动，风暴潮愈发明显。

佛朗哥是一个从米兰来的老潜水员，正在检查他的相机装备。莱斯利是从潜水用品店来的，由于电力故障，她的冰箱也停了电，无奈，她只能用塑料袋带来了解冻的火鸡。贝托建议我们做漂流潜水，以躲避海面强劲的湾流。南希是第一个从船尾门跳下水的。

我们终于潜到了海底，那是一处水下16.8米的宽广沙地，迎接我们的是光滑的银色鲹鱼、几条鹦鹉鱼和几条壮硕的石斑鱼。莱斯利试着用她带来的火鸡喂一只绿色的海鳝，可惜那只海鳝一直摇头，好像在说："我不吃火鸡，不过你的手指看上去还挺好吃的。"她又追上了一只斑马鳗，希望它的食谱里有解冻火鸡这一项。

我正在探索一艘小沉船，我怀疑它很有可能是一艘潜水船。几条橙红色的海葵已经把船舱当成了它们的家。我还在看这些海葵厚实的粉色触角在水流中摇曳的时候，只见我的潜水同伴在向我示意。

我转过头，看到原来是南希在激动地向我招手，让我看那个蓝色的大家伙。我定睛一看，它从海底深处游出来，蓝色的身体上有白色斑点，它是我看到过的最大、最帅的鲸鲨，事实上，我只见过这一条鲸鲨，我一时间激动得反应不过来。

它大概还在青少年时期，约6.1米长，一群鲫鱼（胭脂鱼）绕着它的腹部和头部游动。贝托和我向它游去，充满敬畏之情。

贝托抓住了它的背鳍，它开始向我这边游过来。它那硕大的鲶鱼脸，血盆大口的鲸须嘴，朝我这边压迫而来，好似一辆雪佛兰开过来要从我身上碾过去一样。

小黑眼的鲸鲨根本没有把相机脚架下腾起的气泡放在眼里，它对此不屑一顾，火急火燎地搅动着它的鳍避开我们这些人。我绕着它的头游着，发现它有三个侧鳃，每一个都有我的胳膊长。从它的后背游上去，我游到了贝托旁边，也用手抓住了它的背鳍。它还是对我们无动于衷，我们的存在还比不上那些䲟脂鱼。它身体一转，优雅地让我们滑回到了海里。它的背鳍和后背的肌肤如海豚般柔滑，不像其他鲨鱼皮肤有砂纸一样粗糙的质地。

在蓝绿色的远处，我们能依稀看到一个可怕的大家伙，第二只鲸鲨，甚至比刚才那只还大，徜徉在公海中。我拿走了挡在我眼前的䲟脂鱼，它离开了它的寄主，向前游了 0.3 米，就再次停了下来，好像一只受惊的鸽子。我们的主人现在又把我们抛回了海洋深处，差不多有 5 节的速度，比我们游泳快多了。我看了看深度计才知道我们已经从 16.8 米降到了 22.9 米。几分钟后，我们就这样依依不舍地放开了我们的鲨鱼大朋友。它渐行渐远，超然洒脱，不失海底帝王的风范。

173 个国家联合签署的濒临绝种野生动植物国际贸易公约（CITES）中对保护这类鲸鲨免遭屠杀的文字还十分有限。不幸的是，亚洲市场愿意以每只鲸鲨鳍 1000 美元的价格进行购买，非法渔民也就持续捕杀这些海底最大的鱼类。就我个人而言，我认为现在是时候

海洋拯救了我
SAVED BY THE SEA

对所有鲨鱼捕捞设立国际禁令。但是我当时还没有这样想。

回到浮船上,脱下潜水装备,我们精神焕发、神清气爽。佛朗哥说他给我们拍了不少好照片(现在在我客厅墙上还挂着一张他拍的照片)。

"我不敢相信我自己正屏息凝视着这头巨鲨,等我回过神,我看到你在朝它游去。"南希说。

"我敢朝它游,是因为我知道它是草食性动物。"

"还好它没有把你错看成一个海藻汉堡。"她笑着说。

莱斯利是最后一个爬上船的,她还傻傻地不知道我们在激动啥。当我们告诉她我们邂逅了大大的鲸鲨后,她生起气来。"真是难以置信!我在这里潜水有两年了,我从来都没见过鲸鲨。"她抱怨道。真是可惜,我想——永远不要一个人潜水,一定要有同伴。

"罗德鲸鲨——6.1米——也许上过皮克斯电影公司的电影也说不定。野生的。"我在潜水日志的"评论/观察"一栏下面这样写道。

"我第一个发现的——NML[①]!!"和"名副其实!"女友在"潜水同伴验证"一栏下又加了两行文字。

就在我们要打开马达开走的时候,南希大叫了一声:"在那里!"比第一只鲸鲨还大的第二只鲸鲨游到水面附近晒太阳,然后从我们船下滑过,像一个有斑点的影子,比我们9.1米的船还要大。我们一把抓起面罩和蛙鞋,再次跳入水中,但是在我们潜到水下的时候,环视

[①] NML:No Man's Land,无人区域,真空地带。

一周，发现它已经离开了，消失在那无尽的蓝中，像幽灵一样。我们伫立在那里，既深感荣幸，又无比谦卑。

"我怎么知道它不会来吃我们呢？"那晚南希烦躁地喝着她的玛格丽塔鸡尾酒，后悔自己没有像我们一样去抚摸它、去骑它。

"你只需要多看看库斯托重播的片子。"我这样建议道。

"确实如此。"她闷闷不乐地点点头。

我不想把我和南希之间的关系美化成理想的浪漫伴侣关系。在我们的旅途中和旅途间隙我们也常常吵架。

我记得在夏威夷大岛的一天晚上，我们大吵了一架，就为了辩清谁知道什么，她跺着脚从酒店花园走开了。当时我想，我再也不需要南希这样的傻瓜。

走过网球场，在路灯下我发现一个颇有几分姿色的长发女人，穿着露背背心和毛边短裤，我想我可以结束和南希这段愚蠢的感情，找一个像这个女人一样的美妞。然后，那个女人走到了灯下，我才发现那是南希。该死的……

和我交往过的大部分女人不一样，南希真的是个冒险家。她是大学里可怕的集体越轨行为的组织者和罪魁祸首；她和她姐姐在二十来岁的时候，就徒步游遍了欧洲和危地马拉；在奥克兰她甚至还追过一个大个头的抢匪，那个抢匪打了她还抢了她的钱包（"你要是真追上了他，你打算做些什么？"我听她说这事的时候问道）。

她的无所畏惧使得她很难被打动，不管我怎样尝试，都很难令她印象深刻。她还给我买了一件可爱的灰色织纹衬衫当作礼物。我当时正在为美国公共广播公司（PBS）制作一小段叫做"绿色行动"的片子。其中一个我拍摄的故事中涉及到亚什兰和俄勒冈的美国鱼与野生生命犯罪实验室，该实验室采用DNA配型等法医技术追捕非法捕鱼人和走私濒临物种的嫌疑人。

"人类的欲望，"实验室主任肯·戈达德给我讲道，"他们违反了法律：他们试图攫取超过他们份额的资源。这是人类固有的贪欲在作祟，也是我们实验室打击的对象。"

除了实验室，他还有一个大仓库，里面都是没收的象牙、豹皮皮衣、虎骨药膏、海龟壳和海象头。

当他感到工作让他心灰意冷的时候，戈达德喜欢去附近一家野生动物康复中心，走到灰熊格力兹的围栏前。格力兹是只500磅重的大灰熊，已经回不到野生环境中了，因为它的一只眼睛瞎了。尽管眼睛残疾了，但格力兹还有爪子、还有牙，作为一只成年灰熊，它还是喜欢大打出手。我们拍摄了戈达德和格力兹摔跤的视频，肯绕着熊的脖子抱住了它，格力兹打闹着用熊掌拍他，把他的眼镜都打飞了，然后把他推倒在地，用脚踩他。我们拍够了片长后，工作人员允许我们走进格力兹的围栏里，摩擦它毛茸茸的后背，我的团队抓住时机给我和格力兹拍了几张合照。我穿着棕色斜纹裤和南希送我的新衬衣。格力兹穿着深棕色的皮毛装。回到家中,我洗了这几张照片。洗出来后效果不错。我把照片拿给南希看。

"看,"我说,"我在和一只大灰熊摔跤呢!"我假模假样地说着。她看了第一张照片,脸色就阴沉了下来。

"你穿着你最好的衬衫和灰熊摔跤!"她抱怨道。就像我之前说的,她是个很难被打动的女人。但我仍坚持不懈地试图打动她,包括有一天,我曾邀请她坐一艘国产 5.5 米的帆船去科尔特斯海里航行,因为我知道她永远不会对海洋冒险说不。

第七章

船难

他们迷失探求这个世界的途中,留下了光辉的船难。

——G. E. 莱辛[①]

[①] G. E. 莱辛:德国启蒙运动时期最重要的作家和文艺理论家之一,他的剧作和理论著作对后世德语文学的发展产生了极其重要的影响。

第七章 船难

20世纪90年代早期，关于环境的报道为我提供了全新的、充满挑战的工作机遇，海洋环境让我和南希心驰神往，永远不知道下一站的旅行会把我们带去何方。

每个周末，水手都会重复地幻想着下面的情境：你设计并建造属于你的船，驾船去异国他乡，驶向人类文明从未控制过的新国度。我的朋友乔恩·克里斯滕森是个友好的男人，也是个爱海洋深入骨髓的远洋水手，他有许多的船，甚至在其中一艘上居住过一段时间。那是一艘名叫安妮的9.8米长双桅纵帆船，我们有一次就驾驶这艘船去米慎湾冲浪，还不得不为了躲避大风暴而寻找避难所。现在他组织了一次去科尔斯特海的远航，来测试他设计建造的那艘可以折叠的5.5米高的三体帆船，船是在他儿子艾瑞克出生后的四年间建造的。

"你知道桅杆掉了下来差点砸死我，就在米慎湾！"我们收拾行装参加乔恩的巴哈远航的时候，南希这样抱怨道。

出发前的那个周末，我们在米慎湾平淡无奇的、受到污染的水上公园里试航了那艘三体船，这个水上公园把米慎湾从圣地亚哥的海洋海滩中分割开来。我和南希都为了试航向下漂流，帆升了上来，主桅杆断裂。乔恩向我们保证，在他重钻标尺线，再加入玻璃纤维后，不管怎么航行，船都坏不了。

现在就是我们验证乔恩技术的时候了。他多年水手的经历让他对自己的能力充满自信,他把自己当成了半个造船工匠,我想知道他为这次航海计划做了哪些后勤保障,还想知道他为什么把这次航行定在了冬季,毕竟冬天的海洋更加狂暴。他说他准备了陆地后勤人员,包括几辆四轮驱动车和一艘浅吃水的护航船。他说在冬天航行,我们能借助冬天刮的北风,一天能航行 30 英里,从洛杉矶巴伊亚出发,向南边境航行 400 英里,如果一切顺利的话,在一月中旬就能到达卡波圣卢卡斯岛的尽头。

尽管南希充满疑问,但她还是为我们的行程准备好了补给,把要带的东西都摆在了我们的床上:帐篷、睡袋、铺地防潮布、雨具、潜水装备,还有我们的新宠——高八摄像机,还有防水外罩,用来记录我们的这次旅行。她给猫保姆打了电话,然后我们搭上了飞往圣地亚哥的短途飞机。

在圣诞节的第二天晚上,我们十三个人聚集在乔恩房子前的水泥车道上,我们把装备装到车上,检查了三体帆船拖车式钻机和 4.3 米充气式护航船的坚硬的船壳。罗德尼是一个皮肤黝黑、留着红胡须的阿拉斯加人,是特派的护航船管理员。我们的朋友斯科特·菲尔德刚买了一部全新的四轮驱动吉普,他将开着他的新车和陆上后勤队一起为我们保驾护航。在香槟祝酒后,乔恩喊出了战斗口号"万岁!"之后我们回到住处,睡了 3 个小时的觉。

第二天早上,我们 3 辆车拖着 2 艘船,驶出边境,高科技的通讯工具和娱乐装备足以震撼巴哈市不发达的科技发展水平。我们驶出提璜纳海滩的时候,我拍下了几张边境线上矗立的波纹钢管围栏的好照片,还照到了一些墨西哥移民爬到围栏上的瞬间。十个小时后,在我们穿越卡达维的仙人掌丛林期间,反坦克桩上出现了一道道凹槽,连接三体船的拖车栓钩从乔恩的卡车上被炸飞了,撞到了后保险杠上,还好没有撞上安全链备用电路,否则我们就得拖着船、拖车和卡车翻越没有路的山道,直到洛杉矶巴伊亚。我们停下车,检查了故障,重新接上了链条,接着我们就把这些大家伙拉进了城里,没有再遇到其他事故。

到黎明时分,洛杉矶巴伊亚看上去是一个宽广的岛屿,嵌在海湾里,背后是陡峭的赭色山峰,山上零星长着卡登仙人掌,和长颈鹿差不多高。从1900年银矿关闭和1990年墨西哥联邦军队禁止捕捞乌龟后,城里除了给太阳晒黑了的鲸鱼骨外一无所有。吃了一顿墨西哥煎蛋早餐后,我、南希和乔恩的朋友阿尔伯特追寻安东尼奥·雷塞迪斯的足迹,参观了他在城外两英里沙径外,用石头和茅草搭建的研究站。

雷塞迪斯激情昂扬,头发乌黑,是墨西哥顶尖的海龟科学家之一,他来到这里起初是为海龟渔民制订打捞计划,后来他拒绝为此服务。现在,作为政府资助的修复计划的一部分,他对这些大海龟开展研究,并对海龟进行饲养和放生。谈起科尔斯特海的海洋野生动物复原计划,他对前景表示忧虑。

"海龟捕杀已经得到禁止，现在最大的问题是白色塑料污染，还有捕虾船的无差别拉网捕捞，还有就是旅游业。我们是需要游客，但游客来观光的同时又带来了他们的垃圾，还有他们的大卡车，行驶在低潮的沙滩上，那时白鹭、螃蟹等大批动物都在沙滩进食。当然还有用作酒店用途的原始海滩开发，破坏了这些动物的营巢地。"他指着混凝土盆中的乌龟们这样说道。

今天，从恐龙时代一路走来的7大种族的海龟和呼吸空气的海洋爬行动物都受到了人类活动的严重威胁，面临灭顶之灾，其中3种海龟——玳瑁、肯普氏丽龟和巨大的棱皮龟（可以长到3米，重达2000磅）已被列入濒危物种行列。

第二天，我们一大早就出发了，在明亮的日光下，海湾的海水沉静透亮，像玻璃一样闪烁着。我们开动马达，穿过了吵闹的鹈鹕岩，一只海狮把它的脚蹼和鼻子浮在水面上，乍一看去，好似一只旗鱼，怎么看都奇形怪状。

"它怎么了？是不是病了？"南希问道。听到南希在谈论它，这只海狮抬起头来，远远地望着我们，突然发出一阵呼噜声，吓了我们一跳，随即又潜回了水下。

"刚才它只是睡着了。"乔恩告诉我们。

我们经过了若隐若现的遭受风化的花瓶屿群岛，岛上有纺锤形的仙人掌，栖息着蓝脚的塘鹅，之后不久，我们就驶入了巴哈和墨西哥

第七章 船难

大陆之间的宽广海域。军舰鸟、海鸥、秃鹰乘着热风在万里无云的蔚蓝天空中翱翔。我们这一天里遇到的其他交通状况是一处白色新月形海滩附近有一群海上皮筏艇爱好者,还有一大只斑点鲨鲸为我们护航了许久。

在下水航行了几小时后,我们给我们的船起了名字。我们的三体船,船身光滑,底盘低,彩色的主帆下有黑白的船体,我们给它命名为"逆戟鲸",另一只护航船,装有40马力的尾部马达,具有很好的弹跳性能,可以瞬间变速,我们管它叫做"蓝海豚"。

在午后晚些时候,逆戟鲸远远落后在我们四个乘坐的蓝海豚后面,距离约定的集合地还差10英里时,逆戟鲸停靠在了一大片沙滩上。黄昏时分,我们用无线电联系了逆戟鲸上的成员,才知道他们的逆戟鲸四个轮胎都爆胎了,拖车轴也坏了,他们不得不拖曳着三体船,穿越干涸的沟壑,和崎岖不平的游径,即使这样,他们仍然感到充满乐趣、富有挑战。我们试着定位他们,发现他们西面有一条长长的、平坦的台地,但是那片台地过于开阔,很难发现他们的船,直到他们大门打开船头灯,才依稀辨认得出他们的船在哪里。灯打开的瞬间,明亮的光束像灯塔发出的指示灯一样,在海岸上指示着他们的位置。海滩上没有其他光源或人造灯光,甚至连废旧瓶子上反射的光都没有。

我们在圣拉斐尔(安蒂奥基亚省)的白色细沙海滩上扎营,旁边还有专门驾驶四轮驱动车来偏远地区旅行的游客搭的帐篷。夜幕降临,旁边的一名游客来到我们这边，问我们有没有抗组胺，他的儿子在采集柴火的时候被一只蝎子蜇了一口。还好我们有抗组胺。

当地的土狼群一直嚎叫呼喊到深夜，今夜星光灿烂，我和南希裹着毯子，冷得颤抖不已，挤到罗德尼还有他女朋友露丝玛丽的帐篷里，抱团取暖。逆戟鲸号干燥的活动船板柜子里有我们这次露营的装备。

清晨，我们去了海滩下面的沙丘，站在沙丘上，我们俯瞰那被精心保护的蓝色珊瑚和绵延几英里的高耸的茶帕拉而灌木林，一直延伸至塞拉利昂德拉利伯塔德。我们看到一大堆白骨和细长的头骨、骸骨，这些是引金鱼、海豚和海狮的残骸。旁边土狼的足迹足以解释为什么这些骸骨被抛到了距离海滩如此远的地方。

在上午10点左右，逆戟鲸号扬帆向北驶离了我们。一小时后，我们收拾行装，把露营装备放到护航船里，我们几个路上的船员顶着一阵尘土，出发了。南希想带走一片海豚头骨，跟我说要是把它做成一个装饰用的船头雕像该有多美，但是罗德尼反对这样做，说它会带来厄运。于是我们把它放回沙滩上，打起充气式比迷你遮阳篷，返回了那一大片反光的、看似空空如也的绿色海域。那天下午的早些时候，我们发现了鲸鱼的踪迹，但很快它又溜走了，在距离我们18.3米的海面上它用黑背划破了波光粼粼的海面。

那天晚上我们在旧金山的一个保护区里露营，那是一个废弃了的、还有很重腥味的露营地，周围撒着蛤壳、腐烂的渔网、茅屋和金属集

第七章 船难

装箱。在废旧的特卡特啤酒瓶和塑料袋中,我发现了一个更令人震惊的东西,一堆干燥的海狮脚蹼,明显是被人从海狮身上砍下来的,很可能是被墨西哥渔民杀害的,他们把海狮视为竞争对手。

乔恩曾经有一次败给了一对足智多谋的海狮,那次他在旧金山用渔叉捕鱼,船上载着他刚刚捕到的战利品。那对海狮在水下逐渐逼近他的渔船,他把方才捞到的鱼藏在身后,朝它们挥动起他的夏威夷吊索矛,两只海狮游走了。过了一会儿,刚在海面上喘了口气,他看见那只体形较大的800磅重的海狮像鱼雷一样,直勾勾地瞄准了他。他再次把鱼藏在身后,眼前那只大海狮优雅地一跳,离开了他。与此同时,躲在他身后的第二只海狮抓住了他的鱼,他只好把它们放走了。

第二天早上,起风了,我们怀着激动的心情,海上队员也精减到了6人:乔恩、阿尔伯特和我坐逆戟鲸号,罗德尼、露丝玛丽和南希坐蓝海豚号。凉风拂面而来,我们都感到神清气爽,即将开启我们为期3~4天的野外航行之旅,旅行过后,我们会去圣罗萨利亚(比查达省)以南90英里处和陆上人员会合。

我们在穿越了海湾外的第一站后,海面开始变得狂暴起来,浪峰尖锐,形成了像洗衣机一样混乱无序的海浪;我不得不爬上船中心的弯曲地带,调试三角帆,这样舷舷才不至于内倾,我们的船伴随着活泼的海浪,上下轻快地颠簸着。

那天晚些时候,我们登上了圣米格尔岬附近的一小片防风海滩,

在高水位标记上狭窄的大陆架上扎营。我们收集了枯死的仙人掌空心枝条，它们燃烧起来像火炬一样，我们用一根火柴就点亮了我们的篝火。

我们就在那里吃了 1992 年的新年年夜饭——我们捡了潮汐池里的淡菜，把它们铺在面条上，就这样吃了。饭后，我和南希离开露营地去散了会儿步。夜空寒冷而明亮，一团团星云挂在空中，我们还有幸见到了短暂的流星雨，我们为此激动不已："嘿，伙计，许个愿吧。"除了我们的篝火，唯一能见到的一处亮光是远处水面上发光的穹顶，我们猜那应该是瓜伊马斯（墨西哥城市）大陆上城市的灯火。

第二天早上，我和乔恩带着我们的吊索矛去海里浮潜了一会儿，但是在水下潮汐池岩石周围游动的绯鲵鲣和石斑鱼生怕被捕食者吃掉，太过谨慎，根本不让我们靠近。

夜间风力开始提升，在我们出发的时候已经升到了 0.9 米/秒。我和南希换了船，这样她也能坐逆戟鲸号了。我们向南驶去，经过一堆红色的火山岩，岩石上又矗立着一条条奇怪的深色岩石。阿尔伯特抓到了一条小梭鱼，然后又把它放回海里。海上风力不断提升——到 1.2 米/秒、1.5 米/秒，后来暴增至 2.4 米/秒，海上突然刮起了横流，风向也开始转变。我们后来才得知圣罗萨利亚的捕鱼舰曾经躲在港湾中，担心出去会遭遇卷起的冬季风暴，当地人把这种风暴叫做丘巴斯科雷雨（雨季在中美洲太平洋沿岸常出现的雷雨）。

第七章 船难

我们的两艘小船乘风破浪，泰然自若。罗德尼掌舵的蓝海豚号随着风浪起起伏伏，时而冲过高高的浪尖，只是偶尔有浪头打进船里。逆戟鲸号放出了它的主帆，优美地劈波斩浪。我摄录了南希用她橙黑相间的尼康相机站在船尾拍照的视频。

突然逆戟鲸号的外右舷船体开始进水，水一路蔓延流进了垂板龙骨井。乔恩、南希和阿尔伯特开始排水，穿戴上救生背心，用海洋无线电呼叫我们，焦急地想知道我们在哪里。我们位于他们正后方400码处，但他们却看不到我们，因为我们的船随着翻滚的海浪沉到低海面处了。我们加速前进追上他们，此时他们的外船体里已经流入了1000磅重的海水，他们也随之沉入了更深的海槽，他们的桅杆消失在我们周围的浪峰里。他们能听到链接咬合处嘎吱嘎吱地响着，充满了不祥的预感，咬合变得越来越松，整艘船都好像马上就要掉进海里一样。我们靠到他们的船边，停下来，乔恩开始寻找哪里能让船上岸。

在接下来的三个小时里，我们唯一能看到的就是白浪的波峰，还有危险崎岖、撒满巨砾的海岸。乔恩想让逆戟鲸号冲到岩石上，好省下我们的装备和淡水，但是在这种情况下硬着头皮让船登陆是很危险的做法，近岸浪花拍打着光滑的岩石，上岸并不容易。我们决定不上岸，让船开到下一个地方，也许在那里会有风的保护，也能避开现在开始下起来的冷雨。

果然，下一个点的海面状况要稍微好一些，海滩宽广开阔，近岸浪花仍不容小觑，但在可以航行的范围内，约 1.5 英里长。我想如果逆戟鲸号的建造者在场的话，也许谁都不会溺水身亡。要是乔恩、阿尔伯特和我下水，把充气式浮筒绳索绑在逆戟鲸上，罗德尼、露丝玛丽和南希就能顺着绳索爬到我们这艘船上。

罗德尼建议我们去下一个点试试，距离这里有两三英里，但乔恩认为逆戟鲸号承受不了这段航程，并把船拉了回来。我们看着乔恩穿过一堆危险的岩石，逆着侧风摇摆他的主帆，让帆船骑上了 1.2 米多高的近岸海浪，直到到达沙地。我们赶快进入船身，紧紧跟着他们，罗德尼操控活动龙骨控制台，露丝玛丽在船尾往外舀水，我从被水淹没的柜子里拉出锚索，伴着爬上船时的一阵阵眩晕呕吐。

上了岸，我们把船拖到最高处（装满了水的逆戟鲸号很难拖动），我们互相拥抱，拍着同伴的后背，庆祝我们刚才的壮举。我们开始把补给品拿上岸，躲在几株低矮的灌木背后，稍微遮挡一下风雨。我支起了我的 Hi-8 相机脚架，用宽轮距全景拍摄了躺在长长的新月形海滩上的我们的船，远处是一望无尽的台地和蜿蜒曲折的山脉。逆戟鲸号的前景不容乐观，她无精打采地躺在潮汐砂上，身子一半埋在了沙中。

那天傍晚，我们检查了剩余的补给情况（5 加仑淡水，24 升燃料，足够多的食物，包括橘子、可乐和旅行用什锦杂果）。罗德尼用麦哲伦全球定位系统寻找着我们当前所在的位置。在 1992 年，手持 GPS

定位系统还是十分先进的科技产品。几分钟后，定位系统接收到了四个卫星发来的信号，我们得知自己正处在蓬塔特利尼达拉岛以南27度，14.3米；以西112度，13.1米；就在圣罗萨利亚北面36海里的位置。

"太棒了，现在我们知道我们是在哪里迷路的了。"南希说道。

我们搭起了3个圆顶帐篷，睡了觉。早上，南希和露丝玛莉不让我们大快朵颐地享用早餐——"要是我们不给你们限量，你们这些男人能在半小时内把所有的补给都吃光"，我们徒步走了2英里，到达了下一个站点。根据我们的地形图所示，附近应该有一条四轮通路。陡峭的山坡和高耸的密林郁郁葱葱，杂草丛和树木蓬勃生长，给周围环境赋予了绿色的生机，使得一带的风景呈现出热带的光泽，与恶劣的天气形成鲜明的对比。时逢巴哈有史以来最潮湿的冬季。乔恩和我还在寻找着所谓的通路，最后却沿着一条小道向北走去。在贫瘠的道路上徒步走了半个小时，我们爬上了一处山脊线，上面满是红色的火山石头，我们向下望去，又从另一个角度看到了我们停船的海滩，发现绵延几英里的海岸线上都无人居住，这着实让我们吃惊。巴耶德布拉沃山高2073米，占据着内陆的大部分土地，覆盖了希拉德旧金山南部的山脊。回到山中的干涸沟壑是我们能找到的最接近"天然土路"的通路了。

我们搁浅的海滩，现在看来，是特利尼达拉岛上唯一的海滩。如果我们真去了下一站，那我们就真的是大难临头了。

海洋恢复平静后，罗德尼和露丝玛丽给蓝海豚加燃料，开着蓝海豚去圣罗萨利亚把我们搁浅的事反映给有关部门。

在吃了燕麦片和葡萄干、喝了可乐做午餐后，我、阿尔伯特和南希决定帮助乔恩让他的"逆戟鲸"重新浮起来。阿尔伯特冒雨在包围着船体的砂里挖渠。我们在船上往外舀水，清理外右舷船体上的排水塞，等待傍晚的潮汐。南希用通心粉、奶酪、三只墨西哥辣椒、四瓣大蒜和一个洋葱提前让我们吃了晚饭。为夜间作业取暖考虑，我们点起了一个大的海滩篝火，朝沙子里猛劲儿地挖着。

我和南希又不约而同地唱起了《荒岛余生》中的曲子："天气变得越来越糟，小船摇来摇去……"乔恩和阿尔伯特也和我们一起唱了起来。修复了船体内破损的排水塞后，我们在晚上8点退潮的时候，使劲摆动、推动船体。

夜晚阴雨连绵，伸手不见五指，只能看得到我们的营火和海滩篝火，海洋磷光照亮了浪峰，爬上我们光着的手臂和湿漉漉的衣服，如梦如幻，好似绿色萤火虫。在午夜前，我、乔恩和艾尔伯特连推带拉地把逆戟鲸号移出了吸砂潭。逆戟鲸号浮到了凉爽幽暗的水面上。

我和乔恩发动马达，开到30.5米/时的速度，岩石上南希和阿尔伯特用微弱的手电筒发出光束给我们指引方向。我们在船上为松散的绳子和四处溅水的船舷而争吵，思考如何在一片黑漆之中判断距离，

第七章 船难

最后我们还是想办法抛下了海锚，在 21.3 米的范围内，海锚深入了水下 3.7 米。然后我们匆忙穿上脚蹼，潜入水中，在黑暗中游回来，朝着远方的火光游去，不停地踩水，渐渐游离了我们喜爱的绿色磷光浪，听着夜间海洋里的神秘声响。我们爬上岸来，身体因寒冷而颤抖，我们在海滩篝火旁烘干了身体，又到营火那里暖暖身子，才爬进帐篷里睡觉。我紧紧抱着南希来暖身，后来我俩精疲力尽地睡着了。深夜里，我还被大雨声和土狼的咆哮声吵醒了几回。

第二天早上，近空中出现了从拉巴斯（玻利维亚西部城市）飞来的墨西哥海军 C-123 搜索与营救飞机，嗡嗡地盘旋在上空。阿尔伯特游到逆戟鲸号上，打开船上的无线电，联系这架飞机。飞机上的人告诉阿尔伯特，昨夜，有一艘巡逻船从瓜伊马斯（墨西哥城市）出发来接我们几个，但是由于夜晚海面的狂浪，救援计划暂停了。今天早上这艘巡逻船又开了出来，再过几个小时就能到达我们这里。

两小时后，我们收拾好装备，放在海滩上，围着营火站成一圈，想着要不要支起一块防水布，以免 30.5 米的阿兹特克级巡逻船到达海平面后带起的浪花会扑灭我们的营火。

几分钟内，我们用无线电联系上了巡逻船，发动逆戟鲸号驶向 P-14 菲利克斯·罗梅罗号。着装随意的墨西哥水手在生锈的灰色炮艇船桥上看着我们逐渐驶近。"荒岛余生邂逅了老爷炮艇少爷兵。"我对南希说。我们把逆戟鲸号绑在他们的船尾，把我们的个人装备拿上了他们的船，再给逆戟鲸号绑上拖船绳索。我注意到他们船上的20厘米的甲板炮旁站着警卫，炮上用橡皮筋绑着塑料袋，以防万一。他们招待我们喝了热汤，吃了筋肉、热热的墨西哥面饼，拌着操舵室的海盐，清晨的雨已经变成了倾盆大雨。这是我们这辈子吃过的最美味的一餐。

船长费尔南多·托雷斯中尉告诉我们这次救援是无偿的，但拖船仍需缴纳费用。船长要向我们收取500美金的拖船费。正在乔恩和船长商量拖船费的时候，他们的一名船员跑了进来，向船长汇报了一个情况。原来逆戟鲸的外船体再度进水，再这样下去，整艘逆戟鲸号都将沉入水中。我们把船开了过来，把我们剩余的装备全部转移到巡逻船上。我们还要再行驶两个小时才能抵达港口。船长命令船员加速前进，好让逆戟鲸号维持在水面上。罗梅罗号开始提速了。坚持了大概二十分钟，逆戟鲸还是沉船了。罗梅罗号关闭了引擎，我们把三体船推到旁边。海军少尉路易斯·皮罗内建议使用他们船上的喷杆绞盘提升外船体，再扔下几只轮胎帮助缓冲，努力让逆戟鲸号从左舷开始浮上来。乔恩爬进逆戟鲸号，用绳子系住了桅杆。船里的水已经没过了他的腰，海浪冲刷着帆布盖板。我把乔恩拖上罗梅罗号，阿尔伯特和一组水手开始猛劲儿地拉滑轮上的绳子。才拉了几下，3米长的金属绞盘就断裂了，飞出去的绞盘擦过阿尔伯特的手腕和肩膀，掉到甲板上，发出刺耳的锵锵声。

第七章 船难

船长派一名男子爬进沉没的帆船，切断了最后一根缠绕的绳子。只见他穿着袜子，没有带保险绳，也没穿救生衣。他用折叠小刀锯断了绳子，这时逆戟鲸号已经开始向一边翻转了。他想办法抓住船身，爬到中心船体的前端，我们把他拉回了罗梅罗号，而逆戟鲸就这样漂走了，慢慢地，在下午4点5分，它完全倾覆过去。乔恩表情惊诧。"感觉像丢了我的孩子一样。"他说。

没有一个水手想看到船沉下去，当我听到少尉皮罗内就绞盘故障进行辩解时我完全可以理解他。"我们只是没有足够的资源。"南希走过去给了乔恩一个安慰的拥抱。"狂妄自大，"他呢喃道，"真是纯粹的狂妄自大。"

一位身穿高领羊毛衫的大胡子军官把一对手枪拿到了甲板上。

"为什么他要拿来那些枪？"南希问我。

他给其中一支枪上了膛，并一脸严肃地把它交到乔恩手上。

"他要干什么？为什么把枪给乔恩？"

"嘘……"我说，"这是男人的事。"

乔恩开了一枪，打穿了逆戟鲸号，因为逆戟鲸号已经成为了我们继续航行的障碍。在打第三枪的时候，乔恩的枪管堵了。军官用另一支手枪打了三枪，第四枪的时候枪管也堵了。看来墨西哥海军还缺乏清理枪支的工具箱。

翻了个底朝天，逆戟鲸号的桅杆指向海底，我们离开她已经有

30.5米，在距离圣米格尔岬野生而又贫瘠的海岸几英里的地方，我们站在船边，无能为力，只能袖手旁观。

"至少我们当中没有人受伤。"皮罗内少尉说道，用近期在这片海域内遇难船只的故事给我们打趣，据他所说，近期有一艘载客28人的渡轮在这片海域遇难，船上26人因此溺水身亡。

黑色弧线形船底下露出吃水线的白边，现在逆戟鲸号看上去真是名副其实，当罗梅罗号的一名船员把一根铁钉戳入桨中，做成渔叉去结束它的生命那一刻，我的心里为之一颤，心痛不已。试了几下，渔叉对这艘木船并不奏效，托雷斯船长肯定这艘覆舟对罗梅罗号的航行不会构成威胁，无论如何，先让菲利克斯·罗梅罗向港口驶去。

"至少他们没有用甲板上的枪彻底摧毁逆戟鲸号。"我指出。

"如果再开上几枪，逆戟鲸号可能会爆炸，我们也都会掉到水里。"南希跟着我的思路继续猜想。

几分钟后，一群生龙活虎的海豚在逆戟鲸号和我们之间游过，它们跳跃着、翻滚着，一路穿过海洋。这好似是上天给我们的安慰。

我们郁郁寡欢，穿着绿色、蓝色和黄色的雨衣，在当天傍晚抵达了圣罗萨利亚的海洋设施。倾盆大雨不住地下着，罗德尼、露丝玛丽和我们的陆上队员在关着灯的船坞里等待着我们的归来。我们相拥而泣，在漏雨的汽车旅馆烘干身体，吃饭喝酒。

第二天，我们开车前往契托夫港，这是位于洪水冲毁的煤渣赛道

第七章 船难

的远端的一处海滨度假胜地。我让乔恩坐在我相机前,让他说说此时此刻他心里在想些什么。

"我们败给了巴哈的荒蛮。"他说,发着低烧,在后悔的泥沼中难以自拔,再加上一夜宿醉,他的声音有些不自然。他觉得他的船是在陆上失去的,拖车在洛杉矶巴伊亚外挣脱开的时候,整个船体就受到了破坏,导致逆戟鲸经不起丘巴斯科的雷雨。当然,这只是猜测,他也不是很肯定。

"你还想再造一只新船吗?"

"我不知道。"他不确定地笑着,热泪夺眶而出。

"但你还会继续航海的吧?"

"那当然。航海早已融入了我的血液。"

"你会不会带上你的儿子一起出海呢?"

"我当然会带他去。但是要等到他学会游泳后。"

在我收拾装备回屋的时候,南希面露愠色地对我说话。

"什么?"

"你让他在相机前流眼泪了?"

"不。他无论怎样,都会哭出来的,我只是拍了一些很好的采访片段而已。"

我们走去了附近的海滩,海滩上铺满了贝壳,有完整的,也有破碎残缺的。南希停下脚步,拾起几只,遇到更好看的,就把之前的扔掉，直到装满一桶，还让我拿T恤衫帮她再多装点。在海滩上捡贝壳对于南希而言，就像是其他女人去内曼·马库斯①逛街一样。笑鸥昂首阔步地沿着水边走着，不一会儿，我们也学起了它们的声音"啊，啊，啊，啊"地叫个不停。我们走回房间，在宽敞的瓷砖淋浴间里把贝壳洗干净。南希还在学海鸥叫。

我们乘坐度假拖车从契托夫港到了洛雷托，再原路返回康塞普西翁湾。我们在那里露营、浮潜，看一大艘生锈的拖网虾船后面跟着一大群海鸥。这些渔船把科尔特斯海捞了个精光，一船渔民在捕虾的同时一网能捞到10磅的其他渔获物——长须鲸、贝壳类海鲜，还有海龟——他们一磅一磅地检查，发现有臭鱼烂虾，就再扔回海里。美国即将出台政策，如果渔船不安装海龟排除装置，就禁止从墨西哥和其他渔业国家进口虾。世界贸易组织（WTO）又会把这条政策说成违背自由贸易精神。

这样的决议势必激怒"乌龟操纵者联盟"——数万名环保主义者和人权激进分子曾于1999年聚集在西雅图的世界贸易组织大会门口，举行抗议游行。这些示威群众打扮成乌龟的样子，穿上硬纸板做的壳，戴着绿帽子，对世界贸易组织表示不满。媒体更加关注那些砸坏沿街玻璃、身穿黑衣的无政府主义人士，而警察则不分青红皂白地对示威人士和旁观群众发起了攻击，"西雅图之战"愈发白热化，这场抗议

---

① 内曼·马库斯：美国以经营奢侈品为主的高端百货商店。

的高潮则发生在国际码头和仓库联合会（ILWU）与抗议者团结一心，关闭所有的西海岸港口，足足有一天。今天的国际码头和仓库联合会（ILWU）已经发展为了海洋保护群体的同盟军，抗议港口污染和近海石油钻探，形成了蓝领联盟。

我们从康塞普西翁湾向北去斯卡蒙的泻湖看鲸鱼。停车去超市的时候，我们看到了一张失踪人口的海报，上面在寻找一对夫妇，据说三个月前他们坐帆船驶离圣米格尔岬后就失联了。我俩看着海报，沉默不语。我们见到了一群小须鲸，其中的一头还跳上我们的非洲砍刀船，让我们抚摸它的大脑袋，之后，我们回到了圣地亚哥。我们找了一个周日，骑车回到了索萨利托的家中，同行的还有斯科特，他的新吉普车刚刚过了磨合期。

"你知道，我真为乔恩难过。"周一南希在清洗我们的装备时冒出这么一句。

"我也是。"

"我的意思是他那艘船真是太倒霉了，但也因此成就了我们一次不错的冒险。"她笑着说道。

几个月后为里约地球峰会[①]制作电视纪录片也是一种别样的冒

[①] 里约地球峰会：1992年，联合国在里约热内卢举行联合国环境与发展大会，确定了经济发展与能源环境的一系列国际规则，开启了人类实现可持续发展的征程。

险，甚至是灾难，这次经历帮助我理清了环保主义在世界舞台上发挥的日益重要的作用。

伴随着冷战的终结和1991年苏联的解体，曾经一度，有那么一个时刻，阿尔·戈尔参议员关于环境是下一个决定性全球议题的预测似乎并不是完全没有道理。在1992年6月，107位国家首脑，以前所未有的规模，汇聚一堂，出席在里约热内卢举办的联合国环境与发展会议（UNCED），又称地球峰会。

可惜的是，我认为在里约地球峰会上，由齐聚一堂的各国首脑签订的国际条约和协议价值甚微，还比不上他们在上面签字的纸浆树木来得有价值。

· 里约气候协议中要求到2000年，将温室气体排放量降至1990年的水平。这条约定并未实现，后来又补充了1997京都议定书，弱化了数据标准，降低了要求，但还是遭到了美国的无视与践踏，亡羊补牢，新的国际协议要推迟到2010年后才能再次制定。

· 一则关于生物多样性的条约中要求保护包括海洋荒原在内的世界上面积锐减的原始地带，但是海洋荒原面积减少的速度越来越快，已经成为了地球历史上构成物种灭绝的第六大诱因。2008年，国际自然保护联盟公布了，地球上25%～35%的野生哺乳动物，超过1/4，包括北极熊和大白鲸在内，都因受到了人类活动的威胁而面临着灭顶之灾。一些海洋学家估测，海洋哺乳动物的灭绝速度将是陆地哺乳动物的 5 倍。

·里约的林业和海洋协议也没有使全球森林砍伐、工业过度捕捞、污染和气候变化造成的海洋公共资源衰竭的速度减慢。

·发达国家之间签订的志愿者协议,致力于帮助欠发达的贫困国家获取可循环的能源和其他可持续的技术,通过把援助项目的投入经费上升至 GDP 的 0.7 个百分点,最后证明也是一纸空谈。在协议签订后的五年中,援助资金实际上从 GDP 的百分之 0.32 降到了百分之 0.27。

考虑到梵蒂冈教会、法国、沙特阿拉伯和其他利益党派脆弱敏感的自尊心,里约协议中并未采纳关于人口数量、核武器和女性权益的应对提议,上述核心国家有些处在前启蒙时期,有些处于后启蒙时期。

关于那次地球峰会,我记得最清楚的不是那些官方会谈,而是那一夜一万五千名巴西人和一万五千名国际激进分子并肩游行,头上军用直升机的射灯光束打在他们身上,前面还有一群佛教僧侣,拿着手机,举着横幅,上面写着"当人民当家作主后,领导人只能紧随其后"。

这种自下而上的民主观念和环境保护之间不谋而合,共同致力于拯救我们居住的这个蓝色星球。

在韩国的首尔,我见到了韩国联邦环境运动创始人崔尤尔,并给他拍了一段短片。他曾获得久负盛名的戈德曼（Goldman）环境奖。在他成为国家环境保护主义者领袖的道路上荆棘丛生。作为激进的学生代表，他曾被逮捕，受尽折磨，关了五年大牢。其他学生犯出狱后还在组织工人和农民发起运动，但崔有点书生气，痴迷科学，出狱后，在校期间就致力于成为一名化学家。在 5 年的独居监禁期，他请求国际特赦组织给他寄来了上千本与环境相关书籍，军事监狱机构放过了这些书。

在 20 世纪 80 年代初刑满释放的崔尤尔领导了大规模的反污染抗议，在这些抗议的推动下，1987—1988 年由学生领导的支持民主的抗争大获全胜。我在 20 世纪 90 年代中期采访他的时候，他不仅在民主政党的新议员中德高望重，而且在包括韩国中央情报局在内仍然强势的对手心目中也举足轻重。韩国中情局在我拍摄这段视频期间还肆意干扰我的录制。

我们最终圆满完成了这次拍摄，其间还和崔尤尔一起去了黄海中的 Dik-juk 岛，当地渔业组织正在为反对在附近岛屿倾倒核垃圾计划而抗争。在我们拍摄了他们抗议的画面后，抗议人群中有一半人，约 350 人，登上了我们的渡轮，返回大陆。第二天，在首尔城区弥漫的浓厚黄白烟雾中，他们在科技部大门外抗议。全身武装的防暴警察小分队出现了，人群中涌现出英勇抗争的画面，推挤、挥拳。两小时后，抗议者和警察都乘坐各自的巴士离开了。

第七章 船难

我问我的韩国摄像师,查理·李,为什么警察不殴打、逮捕示威人士。

"如果是学生为了意识形态的不同而发动暴乱,警察肯定会下狠手,"他安慰我道,"但是警察也知道,这些渔民骨子里就流淌着暴乱的血液。"

1994年,我出版的一本书中就提到了为什么环境的暴力反冲不仅局限在权力集团中。《对抗绿色之战》始于1990年我在布拉格堡(美国北卡罗来纳州中南部城镇)、加利福尼亚等海滨工业城市中目睹的"红杉之夏"抗议游行,1500人的反伐木抗议者和上千名支持伐木的刁民中间隔着425名防暴警察,气氛剑拔弩张,让我想起了北爱尔兰的游行日时新教徒和天主教徒之间的冲突,和加利福尼亚的红杉树[①]一样历史久远。

让我好奇的是,在两年前,布拉格堡的抗议游行场面更为壮观,上街抗议的居民多达两千余人,有渔民、伐木工、私营店主、私房屋主和环境保护主义者,他们因反对联邦政府租赁生产鲑鱼的近海水域做石油钻探而走到了一起,形成统一战线。

现在伐木工人、工厂工人,加上他们的家人、他们的白领老板,

---

① 红杉树:恐龙时期生长的巨大的常青树的后代,400年才能成材,是自然界缓慢进化的神奇见证。因美国国内红杉树砍伐仍延续至今,所以常在木材公司和环保主义者间引起争议。

都成为了新型产业扶持的"草根行动"中的一部分，又叫做"明智利用"运动或财产权利运动[①]，不仅支持公有土地上无限制的木材砍伐和煤矿开采，还支持近海石油钻探，以及当法律法规束缚了开发商在海滨湿地上建房，或者石油公司船体加倍扩建时发生的政府补偿。这项运动还有一个恶劣的方面，就是把地方性环境保护主义者视为农村资源依赖型社区失业问题的替罪羊。随着明智利用运动在西部逐渐丧失吸引力，这种运动的潮流波及到了整个国家，形成了全国范围内的暴力、骚动、恐吓运动，死亡威胁、枪击、打人、纵火案频发，矛头直指乡村环境保护主义者和联邦资源机构。

在墨西哥湾地区，右翼捕虾人引领了当地的"明智利用"组织，反对安装乌龟排除装置。更有甚者，得克萨斯捕虾渔民黛安·威尔逊因她曾经反对一个污染她湾区的化工厂而成为众矢之的，惨遭"明智利用"运动炮火的蹂躏。

"明智利用"运动与武装右翼民兵之间的联系，我还有其他记者都在 1995 年前后进行过跟踪记录报道。那一年，奥克拉巴马市的阿尔弗雷德·P. 默拉联邦大厦发生爆炸，为明智利用组织所为，以此为标志，该运动开始走向衰落，矿业、林业和农业大亨纷纷撤资，不再为该运动提供后勤保障。

---

① 19世纪末到20世纪上半期出现了美国保护主义运动的第一次高潮，并出现了非功利主义保护和功利主义保护之间的斗争，但最终功利主义保护占据了主导地位。功利主义保护提倡"明智地保护，明智地利用"。直到1964年美国通过了《荒野法》，才标志着美国政府放弃了功利主义的保护原则。

"明智利用"运动最后一次胜利发生在2002年的克拉马斯河上,克拉马斯河一路流经俄勒冈和加利福尼亚,再汇入海中。在街上人群的高声抗议和来自副总统迪克·切尼和布什的政治战略顾问卡尔·罗夫的幕后压力下,内政部长盖尔·诺顿,她自己就是山地州法律基金会的老手,并提议将该基金会作为"明智利用的诉讼手腕",她宣布为濒危鲑鱼和胭脂鱼而保留的河水将转移给俄勒冈东部(共和党)的农民。像拉什·林堡这样的右翼广播评论员对此进行了一整天关于"农民 VS 胭脂鱼"的评论,甚至连美国地质调查局的报道中也明确说明了保留河水能给渔民和其他加利福尼亚(民主党)河流下游使用者带来多达30倍的经济效益。

6个月后,上万条鲑鱼死在了部分抽水的河道里。加利福尼亚众议员汤普森·迈克带领他的选民,包括印第安部落和商业渔民,把500磅死去后腐烂的克拉玛斯鲑鱼倒在了华盛顿 D.C. 内政部门前的台阶上,以示抗议。他们依靠鲑鱼维生,条约中规定的权益也与鲑鱼紧密相关,克拉玛斯鲑鱼的锐减在2007年引发了近海鲑鱼捕捞的大范围限制,以防这些生存受到威胁的克拉玛斯鲑鱼最后丧生在渔网下。

在那之后不久,加利福尼亚整个秋季的奇努克鲑鱼数量骤减:从2005年约150万只减少到2008年约6万只。圣华金三角洲的农业引水,加上气候变化造成的海洋学影响,共同作用,导致了鲑鱼的骤减。

今天，认识到我们对健康的河流、水域和海洋的依赖程度之深，农民、渔民、环境保护主义者、政府官员和太平洋电力集团（一家私营电力公司）已经达成协议，把建在克拉玛斯河上的四个少量生产型大坝搬走，希望此举能有助于这片历史悠久的水域修复，以及在这条300英里的河里生存的鱼类种群的恢复，并将头一次对外开放这片水域。类似的大坝移除工程在其他地方也屡见不鲜。

1999年，有160年历史的爱德华兹大坝在缅因州从肯纳贝壳河上成功移除。在拆除大坝的第十周年纪念日，肯纳贝壳河经历了一次环保和生态大转变。经过修复，肯纳贝壳河入海口畅通无阻，超过200万只大眼鲱游了回来，大眼鲱是美国种群数量最大的河鲱。老鹰、鱼鹰和大鲟鱼也回来了，在河流的上游，还有海豹追赶着条纹鲈。人们在新建的河流公园里泛舟游览，还可以租借皮筏艇，河流水岸的发展为省会奥古斯塔和其他水岸城市创造了经济效益，帮助它们度过了经济萧条期。

华盛顿州斯内克河下游的四个大坝早就有拆除计划，但在布什时期却遭到反对，现在这项计划再次得到了认真的考虑，特别是在环境保护主义者、鲑鱼渔民和西北印第安部落居民发起了民事诉讼后，这项计划终于被提上议事日程并顺利达成，为太平洋西北濒危鲑鱼种群的恢复起到了至关重要的作用。

正是这些共同的努力，加上自下而上的压力，不仅帮助了英勇的，和荷马一般历史源远的，洲际标志性鱼类——鲑鱼种群的恢复和可持续使用，还对我们这个海洋星球上数不胜数的自然和公有资源加强了保护。

明智利用（财产权利运动）的余波在20世纪末仍然维持着，宣扬谬论，称环境保护是基于资源的经济和发展的大敌。发展到21世纪，作为该运动的观点，相信前科罗拉多参议员蒂姆·沃思的论断，将经济视为环境的完全控股子公司。不可再生的自然服务价值连城，比如制造氧气的海藻和林木，还有湿地、红树林、草原、热带草原、珊瑚礁、北极冰盖等生命生息繁衍的栖息地。

《对抗绿色之战》一书出版上市之际，我生活中的一切都风调雨顺，称心如意。我和南希坚持每周末都去加利福尼亚海边旅行、浮潜、潜水和徒步。我姐姐的婚姻好景不常，但却带给了她永恒的记忆，她生下了我的一对外甥亚当和伊桑。我这对外甥来我家玩的时候，还是小男孩，我带着他们去海边，他们就在海边捡黑莓、采海草。

每当北加利福尼亚的严冬带给我们彻骨的寒冷时，我和南希就会找借口去圣地亚哥、夏威夷、佛罗里达，或者去美国维京群岛中的圣约翰岛旅行，南希的姐姐德布在那个岛上教书。我们会去岛东面的水域做浮潜，和铰口鲨一起游泳。我给奥杜邦杂志社写了一个关于海洋禁捕区的故事，还给史密森学会写了一个关于美国国家海洋和大气局的"鱼警察"的故事，并且开始勾勒我下一本关于海洋国度的书。

好景不常，每一个大屠杀幸存者的孩子都知道，稳定不是一种常态，变化才是永久的。我的爱人南希开始出现一系列情绪分裂的症状，奇妙的是，这又让我更深地走入了海洋之中。

第八章
两极对立

远离人类浮躁、自私的慈善；鱼儿能在低潮中潜伏，面对一路荆棘的宿命之旅，迎头直上，无人问津，孤芳自赏，这等可贵的品质，

海洋拯救了我
SAVED BY THE SEA

又有何人知晓？谁听到过鱼儿哭泣？

——亨利·大卫·梭罗

我搬去了华盛顿，在那里居住了近十年，做一名环境记者，进行全球报道，后来又做了一名海洋保护倡导者，致力于拯救海洋。但是美国东海岸已经再也没有家的感觉，更像是从太平洋宽广的野生海滩、冰冷泛光的水域和我曾爱过的女人身边的一次自我放逐和流亡。

1997年8月14日，我和南希共同生活的第十一个年头，我离开了她。我想是时候组建一个家庭了。南希还没有做好结婚的准备，也不想给我结婚的承诺。

"我不敢相信你要离开我们。"她说道。她的"我们"指的是她和猫，已经12岁了。

我在浴室里刷牙，她站在我身后，用别扭的卡通人物般的声音连续地评论着，她在玩闹中时常用这种语气讲话。我看着镜子里的她，她在看自己的长发有没有飞到太阳穴上。突然间，她停了下来。

"要是你走了，我能对谁用这种傻呵呵的声音说话啊？"她开始哭出来。

如果结婚生子，她不认为我有抚养她和孩子的能力。"任宝宝怎么哭喊，你都会置之不理，只顾看你的电视，"她指责地说我，"你永远不会给宝宝换尿布。"我想她并不想要孩子。她想去巴黎。她不相信一个人能兼顾冒险的旅程和琐碎的家庭生活。虽然我并没有觉得出身在威斯康星州基诺沙市工人家庭的她，有过多少冒险经历。

在我就要离开的前几天，房子后的一棵树分叉断裂了，从腐坏处折断倒了下来。我把这种现象叫做凶兆，两年里这已经是第二次了。另一棵树的树冠在一阵冬季狂乱的暴风雨中被吹断在我们二楼的门廊上。从海湾飞来的夜鹭用我们露天平台后面的红杉树树枝搭巢，躲避暴风雨。倾盆大雨来势汹汹，强度不亚于热带暴风雨。

我沿着街走下去，拾起了灌木丛里的黑莓。她说我像头熊一样痴迷于莓果。后来我在办公室里跪下来和普斯嬉戏，却禁不住哭起来，心里想，我哭是因为我就要和这只猫告别了。

我在索萨利托最后的日子里，赖德卡车时不时停在家门口等我搬东西上去。屋子后面有知更鸟、蜂鸟，还有小鸡飞来飞去，好像也学着我的样子，搬起家来。我这次搬家已经持续了几个月了，她这样说我。她说的没错。"任何事情都没有解决。"她用这句话给我们长期的争吵下了结论。

她建议我们在船坞吃午餐。那是我们常去的地方之一。我们坐下来，点了我们常吃的吞拿鱼三明治，透过小艇船坞，看理查德森海湾上的一艘艘帆船和游艇，在温暖的海面上闪烁着光芒。那是数年来天气最好的一个夏天。三周前我还和我朋友蒂姆出海徒手冲浪。我被冲浪板撞到了喉咙，还去做了CT扫描（后来是南希送我去的医院）。

上周五我们又去廷森海滩赶浪直到日落，一只麻斑海豹在水里陪着我们，让我们有点焦躁。这片海域位于太平洋红三角的中心地带，素来都是鲨鱼的地盘，遇上白鲨的几率之高，恐怕这个星球上都无处能及，每年白鲨咬伤人的事件都有四五起，每隔几年，就有一人丧命在鲨鱼的利齿下。从海里，我仰望屹立在海滩上、种满绿松树的峭壁，头顶上飘过了映着彩虹阴影的云朵。我知道，我离开的不仅是南希和普斯，还有我的另一个挚爱，海洋。在我的人生中，有一半时间居住在距离太平洋一英里的范围内，冲浪、航行、沿海滩漫步。

思绪回到船坞中，我对吞拿鱼三明治居然无法下咽，她也一样，这样也不错，至少我们减少了汞的摄入量。她小口品着她的拿铁咖啡。我也感到失去了知觉般心酸，内心仿佛被掏空了一样难受。我不敢相信我居然要离开，亲手摧毁了我熟悉的生活，弃她们于不顾。她看上去年轻，实际上也已经38岁了。没有多少时间犹豫不决了，尽管我猜她的内心还在思前顾后，无法做出决定。眼泪顺着我的脸颊流了下来。"我得走了。"我告诉她。她点了点头。

如果我们能结婚生子，我愿意做主动的那一方，促成我们的婚事，因为我知道她难以抉择。但我也不想在我50多岁的时候突然发现自己做了错误的决定，但我还是恨自己，因为我们俩谁都没有做出最后的决定。现在我们终于下定决心，当然还有其他原因，但却难以名状——但是肯定还有其他原因，这点是毫无疑问的。在我写的第一本书的致谢部分中，我把她称为我此生至爱。现在想想，我也不知道那样写是否恰当。她说时间会告诉我们答案，我们需要等待，如果我们注定此生相守。我在期待些什么？起码我当时期待的并不是现在这般痛彻心扉。

我搬去了华盛顿的康涅狄格大道上的一处公寓，靠近岩溪公园。我在当地的爱尔兰酒吧借酒消愁，听着我年轻时常听的爱尔兰歌曲。有个朋友问我为什么搬来华盛顿，"呵，因为我和交往十年的女友分手了，想着如果要折磨自己，我最好一直走下去。"我回答他，并非完全是玩笑话。我搬去那里两周后，我翻出了压在箱底的潜水装备和冲浪板，收拾行囊，准备出发，因为我接到了律师朋友斯科特的来电，他告诉我他打赢了一场数百万美元的官司，陪审团裁决了我们曾经一起经历的那起非正常死亡案，当时我是他雇的私家侦探，那起案件中，一个叫沙格·纳斯蒂的青年在中央谷酒吧外被人殴打致死。斯科特邀请我和他一起去墨西哥的科苏梅尔岛潜水，他请客。

几天后，我俯瞰尤卡坦半岛（包括墨西哥东南部，伯利兹和危地马拉西部的一部分半岛）上那片尚未被破坏的热带雨林。我还没来得及细细品味那充满诱惑的丛林，就沉醉在加勒比海平坦的浅滩和绿宝石色的海水中。

与附近的度假城市坎昆不同，科祖梅尔一直以来都是潜水胜地。28英里×11英里的科祖梅尔岛上覆盖着郁郁葱葱的丛林和红树沼泽，白鹭、鬣蜥、野猪和利齿外露的凯门鳄栖息其中。西海岸发展还很缓慢。在东海岸，有长长的白色粉末状细沙沙滩，上面饲养着海龟，棕榈摇曳的阴影下有几家小酒馆。在岛的内陆有几处玛雅遗址，为伊希切尔而建，她是掌管分娩生产、医药的女神，最近还变成了春假女神。

多山的西海岸边的礁石区在1996年变成了一处国家公园，在潜水客中闻名遐迩，且对大型油轮开放，还经常有飓风登陆，但还是一处充满生气的海洋野生生命庇护所。

我和斯科特还有我们的另一位从加利福尼亚来的朋友布拉德一起在潜水俱乐部聊天。潜水俱乐部是一个刷白了的3层楼高简朴的旅馆，铺着红瓦屋顶，旅馆里随处躺着懒洋洋的猫咪，还种有木槿花树。房间里铺着瓷砖地板，还有室外晾衣架，供潜水客晾干衣物。爬满珊瑚的码头旁边还设有潜水储物柜，就在泳池外几步路的地方。

我们拿起铅块和气瓶，去码头外试潜。在白朗姆酒般清澈的水里一切看上去都十分正常。那天傍晚，在试验了系在茅屋下的吊床足够结实后，我们在旅店的"肥石斑鱼"餐馆吃了一顿墨西哥鸡肉卷晚餐。

第二天早上，我们驾驶着潜水胜地两艘双体船中的一艘出海了。离开船坞后，我望着那明亮温暖的海水，分出了三种蓝色：从沙子浅滩附近的宝石蓝，到礁石上的水鸭蓝，最后到深海区的深钴蓝。

很快我们就到了水下，漂浮在白沙沟上。沙沟在硬珊瑚、海绵和柳珊瑚堆成的塔柱间蜿蜒穿行。我们发现了常见的亮色热带鱼团：鹦鹉鱼、女王天使鱼、扳机鱼、成群的绯鲵鲣和小蓝彩鱼，像五彩缤纷的纸屑一样散落在水柱中间。我发现两三只电鳐从水柱底部游过去。沙穴里有一只巨大无比的绿海鳗，大概有2.4米长，利齿从嘴里突出来。不管它的性情是不是温顺，它的利齿都够你受的，能把你的胳膊直接从肘部扯下来。

第二次潜水的时候，有一只大石斑鱼游近了我们，我从侧面用手拍拍它的身体。一只小一点的老虎斑鱼侧身贴到我身边时，我看到它下意识地反弹了回去。国家公园的新规定禁止给鱼类喂食。这些规定显然没有沿食物链传播开来，鱼儿对此毫不知情。

第三天，我们参观了位于岛南端附近的哥伦比亚礁。我们排着队游过27.4米深的洞穴，洞穴内壁上都是软体星珊瑚、花瓶珊瑚、板珊瑚、桶海绵、花瓶海绵和海藻，红、白、橙、绿，五颜六色。在洞穴里，我们呼出的气泡挂在洞顶上，像星星点点的水银小球，里面包裹着松鼠鱼、大螯虾，还有透明的拨浪鼓形的清道夫。

我们去的下一个洞穴，在我们游出一段绝壁后就戛然而止，身前身后除了深深的蓝色，别无其他。被这样的一团深蓝包围着，你会有些不安。我们又去了一个洞穴，我在洞口看进去，只见在海床上，水下台地和平顶山间有沙柱在旋转，好似死谷（美国西南部一地区，是世界最低和最干旱的地区之一）里的小尘暴。

第三天夜里，我们走去了岛上的主要城市圣米格尔，那是个车水马龙的海滨小城，公交车吐着废气，街上行驶着不少摩托车，潜水商店、古董店、酒吧鳞次栉比，还有家猫头鹰餐厅，比沙格·纳斯蒂的那家不知道好多少倍。

第四天，我们又回到水下，探索帕赖索礁。我瞥见了一些斑点鳗、七带豆娘鱼，还看到岩石下有只蟾鱼。还有一些斑高鳍，随着年龄的增长，它们身上会呈现出红白蓝美国国旗的图案，或者看上去只是一条尾巴，而不见鱼的形状。我在一块暗礁下摸索着，被一条大神仙鱼吓了一跳，看到我后，它把身体摆平，滑进了一条裂缝里，就像是扔进邮箱的信封。一条彩色的鹦鹉鱼对我们的小把戏不屑一顾，满足地在珊瑚上嘎吱嘎吱地摩擦着身体。

在接下来的那个夜晚，我们去 Chankanab 礁潜水，就在去西海岸的半路上。我们把绿色发光棒绑在了气瓶上，并检查了我们的潜水灯。映着一轮缺掉四分之一的月亮，我们在船尾一跃跳进水中，水面上只留下飞溅的水花。到达海底后，我们开始寻觅夜生活。没有几分钟，我就用灯光照到了一只四脚章鱼。发现自己暴露了，它便滑过了沙床，从绿色变成亮蓝色，再到疙里疙瘩斑驳的砂黄色，从颜色到质地，都做到了完美的伪装。很快它发现了岩石中的孔洞，便压扁身子，钻了进去，把四只触角拉到了身后。我关上潜水灯，向上看去。在我上方

15.2 米的地方，月光璀璨，洒在海面上，一缕缕银色的月光穿透海水，洒了下来。一群扳机鱼在我头顶滑过，好似斑驳的月影。我开始哼唱《月影》。

一个人在水下漂流，我用潜水灯瞄准一只沿着礁石外侧游动的梭鱼，好似沿山边行走的土狼。它突然转过身来，开始向我这边游来。看上去它银色的肌肉和牙齿超过 1.5 米长，是海中的杜宾犬。我抬起一只蛙鞋指了指这只瘦长脸的捕食者，但它一点都没有退却，还是向我游来。到了距离我 1.2 米的地方，我畏惧得退缩了，把我的灯指向了别处。梭鱼停了下来，不知所措，从距离我耳朵 15 厘米的地方斜着游过我的头，好似一只走火的火箭手榴弹，跑偏了。我气瓶里的空气也因此消耗了不少。

我们在最后一天的潜水里追着跑礁做了几次快速漂流，礁石里满是梭鱼、鲹鱼和石斑鱼。我悄悄地潜入一个窄洞里看一只睡熟的 1.8 米铰口鲨。20 分钟后，我开始盘腿漂浮，向下望去，我看到一只巨大的鹰鳐，翼幅 3 米，游了过去，两三只鲫鱼粘在它英俊的斑点后背上。我想追上它，但几下优美的羽翼挥动，就送它飞跃过海草平原，去寻觅美味的海螺。

回到船上，阵阵欣喜把我们弄得头晕目眩。在我们头上，一只尾巴分叉的军舰鸟正在搜寻水里的猎物。忽然间，一群飞鱼跃到空中，在海面上跳起 0.6 到 1 米高。黑白的军舰鸟一下子俯冲下来，在中途捉住一只长着翅膀的鱼。我禁不住笑起来。军舰鸟还在搜寻刺鲅、鲹鱼或梭鱼，追寻猎物，然后等待猎物。飞鱼飞到空中本想躲避水下的捕食者，但结果却落入了水上的死亡之喙中。

一周前，我在华盛顿对影独酌，感觉自己就像那些飞鱼一样。但是今天，沉浸在清澈的海光中，我觉得自己更像那只军舰鸟，海风在我的翅膀下嗖嗖地吹着。

我们分手之后两个月，南希过来华盛顿看我，看我的新公寓，看我是否吃得饱穿得暖，看我能不能一个人把住处收拾整洁。我带她去了华盛顿购物中心、免费的博物馆、公园，就这样过了好几天。后来在那个春天，我提议带她去阿拉斯加旅游，之前这个想法在我们心中萦绕已久。现在，有个老相识正在追她，还说想娶她为妻。她想那个男人是个万人迷，所以没有把他的求婚当真。而我也没有那个福气找到我孩子理想的母亲人选，所以我们继续踏上了下一个冒险旅程，可能只是为了冒险而冒险。

水上出租车在荷马岬放下了我们，我们沿着卡契马克湾的小径向前走了 3 英里。海绵状的原始森林里长满了扎人的北美刺人参、蔓越莓和蘑菇，表面覆盖着苔藓和地衣的阿拉斯加云杉和铁杉木，给更高的峭壁上的赤杨、火龙草和白雪皑皑的山脉开路。熊和麋鹿的脚印在开放的小路上清晰可见,还有它们的排泄物,灰色的粪便好似一堆堆咀嚼了一半的莓果,新鲜却不臭气烘烘,但尚未发现前方有"熊出没"的警示牌。

"嘿,熊!"我走进高高的灌木丛同时大声喊着,想提醒正在进食的大熊。

"嘿,人!"南希在后面回应我。一只野鸡模样的雷鸟冲到我面前,我的小心脏跟着它扑腾的翅膀怦怦跳个不停。

当天早上的报纸上报道了一个男人在阿肯色州州立公园被一只灰熊抓破了脸,就在安克雷奇上面一点的地方。

"它是值得敬畏的动物。"37岁的受害者,山地导游布莱恩·史密斯这样说道,他的右眼现在仍然肿胀得睁不开,右眼下面的骨头被灰熊重拍的地方折断了。

他和他妻子那时大声地喊着:"嘿,熊!"骄傲地吓走了一只出现在小路上的熊仔,却惹怒了在距离路边只有4.6米浓密森林里的熊妈妈。史密斯说他不喜欢灰熊没精打采的耳朵和龇出来的牙齿,但谁又能怪他呢?在被灰熊拍了一掌后,他倒在地上,做出了婴儿的姿势装死,他的妻子也一样。熊缓慢地走开了。"阿拉斯加是个伟大的地方,在这里自然总能占据上风,"他解释道,"这就是为什么阿拉斯加如此特别,熊也是阿拉斯加风景中的一部分。因此应该加以珍视。"

我们在高耸的蓝色冰川的乳白色熔池旁只身出发,致密结实的冰

海洋拯救了我
SAVED BY THE SEA

川把阳光都吸了进去，唯有天空的颜色能映在我们身上。冰川的浮冰发出马口铁罐①的吱吱声，仿佛随时都会裂开。除了偶尔盘旋在头顶的海鸥和松鸡嘶哑的叫声，还有啄木鸟发出的锤子一样的敲击声外，就只剩下浮冰的吱吱声。一只游隼悄无声息地飞落在附近的树枝上。

几小时后，我和南希爬下了盘根错节的树根，穿过浓密的翠绿树冠，到达了满是岩石的潜水点。我们在冷水湾旁等待着，水湾的四周环绕着融雪覆盖的绿色断崖，天空中翻滚的云朵下是水湾背后的荒野山脉，眼看就要下雨了。我透过望远镜望着悬崖，看能不能找到野山羊。沿着水面看去，半英里外的河岸上矗立着一间乡村小屋，屋顶还有河岩烟囱，看上去既自然，又好像陷阱一样危机四伏。

马科以前是渔民，现在转行做水上出租船船长，开着他的敞篷黄色船来到了我们这里。他已经从另外一个洞穴接上了两个露营者，黑熊追着他俩的食物，把他们赶上了树。我们迈上靠岸的船边，登上了船，沿着棱角分明的库克入海口出海了。我们迎着海风，看到了两三只港海豚，马科指着一位北极的稀客，那是只黑白相间的短尾贼鸥，长着钻石夜总会般华丽的尾巴，像一只有品味、有格调的大喜鹊。它追在其他海鸟身后，直到它们掉下或者扔出食物为止，然后它再捡起来吃。

回到岸上，我们在一家名叫"咸味动物"的渔民酒吧和马科喝了

---

① 马口铁罐：用马口铁做成的罐子，又称印花铁罐、三片罐。

几杯,这个酒吧在伐木渔民中很有口碑,酒吧所在的土地似乎被赋予了自然之魂,像指南针一样,把荷马领向海洋①。马科告诉我们当地渔民是怎样把曾经库克入海口数量庞大的螃蟹捕捞殆尽的。再过上几年就该轮到圆头圆脑的白鲸了,现在白鲸种群的数量已经开始迅速减少。2008年,美国国家海洋和大气局(NOAA)依据《濒危物种法案》对这些白鲸加以保护,尽管阿拉斯加州州长萨拉·佩林对此不予赞成。非法捕猎和库克入海口的污染很可能是白鲸种群数量锐减的两大罪魁祸首。

我们在基奈半岛停留了5天后向南飞到阿拉斯加州西南部首府城市朱诺,它就像个500英里长的风筝尾巴拖在阿拉斯加州的主体身后。朱诺由森林岛屿和联邦土地组成,分布着世界尚存的30%未砍伐的温和的热带雨林,还有世界上最为密集的灰熊、秃鹰、锡特卡鹿的聚居地。

我们打算去看看阿拉斯加最大的生物,比灰熊还大,乘坐古斯塔夫斯渡轮穿越艾西海峡,开始我们的一日游。

出了奥克湾,再向北行驶,我们数着像画卷一样慢慢展开物种丰富、生机勃勃的海洋生态系统:小丑模样的海鹦、庄严的鸱鹩、鸽海鸠、敏捷的小个头斑海雀②,还有常见的海鸦,却有着不常见的本领,

---

① 古希腊著名诗人荷马的作品《荷马史诗》,即以整个希腊及四周的汪洋大海为主要情节的背景。
② 在除阿拉斯加州外的美国本土48州被列为濒危物种,因为它们需要在大片的原始森林里筑巢。

它们为了觅食捕鱼，能从空中俯冲到几百米深的水下。

在勒梅热勒岛外，我们看见了悠闲的港海豹，还有一群水獭。它们在海藻上打扮着，其中一只母水獭在把它超重的孩子从它的肚皮上推开，好去追捕螃蟹或其他食物。很快我们穿过了一群逆戟鲸的路线，一只公逆戟鲸用它 1.83 米长的背鳍砍过水面，好似一把大镰刀，不远处，一只幼年的黑白逆戟鲸跃上水面，寻找着家人。两只虎鲸头朝我们船的右舷冲过来，好像轨道上的鱼雷，下一秒，它们已经在 20 码开外，消失在我们的视线中。

紧接着出场的是座头鲸，它们在阿道夫斯角进食，时而跃上水面。一只母鲸拍了拍它 4.6 米长的鲸宝宝的胸鳍，因为它好奇地朝我们的船游来。一只身长 13.7 米的鲸鱼奋力一跳，炫耀地把它美丽的身体展现给我们看，就这样在我们船的前方和侧面跳跃了八九次。其他鲸鱼游得太近，你都能听到它们哼哼的呼吸声，还有咔嚓咔嚓的相机快门声。在禁止商业捕鲸后，现在上万头座头鲸夏天在阿拉斯加外围进食，到了冬天，就去夏威夷温暖的海水里生育宝宝。

"这真让我相信了这些动物的智商非比寻常。"我告诉南希。

"应该把这记下来。"她一边换胶卷，一边笑着回应我。

我们返回陆地后，面前的海峡上空出现了一道弯弯的彩虹，船上的扬声器播放起了保罗·西蒙的"恩赐之地"这首歌。正巧，我们这一刻也在享受上帝的恩赐，我们彼此之间，我们和地球之间都达到了和谐的状态。

在我们离开阿拉斯加之前,鹰河海滩留住了我们的脚步,那是一个适合和家人野餐的地方,位于州露营地外。鹰河海滩果然名不虚传,我们看见几只秃鹰落在海滩沙洲平地附近的浮木上。还有上千只海鸥沙哑地叫着。上万条正在产卵的银色大马哈鱼在浅滩处猛力挥动着鱼鳍,尽职地完成它们穿越大洋的生死轮回,用产卵作为生命的终结,忠诚地恪守着自己的宿命,在冰冷、满是沙砾的河水里,于生命高潮处死去;死后,仿佛转世般,它们腐烂的尸体作为食粮被灰熊、秃鹰吞噬,消化分解后形成粪便,作为养料滋养着野生森林的树木。所以每棵北美云杉上据说都依附有鲑鱼之魂。

河面后是雪水洗礼过的奇尔卡特山脉峰顶。我们沿着河岸朝山脉走去,看见一树的乌鸦拍动翅膀,在我们面前像霰弹一样洒向天空,犹如在海景画上涂上了一百个锯齿状的黑洞,画面妙不可言,让你心颤。我们又走向了长满草的河口,现在河口聚集了大量的鲑鱼,用身体形成了沟坎,它们头朝上游凝视远方,眼中充满了难以名状的期望,但是我们人类却什么也看不到。

"有一句阿拉斯加老话是这样说的:要是你头一次来阿拉斯加却没有看到熊,那你需要再来一次,当然,这是我说的。"我对女友南希说。

"当然,我们还要再来一次!"她比我期待的更加给力。

我回到了华盛顿，为几家杂志做环境政治方面的报道，并开始为市场广播拍故事和纪录片。我加入了环境记者协会，并以身作则，力争做好一名环境记者。我需要找准生态定位，见缝插针。我注意到，绝大多数政治和调查报道倾向于认为环保主张索然无味或不上档次，而且许多环保记者都或多或少具有科学或自然写作背景。我的出发点是循着金钱的气味选择报道内容，看那些自以为是的政治和经济力量如何对变化的环境科学和政策做出回应。

你大可以写沿海湿地和盐沼作为野生动物的栖息地、幼年海鱼的托儿所、污染的过滤器、地表水供给的填充器，如何不可或缺，但如果当地政党的主要运动资助方是全美住宅建造商协会（NAHB）或是当地的房地产开发商，那你很有可能要和你的沼泽吻别了。联邦海滨海洋政策，据我所知，很大程度上是由我所谓的"五条大鱼"主导的，它们分别是：近海石油天然气业、海运业、海军、商业捕鱼集团和沿海房地产开发商。

尽管它们侵犯海洋的方式各有不同，但共同点是，在世纪之交，它们对海洋的破坏都日益严重，人类活动造成的世界海洋的大气气候变化熟视无睹。我决定跟随数千位科学家领导下的政府间气候变化专门委员会（IPCC），他们一致认为全球变暖最显著的影响将最先在地球的两极地带显现出来，特别是在极地海域内。

第八章 两极对立

在美国国家自然基金会（NSF）接纳我作为南极驻地记者后，我给南希发了邮件，邮件中写道，"如果我不能与你厮守，那我将选择与企鹅共度余生。"

在为期4天，900英里的旅途中，我们从智利的蓬塔阿雷纳斯市出发，横穿南冰洋，一路上只见黑色大理石般强硬的云、雪、石、水。在"劳伦斯·M. 古尔德"号考察船上，大副罗伯特弹着英国摇滚乐队齐柏林飞艇的曲子，用无线电和帕尔默基地通话，用他抑扬顿挫的法国后裔口音说道："从来没有来过这么靠南的地方，还看不见冰。"

我们绕过了波拿马角，看见它就矗立在那里，蓝白冰川下的砾原——南极洲的帕尔默站。

帕尔默是美国三大南极基地之一，由美国国家自然基金会（NSF）运营，位于昂韦尔岛上，距离被610米厚的冰层重重覆盖的花岗岩38英里。昂韦尔岛是南极半岛的一部分，有七百英里长，是地球上最寒冷干燥，最高海拔大陆的长尾巴，这片大陆的面积比美国和墨西哥加起来还大，世界上70%的淡水、90%的冰都来源于此。南极半岛上汇聚了极地和海洋气候，幅员辽阔，地大物博，是野生动物的栖息地，研究人员称其为南极洲的"香蕉带[①]"。当然是在环球变暖之前。

我们刚停下船，就受到了当地一小群"居民"的列队欢迎：阿德

---

① 香蕉带：气候温和的冬季避寒地带。

利企鹅、贼鸥鸟和象海豹。帕尔默站外表上看上去就像一处廉价的滑雪胜地，旁边与户外设备经销商相连，由一组蓝白相间的预设金属建筑组成，旁边分散地摆着两个大型燃料罐、前端装载机、雪地摩托车和船运集装箱。两座主楼，生物实验室和GWR[①]之间相隔一段距离，当其中一个着火烧毁后，常年在那里工作的20到40人的科学家和后勤人员可以逃到另一个建筑中避难。

入海口处短短的、长方形的码头上，劳伦斯·M.古尔德考察船装有巨大的橡胶防撞垫，每逢南半球夏季，73米长的供应物料堆和科考船就要在这里停上6到8周。一月和二月温暖的气温保持在温和的零下18—零下5摄氏度范围内，24小时日照，岛上的风光一览无余，从冰山林立的俾斯麦海峡到南极洲大陆的雷纳德角，还有无名的龙齿状山脉，白雪黑石，交相辉映。

天气变化纷繁多样，太阳、云彩、雨、雪、狂风，通常一天里你就能见个遍，有点像打了激素的旧金山。码头旁边有船屋，里面有一系列黑灰色的"黄道带[②]"，有4.6米或6米长，是帕尔默站的主要出行工具，旁边还摆放着攀爬冰川用的厚厚的雄鹿皮靴和铁冰钩。在风力降至20节以下后，我们会操作这些橡胶皮筏艇去南冰洋低于零摄氏度的水里航行。

又高又瘦、皮肤黝黑的比尔·弗雷泽，55岁上下，来自蒙大拿州，

---

① GWR：车库、仓库和娱乐设施。
② 黄道带：一种橡胶充气船。

是个经验丰富的冰上专家,也是帕尔默的主要科学家之一,"马尔冰川过去离我们基地不到 100 码,"他告诉我,指向山上,"冰川的融雪水是我们的主要淡水水源。"而我来的时候,马尔冰川已经退后了四分之一英里,穿过了大理石演岩和巨砾。贼鸥来到我们原来用的熔池里,帕尔默站不得不用海水进水管吸进海水,再用脱盐系统生产淡水。在这里你会定期听到流冰断裂发出的大炮般的轰隆声,警告我们冰川又开始后退了,留下一片壮观的景象。只见不规则的冰面把冰川撕扯进亚瑟湾,冰晶爆裂成蓝球状,碧浪在离开冰川刚出生的大块头碎冰下咆哮着,我们有时会采集一些拿回酒馆加工成小冰块做冰酒用。

再过几年,我再来这儿的时候就会见到西宾夕法尼亚深海中的长壁式煤矿,那不断移除而裸露的煤面有四分之一英里宽,我将会顿悟到我已然见识了碳循环的起点和终点。在海下煤矿里有个巨大的叶片,就像是加大的香肠切片机一样切割着煤面,将大块的煤移走,煤块掉落在传输带上,被送往 305 米上的海面。到了海面上,会有火车把煤运至发电厂,煤矿在发电厂燃烧发电,向大气中释放出大团的二氧化碳,加热空气。如此这般下来,南极洲的冰川现在正以惊人的速度被转移到海里。

"在我还是研究生的时候,别人告诉我气候变化确有其事,但你这辈子都无缘相见,"比尔·弗雷泽告诉我,"但是在过去的二十载中,我却见到了气候变化带来的严重后果。我见过从冰川下弹出来的岛屿，看到物种另择他地，大规模迁徙，还有景观生态学的变化。"

尽管全球平均气温在过去一个世纪里只上升了0.6摄氏度——与工业生产排放的二氧化碳和其他温室气体的增量相近——但南极半岛仅在过去半个世纪中，气温就增加超过2.8摄氏度，更加叹为观止的是，南极半岛冬季的平均气温居然在半个世纪就上升了5摄氏度。

有一个方法可以让我们看得到大气中的吸热二氧化碳比过去42万年中的任何时间都多，那就是通过沃斯托克站或其他南极内陆科考站向塞普尔冰穹[①]冰芯取样。这些冰芯内困有远古空气形成的气泡，可以隔离这些气泡，确定年代，并进行化学分析和对比。这些气泡还告诉我们，气候远不像我们想象的那样稳定，在过去的一万年中——这个时间段里诞生了人类文明，见证了其成长——气候处于非典型稳定期，至少直到最近，气候还处于这个时期内。

"气候是只愤怒的野兽，我们还用尖棍刺它。"美国国家自然基金会（NSF）麦克默多站的一位科学家这样给《时代》杂志的尤金·林登解释道。

南极半岛最近几年还登上过新闻的头条，因为拉尔森B冰架中一座有特拉华州两倍大的冰山开始脱离南极半岛东岸。2009年，和牙买加面积相仿的威尔金斯冰架也开始从南极半岛的西面断裂开来。

科学家担心靠近南极半岛的西南极洲冰原也会经历一次瞬间融

[①] 冰穹：是一种规模比大陆冰盖小，外形与其相似，而穹形更为突出的覆盖型冰川。

化，将全球海平面抬高 4.9 米到 6.4 米（而不是现在估测的 2100 年的 0.9 米增量）。一旦如此，佛罗里达和孟加拉都将不复存在，华盛顿也将被海水浸没。尽管绝大多数专家都认为这次融化将会出现在本世纪后，但是现在还不能准确预测发生的时间，但无论如何预防，都为时已晚。在北端的格陵兰岛，伴随冰层的加速融化，也会出现相似的问题，只会更加急迫地导致更快速的、无法控制的海平面上升。

所以我可以说我正在学习的是一项生存技能，在我帮助卸下了船上的"鲜物"（为科考队准备的新鲜水果和蔬菜）后，我开始学习如何驾驶"黄道带"，并开出去试驾了一番。驾驶 4.6 米长的橡胶船开过漂浮的碎冰，我看见一只豹斑海豹懒洋洋地趴在一大块浮冰上。就在我操控船到这只滑溜溜的、圆头圆脑的海洋捕食者周围想为它留影的时候，一只惊慌的企鹅一下子扑上了我的船，还被舷外的天然气瓶绊倒了。我们大眼瞪小眼，交换这不知所措的表情，然后它便跳到了一个浮块上，潜水回到了冰冷幽蓝的水中。

几天后，我和弗雷泽还有他的"施纳佩尔斯"（海鸟研究员给他的船载收音机取的绰号，为了向威斯康星州的波尔卡乐队致意）。我们在汉贝尔岛陡峭的山崖边解开了布林结。我们脱下橙色的浮衣，走上了一处宽广的卵石平地，一群嗷嗷作声的 1000 磅重的海象躺在它们自己的绿色粪便上。其中一只抬起头来，像我们秀了秀它粉红的宽嘴巴，打嗝以示警告，意思是让我们站在原地，不然它还得从精神恍惚中清醒过来，好来攻击你。海象群体以前只生活在更靠北的环境中，由于气温上升，现在它们已经遍布南极半岛。

它们的打嗝和咕哝声马上又融入了三千只阿德利企鹅[①]外加它们毛茸茸的小家伙的兴奋大叫声和脚蹼拍击地面的啪啪声中，还有一股马厩的气味，这群企鹅占据了很多岩石板凳，用它们富含磷虾油的排泄物把这些岩石染上了佐治亚红黏土的颜色。棕色海鸥模样的贼鸥滑过头顶，寻思着一旦瞄准哪个弱不禁风的小家伙，就飞下去咬死它，美美地吃上一餐。

"这些企鹅是矿井中最后的金丝雀。它们是气候变化最为灵敏的指示剂。"我们走过一群0.6米高的从海里爬上来圆滚滚的成年企鹅时，弗雷泽跟我说道，它们的大肚子里填满了小磷虾。

另一天，我在一旁看弗雷泽还有他的团队做阿德利企鹅的"食物样本"。实验过程中，他们把温水灌入企鹅的食道，然后让企鹅在桶上倒立，收集它吃下去的磷虾。我为"市场"广播记录下了鸟反刍时发出的声音，作为我这个遥远的驻地记者挣的外快之一。那声音听上去不像在兄弟会上喝高了的渔民呕吐的声音那么糟糕，更像是将一壶冰水泼出去的声音。整个过程也没有想象的那样反胃，需要一个长柄网、一个园艺泵、一只桶、一些拉链袋，还要两条粗壮的大腿。

在他们把企鹅扶正后，企鹅会猛劲地摇晃脑袋，接着把反刍出来

[①] 阿德利企鹅：产于南极洲阿德利海岸的一种南极小企鹅。

的磷虾吐得每个人的船裤和羊毛夹克上都是，然后又趴回地面，用肚子着地，像划桨一样滑走了，看上去仿佛受到了屈辱，事实上，企鹅经常摆出冤大头的沮丧模样。通过将部分消化的磷虾分类整理，科学家可以知道企鹅现在好哪口儿，多久才能把猎物变成它们的食物吞进肚里。

"我们的这些企鹅现在吃长额樱磷虾，这种磷虾体形较小，这说明企鹅越来越难找到它们的常规猎物。"弗雷泽在回到实验室后这样给我说明。比起其他研究员，他采集的磷虾看上去更小，疙里疙瘩的。因为是不同种的磷虾，所以企鹅需要更充分的消化。看完企鹅吐出的"食物"后，我决定不吃那晚生物实验室食堂黑板上主菜列出的什锦烩饭。磷虾，看上去就像小型的，运动机能亢奋的虾，按总生物量来说，是地球上数量最大的物种之一，构成了南极洲食物链广泛的基石，大量的磷虾被企鹅、海豹和鲸鱼（仅一只蓝鲸一天就能吃进 4 吨的磷虾）所捕食。我在帕尔默的前三周里没有见过鲸鱼的踪影。在第四周的周三，成群的磷虾游满了亚瑟湾。第二天帕尔默站周围就游来了 20 只左右的座头鲸、大须鲸、小须鲸和露脊鲸，用磷虾果腹。

磷虾还扮演着生物泵的角色，从吃进的藻类中吸入炭，通过唾液团和粪便，将炭深深地沉入海底深渊，这样在千余年后这些被排出的炭都不会再次出现。但要是无法接触海冰，磷虾体积就会缩小，体重变轻，很容易夭折。

海洋拯救了我
SAVED BY THE SEA

"70%的磷虾幼虫都存活在冰底。"加利福尼亚大学圣巴巴拉分校的罗宾·罗斯博士这样告诉我，这位女科学家拘谨而谨慎，下一个科研季，她也会登上劳伦斯·M.古尔德考察船，搜寻磷虾和浮游生物。"冰就像一个颠倒的珊瑚礁，上面有大量的突触、裂缝和洞穴，为它们提供藏身之处，"她说道，"但是在20世纪90年代早期，这些高低有序的冰开始瓦解。今年冬季的海冰是史上最低的。"

今年的拖网渔船捕捞的樽海鞘[①]比磷虾要多得多。樽海鞘是无冰水域的滤食胶体生物，看上去好似漂浮的避孕套缠到了我们"黄道带"的帆脚索上，只有有限的几种鸟和鱼会以它们为食。与磷虾不同，樽海鞘在无冰的水域里产卵——这将快速填补因海冰减少导致的长期磷虾匮乏这一生态位。而因为磷虾的数量锐减，当然也会使南极洲的海洋生态系统出现坏死。

气温升高的同时也促使降水量增加——在南极洲主要表现为降雪。过量的春雪扰乱了阿德利企鹅筑巢和抚育后代的节奏，岛上的栖息地也有不少因此消失。

回到汉贝尔岛，我挥手赶走了一只俯冲下来的贼鸥，比尔·弗雷泽正和美国地质调查的主播瑞克·桑切斯交换意见。瑞克手上拿着一只便携式GPS，卫星天线从他的背包里支出来，还有一台镀镁的笔记本电脑，捆在一只可折叠的精致底座上，固定在他的腰和双肩上。

---
① 樽海鞘：一种海洋无脊椎动物，以水中浮游植物为食，通常生活在寒冷海域。

他在绕着阿德利企鹅的栖息地走着，好确认比尔关于降雪量增多导致企鹅数量减少的观察结论，但是却涌过来一堆海象，他的测绘计划也因此作罢。要是他上前驱赶那些海象，它们有可能在慌忙逃窜的路上踩踏到附近企鹅聚居地中尚存的小企鹅，南极洲的高科技研究计划也时常面临这种进退两难的窘境。

在我们离岛前，比尔带我看了一块大而光滑的花岗岩巨石，差一步就能成为阿德利企鹅的栖息地。那块光亮的石头光滑得能反光，看上去就像你在某个当代画艺术馆里看到打磨过的石雕，这都要感谢700年来企鹅用它们的脚丫来来去去地踩踏。我想要是我们的孙子孙女也能有幸来此亲身体验这种发现新事物带给他们的惊喜该有多好。

在阿德利企鹅数量骤减的同时，更适应环境的帽带企鹅、海象和海狗的种群正在不断壮大。这些不速之客鸠占鹊巢，对依赖海冰维生的诸如威德尔氏海豹、食蟹海豹（它们实际上以磷虾为食），还有南极大陆的顶尖捕食者豹斑海豹等动物构成了致命的威胁，大有取而代之的势头。一天，我开着"黄道带"号到了站外一英里的地方，看到一只企鹅纵身一跳，跃入了6.1米的空中，着陆的时候却又偏偏掉入了豹斑海豹张开的血盆大口里，那只豹斑海豹逮了个正着，给了企鹅强有力的致命一击。

在气候变暖后，"类杂草"物种（比如鸽子、帽带企鹅和樽海鞘）、由于其自身具有极强的适应能力，能适应遭受破坏的栖息地，会鸠占鹊巢，取代那些对环境要求更加专一的生物（比如北极熊、豹斑海豹和阿德利企鹅），后者的生存有赖于热带雨林、热带海洋、极地冰架这类特殊的生态系统。气温上升还会对植物物种造成影响。

沙色头发、娃娃脸的塔德·戴是从亚利桑那州来站的教授，他驾驶着他黄道带"露西尔"号，犹如驾驶 F1 方程式赛车一样，他的研究对象是南极洲仅有的两种开花植物：发草和漆姑草。长了一副杂草模样感觉发育不良的发草是南极洲上最主要的植物。漆姑草看上去更像是一丛丛的苔藓。戴和他的太阳魔鬼研究队的主要研究地位于垫脚石岛，那是一个小小的、异常翠绿的岩石岛，在帕尔默站以南数公里，在巴拿马角狂暴带周围。

垫脚石岛周围是淡蓝色的冰山、蓝白的冰川，还有其他岛屿和露出地表的岩石，南面还有比斯科角。但是由于马尔冰川的后退，比斯科角现在也变成了比斯科岛。垫脚石岛上还有不少巨海燕在那里筑巢。巨海燕长着锋利的喙，是外形酷似信天翁的食腐动物，大小和鹰差不多，面对攻击者，它们能吐出恶心腥臭的胃油。尽管它们有这样的癖好，但也不能阻止唐娜·帕特森在第一时间就和它们成为了朋友。一旦她看到头顶上这些大鸟虎视眈眈的犀利目光，她就掐掐我的手，我就把一团毛球似的小企鹅抱走，给她称重、测量，然后再抱回到它的亲生父母那里。

塔德·戴教授在垫脚石岛上打理了两个花园。花园周围都围上栅栏（以防海狗进入），两个花园里一共有九十多圈植物架，围绕在发草和漆姑草丛中，它们的"土壤"看上去很像石油，但它们不是真的种在石油里，而是一种成分与石油十分接近的、混合着冰川砂和鸟粪的养料。

他发现了气候变暖会促进漆姑草的生长，但似乎对发草的生长不利。"全球变暖，"他解释说，"能让具有竞争力的物种平衡在很多方面发生转变……对我们生产种植食物和纤维的能力也影响颇深。"

现在气候模型越来越精确可靠，据气候模型预测，在本世纪地球升温幅度为 1.7 ~ 5.6 摄氏度，相较于末次冰期带来的 2.8 ~ 5 摄氏度的降温，地球变暖的影响可见一斑。气温如此升高会造成农业生产的转变；热带昆虫、木蠹蛾，以及痢疾这类传染性疾病的传播也将加速；洪水、干旱这类极端气候事件也将增多；海岸风暴和飓风也会加剧；海滩侵蚀；珊瑚白化；海平面上升……对海洋生产力和和谐海洋环境构成冲击，造成海洋化学变化——而这些都业已开始。

但是，在南极洲这片世界上最后的原始大陆上，你很难一直为之担忧，心情沉重地度过每一刻。每天至少能有几个小时你会忘记潜伏在不远处的黑暗与死亡，夜晚在机械厂外的露天企鹅酒吧小酌几杯加入斑驳冰川冰的皮斯克酸酒，我就能飘飘然地忘记自己还在南冰洋上。要想发动"黄道带"号，你至少需要两个有无线电装备的人帮忙，所以在我不去和科学家一起考察的那些天，如果风力不在 25 节以上，那我就把时间花在寻觅船伴上。

巴拉尔医生是个大块头,秃顶的宿命论医师,以前曾在阿拉斯加南部的科迪亚克岛上的急诊室工作,他一般都有时间和我去冒险。

一天我们驾驶"黄道带"驶过托格森岛,在那里我让"黄道带""登上平台"(你一加速,船头就沉下来,船的可见度、稳定性和可控性都得到了提升)朝喧水洞开去,就在诺塞角的另一侧。波涛澎湃的海面让我们能把4.6米长的"黄道带"冲过利奇菲尔德岛一座座突起的塔尖,在诺塞角的大浪花上驰骋。我们接下来开足马力,绕过了一些公寓楼大小的冰山,然后靠着冰墙着陆了,我们解开帆脚索,看见一只如蛇般妖娆的豹斑海豹在附近的冰排上睡觉。扔下浮衣,我们爬上了几百米高、途中遇到过崩裂的岩石,又穿过被红藻覆盖的雪原,直到冰洞入口。洞穴像是个滴水的蓝色隧道,我们脚底踩着透明冰地板,时不时溅起水花,透过脚下的透明冰板可以看到下方的岩石山麓。坚硬的蓝色冰川冰形成了凹凸不平的洞顶,从洞顶边缘的压力接缝处悬下来的冰柱像钟乳石和精致的沟壑,洞顶上方是成千上万吨缓慢移动的冰。

走出洞穴,我们徒步走过了松散的花岗岩、长石和冰砂后,看见一只海狗站在破碎的锋利岩石上,漂到了数百码外的水面上。它尖叫着、哀鸣着,以示警告。附近的池子和百年的苔床吸引了大量的棕色贼鸥,场面拥挤不堪,发现我们后,它们向我们这边俯冲过来,想给我们炸弹式的一击。一只500磅重的这种食腐动物从后面给了我一记偷袭,那感觉就像被一个大汉在脑后猛拍了一把。我们迅速从它们的巢穴中离开,爬上了外面的冰川岩,爬过一堆堆冒贝的粪便,爬下一条岩石囱,回到了我们绑船的地方。

那只豹斑海豹已经睡醒了,过来看着我们,但我们马上开船离开了,我注意到它刚才休息的浮冰上血迹斑斑。

下一站我们来到了大巨砾克莉丝汀岛。我们走过了一个海象大集会,对面是一群怨声载道的阿德利企鹅。爬到高处,我们看到下方有苔藓覆盖的绿沼,沼泽里满是丰年虾。我们在狭窄蓝色隧道尽头的岩石滩上舒展开身体,和体重分别有500磅和1000磅左右重的海象躺在了一起。眼前的南冰洋晶莹剔透,太阳出来后把天空染成了钴蓝色。伴着浪花翻滚的声音,看海浪褪去后露出拳头大小的光滑石头,休闲仰卧的我们似乎回到了热带。远处有若干平坦的岛屿,大浪拍打着它们,在空中溅起高高的浪花。海象兄弟流着鼻涕,眨着它们硕大的红眼睛;它们的黑色瞳孔足足有茶匙那么大,可以在深海攻击鱿鱼的时候聚光。一只海狗在隧道的水里打探着,确定没有危险后,它也滑动着身体上了岸,用后鳍挠了挠痒痒,在脸上堆出了幸福的表情。就这样,我们五个懒洋洋的哺乳动物享受着日光和海洋,和谐共处。

把"黄道带"开回帕尔默站时,我们后面还跟着一队蓝眼海鸭(也叫做皇家鸬鹚),水下还跟着一班活蹦乱跳的企鹅。医生掌舵,我则

海洋拯救了我
SAVED BY THE SEA

负责查看是否有小须鲸这类鲸鱼撞上我们的船,就在前几天,我还骑在了一头鲸鱼身上(那真是一个梅尔维尔的大白鲸时刻[①],看着它巨大的褐背和喷水孔在我们下面翻滚,我们简直惊呆了)。天空再一次被云朵覆盖,海水也变成了锡色;海浪冲击拍打着船身,把冰冷的海水溅到我们脸上,那一刻你会觉得只要能在野外看到如此美景就一切都好。

南极洲幅员辽阔,对人类境遇无视漠然,让人充满敬畏。但它却是人类世界科学研究的中心,让我们认识到人类活动对气候变化造成了多大的影响。与冰中传来的信息一样直白的还有我在一处即将消失的阿德利企鹅聚居地周围发现的散落的企鹅骨:我们的世界和企鹅的世界、南极洲的北冰洋和我们的城市海岸带、热带海洋和珊瑚礁——之间的联系远比我们想象的密切。

行走在我们这个蓝色星球上,到处都在传播着上述信息,紧急程度与日俱增。南极是被冰环绕的大陆,而北极则是一块被陆地环绕的冰原——至少现在如此。1979年开始,已经有20%的极地冰盖融化,形成了新的蓝色夏季海洋。2009年的夏冰已经达到了有史以来最薄的厚度。

2004年11月,来自包括美国、加拿大在内的8个国家和北极地

[①] 赫尔曼·梅尔维尔是19世纪美国小说家,他的代表作《白鲸》讲述了捕鲸船船长来哈同一条巨大凶猛的白鲸进行搏斗后船破身亡的经历。

区的科学家开展了为期 3 年的合作，他们得出的结论是，北极变暖的速度是地球其他地区的近两倍，到 2100 年，北极气温将上涨 7.2 摄氏度，格陵兰冰原将被融化，大大加速海平面上升，在此作用下，北极熊、独角鲸、白鲸、环斑海豹和其他依赖冰山过活的海洋生命将从地球上灭绝。

过去十载科学家预测 21 世纪中叶北冰洋将不再结冰，无法完成科学家所谓的正反馈循环。在正反馈循环中，冰能将太阳辐射反射回宇宙，而无冰的海水却能吸收太阳辐射，平衡破坏后，在冰沿边的水越多，变暖/融化的速度就越快。现在看来，今后少冰或无冰将是北冰洋夏天的长期的特征。与此同时，北冰洋海底由腐败植物构成的永冻层正在开始解冻（苔原上也出现了同样的现象）。这将释放大量的甲烷、温室升温气体，这些气体是二氧化碳威胁的 20 倍。

到 2007 年持续消融的北极冰引发了一场国际"抢冰热"，各国争相攫取冰源，俄罗斯在北极下的海床上插上了自己国家的钛旗，加拿大在西北航道（位于北美大陆和北极群岛之间）借军事演习之名搞起了武装封锁。

北极圈国家——加拿大、丹麦、芬兰、冰岛、挪威、俄罗斯、瑞士和美国——并没有把冰层加速融化视为全球变暖的警钟而快速寻找石油燃料的可替代能源，并在正反馈循环失效前采取行动阻止变暖，反而争相扩大自己在北极的地盘，争抢北极的新宠——包括石油、天然气、矿石、鱼类和商业贸易路线。

在北极无冰即将带来的众多变化中，亚洲和欧洲之间海运航线的变化是很大的。商船舰队，包括集装箱运货船、散货船和硬冰油轮要是走俄罗斯北面的西北海路或者西北航道，能省下 20% ~ 40% 的燃料。加拿大宣称西北航道为国有水域，但是美国和其他国家却认为西北航道是国际海峡。法律上判断是否是国际海峡的标准是这片水域历史上是否一直有各国船只通行，且未受到过质疑。雪橇犬当然不算。最近一段时间，美国总是"告知"加拿大有美国的海岸警卫队破冰船驶过西北航道，但只是"通告"，而不是"请求"。加拿大却认为美国是在请求，但加方也从未拒绝过。

2007 年的夏季，三艘轮船驶过西北航道，突如其来地带来了 400 个说德语的旅客，并把这 400 人留在了阿拉斯加的主要因纽特城市巴罗[①] 的海滩上。还有大量的捕鱼船跟着菜单上的新品种食用鱼一路向北，从白令海峡开到了北极圈内。2009 年良心发现的商部部长（监管 NOAA 美国国家海洋和大气局）下令在更好地认清生态系统快速变化的诱因前，禁止在美国北极圈白令海峡以北的 25 万平方英里海域内商业捕鱼。部长防患于未然的谨慎做法受到了来自商业渔民和自然环境保护主义人士的支持和鼓励。与此同时，美国和加拿大签署了合作协议，双方的海岸警卫队开始扩大安全巡逻范围。

① 巴罗：位于北冰洋之滨，是美国最北端的城市，也是因纽特人在北极最大的定居点，故称其为主要因纽特城市。

第八章 两极对立

虽然我还没有去过北极圈，我最近和美国海岸警卫队一起坐直升机，绕阿留申群岛和白令海上空飞过，极端且多变的天气状况给我留下了深刻的印象，新的蓝水海岸不断出现在北极海岸线上，而人们需要不断适应这些新变化。

1999 年我从南极洲回来后，非营利国际记者中心邀请我给几个海外记者同行做一些关于环境报道的培训工作。我后来和华盛顿的自由亚洲电台的采访记者一起在波兰、土耳其、斯洛伐克和突尼斯这些国家工作了一段时间。

在突尼斯，一名叫穆罕默德·阿尔莫夫提的记者跟我们讲，他写完一篇关于美国和埃及战舰在一次军事演习中把深水炸弹扔到珊瑚礁上的文章后，被传讯到军事法庭，还被审问了若干小时。后来在麦地那老城区共进晚餐时，我问他是否还打算写那样的文章。"当然了。他们不能让我动摇。我有报道事实的权利！"他义正词严地说道，这也代表了许许多多工作在世界各地的新闻工作者的勇气，他们宁愿直面威胁、暴打，甚至死亡，也要履行他们作为世界之眼、世界之耳的记者职责。

之后，我们坐了 5 小时的巴士来到了位于阿尔及利亚边境线上的突尼斯 El Feidja 国家公园，公园的警戒线里饲养着世界上最后一群巴巴里马鹿。世界野生动物基金会和附近的村民一起把在公园里过度放牧的山羊替换成蜂窝，后者既能生产有机蜂蜜，也能为当地人增加收入。新状况是要抽干公园山体的蓄水层挖一条管道，给苏塞（突尼斯东北部一座港市）和其他欧洲游客经常光顾的地中海海滨度假胜地供给淡水。

整个国家公园都在高地沙漠上，生长着榭树、灌木丛和栓皮栎，让我想起了东圣地亚哥的徒步公园。回到巴士上，开始了返回突尼斯的漫长旅途，我坐在了穆罕默德身旁。在国家公园的整个参观过程中没有遇上任何组织，这令我有点恼怒。一整天除了蜂蜜和面包片，什么吃的都没有。来回的路途还那么长。

"你觉得那个公园怎么样？"我问他。

"我舍不得走。我想永远留在公园里，"他说道，我好奇地笑着，"我今年42岁了。以前从来没有去过森林，"他解释说。"所有这些树啊，阳光啊，实在是太美好了。"

我们忘记了自己和自然世界的联系是多么的重要。V字队列迁徙的鹅群，山间小溪的汨汨声，林间斑驳的光与影的互动。永恒之海的诱惑也是这种与生俱来的天然联系的一种，尽管这种联系有时可能是一种启示。

我的同事莫妮卡·艾伦和我在突尼斯与从黑海登陆的十几位不同国家而来的记者一起度过了第一周，我们一起深度回顾了历史上从工农业径流中吸入大量污染负荷的水域，还有诸如水母入侵、石油泄漏、沉降、污水和垃圾等相关问题，以及如何将这些环境灾难用文字、声音、视频记录下来，在出版物、广播、电视和因特网上让更多的人知道确有此事。为了帮助一位紧张的土耳其记者加入我们中来，我在一位政府间谍身边坐了下来，他曾暗中跟踪我们的会议，我给他讲所有关于低氧缺氧和无氧厌氧的知识，还有贫氧水域如何通过所谓的富营养化过程制造死亡区域的，直到他相信环境报道和政治、宗教或者任何他们关心的领域毫无关系。第二天，他拿给我一份剪报，上面登载了关于一位美国科学家和萨满巫师一起工作，在亚马逊发现了药用植物的报道。第三天，在我的成功说服下，他给我们找来了一辆军车，载我们去了海边。

毫无疑问，我们一到海边，不管三七二十一就开始脱衣服，冲向海浪里，全然把我们刚从联合国和其他专家口中学的东西抛到了脑后，更别提油渍斑斑的易拉罐、灯泡、碎瓶子，我从水上上岸的时候还发现了用过的尿布。8天后我的左耳得了严重的假单泡菌感染。"那是因为你长了一对软弱的美国耳朵。"前罗马尼亚商船水手，现在转行当电视记者的斯蒂芬·拉兹万在给我的电邮中这样说我，"我们罗马尼亚人长着猪一样的扇风大耳，随时随地准备着吸入黑海的污染。"

显而易见，水体的规模决定着水体在面对层级式环境侵扰时的恢复能力。中亚的咸海[①]因苏联的棉花种植而被抽干了，现在已然变成

---

① 咸海：中亚地区的咸水湖，位于哈萨克斯坦和乌兹别克斯坦之间。

- 207 -

了一片尘土飞扬的有毒荒原。大一点的里海①充斥着泄漏的石油，里面生存的鲟鱼也因猖獗的鱼子酱贸易（后来演变为"鱼子酱黑手党"各派别之间的武装枪战）而几近灭绝。更大一点的黑海在20世纪80年代已经走向了死亡的边缘，但最近又有了少许的好转，苏联解体后黑海沿岸的工业经济快速衰退，加之最近的全球经济衰退，使得黑海又有了喘息之机。地中海因过度捕鱼而元气大伤，再加上污染和侵略性海藻Caulerpa（又叫做"杀手海藻"）的双重打击，地中海早已不堪重负。这种海藻最早是在19世纪80年代由于一次意外而引入了地中海，它能使当地植物窒息而亡，然后疯长开来，一发而不可收拾。意大利还在沿用对在其境内海港外非法长线捕鱼船的容忍政策，而西班牙渔民向来都被冠以资源海盗的恶名，无论在地中海，还是在世界其他海域，他们的海盗作风都从未改变。大西洋比起开阔的太平洋，形状上就不占优势，但是大西洋、太平洋和印度洋、南冰洋一样，都承受着来自过度捕捞、污染、海洋废弃物和气候变化的威胁。

　　我在从土耳其回国后，在华盛顿又居住了几年，我又开始想搬回加利福尼亚，回到我所挚爱的太平洋身边。终于我拿到了一家出版社的预付款，开始着手写作一本我许多年来情之所向的书。书名叫《蓝色边境》，是关于海洋和美国200英里的专属经济区②的故事，专属

---

① 位于苏联与伊朗之间的内海。
② 专属经济区：又称经济海域，是指国际公法中为解决国家或地区之间的因领海争端而提出的一个区域概念。

经济区是一片全新的野外环境，面积是路易斯安那购置地^①的6倍。我打算在佛罗里达开始撰写我这本书，然后还能和南希去加利福尼亚做一次夏季研究之旅。对于我们这次重逢，我和南希都充满疑问，明摆着的问题是，如果我回到加利福尼亚，那是否意味着我们可以和好如初，结为夫妻？

和所有的人算无异，命运、好运或者灾难都会以更加强有力的方式决定我们的人生，正所谓人算不如天算。我们只不过是生命之海中的一叶叶浮萍而已。

---

① 路易斯安那购置地：美国于1803年以大约每英亩三美分向法国购买超过5229911680英亩（214476平方公里）土地，亦称路易斯安那购地案，所涉土地面积是今日美国国土的22.3%。

第九章

深层海域

哦！给她建座墓地，一缕缕阳光拂于其上，

当它们承诺一个辉煌的明天；

它们将照耀着她的睡颜，犹如来自西方的微笑，

第九章 深层海域

从她自己热爱的那座悲伤之岛而来！

——托马斯·摩尔《她远离这片土地》

我们失去了太多，我们能做的只是把握自己的生命轨道，决定是否想继续相守，如果要继续，那是出于何种初衷。我喜欢写自己对海的深情，惧怕它失去健康，即使与此同时，我自己的爱人也在失去她的健康，独自一人为捍卫自己的"独立和自治"而直面癌症，与急剧扩张的癌细胞殊死搏斗。

我在基拉戈岛外约 5 英里的温暖蓝绿海水里潜水，朝最后一个水下研究实验室"水瓶宫"游去。14.6 米高的圆柱体实验室固定在四个钢脚上，看上去像个盐井，上面有柑橘叶锈病[①]斑，周围长出了杂草，流动的鱼群在杂草上像在放牧。我游到了实验室的圆形观察口外，看到居住在其中的科学家在笔记本电脑前摇了摇转椅，然后把手伸进了咸花生罐里。我转过身，发现了 3 条大个的银色鲶鱼，每只都有 100～150 磅重，它们跟在我身后。国家海下研究中心的史提夫·米勒带我沿一条低矮的入口通道下到了实验室的裙边下。我们进到格雷格石旁边温暖、潮湿的"湿室"，另一个从新英格兰水族馆来的研究员从里面出来，朝珊瑚礁游去。一群黄尾石斑鱼小心翼翼

① 叶锈病：黄锈病的一种，受害植株叶上出现很多赤褐色斑点。

地挤成一团，贴着湿室月形池子的后壁，哪儿也不去。

我们脱下水肺装备，爬上了一个短梯。实验室内部的居住地窄小却舒适，有蓝色的工业地毯、实验室、厨房，还有两套三人床，供科学家和两位后勤人员完成为期 8 天的工作任务。我们只能待一个小时，时间再长，氮气就会在我们体内过多堆积，我们就很有可能得减压病。科学家和其他工作人员在完成在海底实验室的 8 天工作后，他们会在"水瓶宫"进行 17 小时的减压后再返回海面。

"水瓶宫"为他们提供了深度水下研究的好机会，对周围的礁石开展深入的研究，那里的珊瑚礁看上去像是用微波炉煮过似的。在之后的一次潜水中，我跟随《国家地理》影片摄制组做记录工作的过程中，我发现曾经长在这里的分支珊瑚现在只剩下珊瑚骨粘在漂白的碎石场里。许多石珊瑚都被从基拉戈岛传来的流行病蚕食殆尽。从这些病的名字就可以看出石珊瑚变成了什么样：黑带、白带、白疫。曲霉菌是一种在番茄田间常见的菌类，这类菌可以像飞蛾咬碎爱尔兰蕾丝一样把紫迷珊瑚撕个粉碎。珊瑚在沉淀物、污染径流导致的疯长的海藻、轮船排放物下面窒息而亡，还会周期性地受到附近温暖水域的影响，发生白化。比利·考西是佛罗里达群岛国家海洋保护区的经理，即将上任国家保护区的区域主管一职，他在 1973 年回到了基拉戈岛。他现在说起话来就像旧约圣经中的耶利米，常常回忆他见证的一年年衰退的礁石。

第九章 深层海域

尽管珊瑚群是世界上种类最多的海洋生物栖息地之一，但由于珊瑚群对水体澄清度、盐度、低养化学成分、水温范围的要求，它们同时还是脆弱敏感的结构。它们是需要精心养护的美丽的亭台楼阁，对生存环境极为挑剔。

"在整个 19 世纪 70 年代，我们发现了很多海洋问题，但最常见的就是 30.5 米可见度的海水澄清度。"比利·考西回忆道。"在 1979 年，我们的温水仿佛受到了诅咒，大花瓶海绵开始死亡，"他继续说道，"1980 年 6 月，在平静的浮油海面下，上万条鱼遇害。这也是我第一次意识到事情正朝着不好的方向倾斜。然后就到了 1983 年，随着沿海地区污染爆炸式的发展，海胆死光了。1984 年，我们又遇上了另一种忧郁，基韦斯特沿岸的礁石逐渐白化。可能有 5% 的珊瑚都死掉了。1986 年 5 月，我们当时还没怎么见过黑带病（该病的特征是健康的珊瑚礁样本上会出现一条条黑色的死珊瑚），我去给黑带珊瑚礁拍照。我见过的大规模疫情暴发就有近 50 次，分布在海下 122 米的区域内。"

"1987 年 6 月，我们又遇到了浮油的平静海面，"他继续说，"在 7 月 13 号我们出海的时候看到所有的珊瑚都变成了芥末黄色，然后变成亮白色。后来我们看到报道，说在加勒比海的印度和太平洋礁石也发生了同样的白化现象，那时我们才知道一些全球性的状况正在蔓延。我们知道我们眼前的景象算得上是煤矿中的金丝雀[1]，是更大规模事态的先兆。另一方面，美国国家海洋和大气局（NOAA）的报告中认为1987年是史上最热的年份，19世纪80年代是史上最热的十年。"这些纪录数据在1990年有所缓和，但在21世纪的第一个十年又迅速抬升。

祸不单行，考西说道："在1990年，我们终于因为珊瑚白化遇上了第一次重大损失，珊瑚一去不复返。那一年我们失去了大部分的千孔珊瑚。另一个基准年是1997年，珊瑚白化遍及整个加勒比海。大量的活珊瑚在1998年那次白化浩劫中消失殆尽。在太平洋更远处的礁石也在锐减，这让我意识到绝不是一起孤立事件。严重的白化在1997年和1998年接踵而至，然后又遇上了'乔治'飓风的侵袭。"

他摇了摇头，好像不愿相信这滔滔不绝的凄惨回忆。"你如果看看关于礁石的老照片和电影，你就会知道我们失去了多少，"他说道，"要是你有幸二三十年前来过我们这里，你就知道了。"

到2006年，美国国家海洋和大气局（NOAA）将曾经一度在佛罗里达基韦斯特、波多黎各和美国维京群岛繁盛的鹿角和麋鹿角珊瑚列入《濒危物种法案》的受威胁物种之列。

我终于回到我的海洋之书《蓝色边境》的写作中，即使有时我写

---

[1] 煤矿中的金丝雀：金丝雀对瓦斯十分敏感，只要矿坑内稍有一丝瓦斯，它便会焦躁不安，甚至啼叫，因此以前矿工都会在矿坑里放金丝雀，当作早期示警的工具。

这本书就像是在报道海洋边境的终结一样。人口普查局宣布西部边境在 1890 年已经关闭，1983 年罗纳德·里根总统成立了美国专属经济区（EEZ），这项决定虽然在他的从政生涯中算不上什么，但却意义重大。专属经济区从美国海岸向海上延伸了 200 英里，我这本书的书名和主题也源自专属经济区的成立。面积 340 万平方海里的美国专属经济区比陆上经济区大 30%，比起以往的专属经济区，这次的这个设置在更具有挑战的荒野边境上，是全球大洋的一部分，目前 1/3 的区域已经围闭，供沿海各国开发。虽然里根总统当时建立美国专属经济区的初衷是为了给大型企业提供更多深海采矿的机会，但随后便认为专属经济区在经济上是不可行的，我揣度其中的缘由如下：你要在海里做标记，称这片海域为你所有，那你还得承担更大的责任，照顾管理这片海域。在全方位撰写关于我们的海洋边境的历史和现状过程中，我也借此为由，潜入海中去探索、去探险。

我徜徉在南佛罗里达，参观佛罗里达大沼泽地，又名沼泽草地，它的恢复对于基韦斯特礁石线的修复意义重大，通过它能增大水流、减少污染，帮助礁石线复原。佛罗里达海洋巡逻警察一起在龙虾"迷你季"里出海，四万条休闲娱乐船和潜水客船在基韦斯特礁石上闲游。每人允许捞六只龙虾。我们停下游艇，上了第二艘船，还有一只皮筏艇。主船上有九个人，包括一名婴儿。"你数六只（龙虾）。"孩子的阿姨嘀嘀咕咕地说着，把小孩举高好让她看到海里的龙虾。

- 215 -

另一天，我帮前海军海豚训练师里克·特劳特把一对 1.5 米长的铰口鲨推到一个开放式海洋半岛里，然后这两只饲养在宠物店的捕食者又从基拉戈岛外的潜水船里跳回了野外。这一活动据说是为了帮助教育公众，培养公众尊重海洋野生动物，但两天后，波士顿捕鲸者号上的计时导游看到了水中的鳍，他心想，太酷了，我要下水和海豚游泳。结果导游跳进了一群牛鲨中间，被牛鲨咬了脚。

我从基韦斯特回到迈阿密，和我的记者朋友卡尔和凯西·赫什待在一起。我给南希打了通电话，并给她留了言。她给我回了电话。我告诉她我们正要去吃晚餐。她说她在半个小时后要出发去看电影。她听上去有点怪。我说我会在她出发去看电影前再打给她。20 分钟后我给她打了电话。

"我发生了点不可思议的事。"她说。我告诉她我坐下来听她娓娓道来。

"那个，"她认真地说，"我去看了医生。我的胸部长了个肿瘤。"她哭了起来。我停了一下，不知所措。过了一会儿，她平静下来。"肿瘤才长了一个月，但是最近几天我的淋巴腺肿大起来，我才去了医院。然后他们把这些针头扎到我的乳房里，抽出细胞拿去化验。真的很疼。接下来我要照乳房 X 光照片。我在 11 月（她 40 岁生日当天）已经做了一次，检查结果一切正常。这个女人——这个医生现在告诉我我的乳房有些变形，需要接受化疗……"她又哭了起来。"我不想让她们切下我的乳头。"我在她的抽泣声中分辨出她想表达这个意思。我走了出去，不让卡尔和凯西看到我哽咽的样子。

第二天我乘飞机飞回华盛顿。坐在我旁边的是一个年轻的母亲抱着她的孩子，她在泛美开发银行（IDB）工作，致力于生物多样性问题，主要工作是保护世界热带雨林。我询问她，在泛美开发银行有没有一些好的项目可以切实解决环境问题。她的回答是没有。我不得不把脸转向窗户，这样她就看不到我抽搐的表情。我又失控了。

我到家后给南希去了电话。她刚从玛林综合医院回来。

"医生说我得了癌症，"她告诉我，放声哭了出来。"她说我的肿瘤长得很奇怪，长得也快，势头猛烈。"

"我正坐在这里，看那片风景如画的海，它如此多娇，美不胜收，但看上去很奇怪，真是怪透了，"她说道，"我是个实际年龄40岁的女人，无儿无女，独自一人住在玛林县（那里是北美乳腺癌高发地区之一）。你知道我一直很注意饮食，身体向来健康。我的家人里也没有得乳腺癌的，如果有，也没有任何人告诉过我。所有事都变得无关紧要了。我不知道要做些什么。只是很奇怪。我想这次患病就像是一次叫醒服务，告诉我什么才是生命中最重要的。"

我去加利福尼亚陪她住了几个月，其间她一直在接受化疗。她母亲过来看她，对我怒目相视。她们给她注射阿霉素和环磷酰胺。她顺

海洋拯救了我
SAVED BY THE SEA

滑的长发开始一团团脱落,只剩下最后一缕小拇指粗的顶辫,她最后也剪掉了。她时常偷偷啜泣。她用她的头发给猫编了一顶贝雷帽。

我给她擦止痛软膏,在她发病的时候,扶她去厕所。化疗真是糟透了,但却似乎有所奏效。在第二疗程结束后,她的肿瘤开始缩小。

我朝圣地亚哥海边走去,冲上了美国军舰约翰·C. 史坦尼斯号航空母舰——一种我在我的书中若干章节都提到的航空母舰。我在一旁,看战斗机起飞、着陆,看飞行员训练,看他们用尾钩把自己拴在甲板上,引爆一阵阵火花雨,然后逃到喷射引擎的全轮再燃装置里,好似夜空中双截龙的尾巴。在几天后我被母舰甩出去前,我走马观花地把这艘大船看了个遍,从舵杆茎到飞航管制塔台,但我却不愿去医院病房,我怕我会把医院的病菌带回给南希,经历了化疗,她的白血球骤减,连累了她的免疫系统。

下一个周二,我回到了南希身边,带她去医院打最后一次吊瓶。我们在医院待了五个小时。她的医生和护士费了九牛二虎之力才找到了她乳房里的肿块。她们认为这是个好兆头。

在输液中心,我们坐在了一对圣地亚哥的同性恋夫妇旁边,开始和她们聊天,同时南希的第一个吊针袋里的液体也流入了她的血管里。

苏珊是夫妇中患病的那一个,正和浸润到她骨骼里的侵袭性癌症做斗争,她被诊断为癌症是在两年半之前,她希望这两年半的治疗可以缓解她的癌症。她尝试了阿霉素和环磷酰胺、生食,还有多种运动,几天前,她还去夏威夷的考拿岛外和野生海豚游泳。我们告诉她们,我们曾在夏威夷大岛另一侧的黑纱裸体海滩外和飞旋海豚游泳嬉戏。我禁不住觉得我们的这次对话充满了加利福尼亚气息。

在南希输完最后一瓶液体后,她和她的护士紧紧地拥抱了一下。南希精神很不错,我们在野外海滨的鹅卵石沙滩上散了散步,沙滩上还有干海藻,可以看得到金门大桥。我用双手沾了沾冰冷的太平洋水,默默地为南希祷告,希望她快点好起来。那天夜里南希睡得很好,看上去明天她也会心情昂扬,但是到了凌晨五点左右,她又开始吐了起来。后来我们一起看了一个叫做《特种部队简》的片子。我告诉她她秃头的样子比秃头的黛米·摩尔还好看。

"出大事了。你居然不喜欢黛米·摩尔。那米歇尔·法伊弗好看吗?"

"我没见她秃头过。"

后来我们去了雷斯岬海岸,还徒步去了梦幻沙滩,坐在沙滩上的浮木木桩上。

"所以你要搬回来和我在一起吗?"她问道。

我说现在可能不合时宜。我很怕事情不会一帆风顺。让我生气的是,除了即将进行的乳房肿瘤切除术,南希决定不再接受任何治疗。况且,我是个愚蠢的男人,总幻想着下一秒可能遇上更好的那个人,那个理论上完美的妻子,生下完美的孩子(们)。如果南希在接受治疗后想生一个自己的孩子（假设她的化疗药物引发的更年期逐渐消失），那就会提升她的荷尔蒙雌性激素水平，复发癌症，要了她的命。

她对我不置可否的答案点了点头，也不再要求我搬来和她住。

在沿着海滩向上走的路上我们看见了一群鹌鹑，还有一只大短尾山猫跳着横穿公路，它优美的肌肉线条让我们兴奋又激动。

我们去了一家体育用品商店，她帮我挑选了一对铁头靴子，让在我即将赶往路易斯安那的旅途中能用得上。然后我便打道回府，回到了华盛顿。

在路易斯安那，我飞到了几个英国石油公司（BP）的深海钻机所在的位置。这些深海钻机堪称当代工程界的奇迹。几个粗脖子的码头工人在钻探甲板上穿着印有"新装备、新人民、新纪录"的T恤。每个人都想挖到墨西哥湾的最深处。我问"公司的人"（钻机老板），要是一两英里下发现石油泄漏，该怎么办。"车到山前必有路，船到桥头自然直。"他告诉我。十年后，另一个英国石油公司（BP）钻机"深水地平线"[1]发生大规模不受控的爆裂，造成了11名工人死亡，酿成了美国历史上最严重的石油泄漏灾难。当然，即使没有造成世界历史性的灾难，近海石油钻探已然成为气候的一大威胁。

也许为了鼓励人们快速脱离使用导致暴风雪升级的石油燃料能源，我们真应该建议美国国家海洋和大气局（NOAA）开始用字母表

---

[1] 位于墨西哥湾的"深水地平线"钻井平台爆炸事故造成的原油泄漏形成的污染带遍布墨西哥湾，长达80英里。

顺序列出后缀着石油公司名字的飓风：飓风沙特阿美、飓风英国石油、飓风雪弗龙、飓风戴纳基、飓风埃克森等等。

飞入新奥尔良，我俯瞰庞恰特雷恩湖的防洪堤。在防洪堤的另一边，湖水位3米下的地方，我看到弯弯曲曲的林荫郊区街道、居民房、草坪、骑着自行车的孩子，还有停着的车辆。我想，亚特兰蒂斯花园在2000年是个与这种发展相契合的好名字。

新奥尔良城市本身平均比海平线低2.4米。尽管城市的泵常年运转，但还是失去了保护性湿地和长沼，从1718年法国人居住在这个"奥尔良岛"（马上就遭受了飓风的袭击）以来，湿地和长沼就对城市防洪起到了一定的作用。保护性湿地面积从150英里长的缓冲带减少到某些地区的不到30英里长。美国陆军工兵部队好几代人都致力于疏浚整顿密西西比河，所以过去用来堆积三角洲缓慢移动的沉淀物，现在却冲入了湾区的深处，从中西部玉米田中带出各种各样的合成废料和污染物，形成大规模的缺氧死亡带，而不是抬起新的河口沼泽地。石油公司钻探和搭建运河造成的地陷，加上海面升高，也造成了每年25平方英里的石油公司合法组织口中的"美国湿地"（意思是他们无须赔偿重建湿地）的消失。在一篇题目为《海岸2050》的议案中提出修复湿地的建议，要求在未来半个世纪里地方、各州、联邦政府拿出140亿美元用于湿地修复项目。在一个法国区冲浪者酒吧里，我遇见了路易斯安那州海岸修复联盟的执行董事马克·戴维斯。

"美国陆军工兵部队给我们建了堤防系统,周期性的河流洪水没有了,却带来了长期的沿海洪灾,这桩生意显然是失败的。"几杯啤酒进了肚,他这样告诉我。

"这是否意味着你认为你可以动员充分的群众意愿,逆转这种蔓延和发展之势,与美国陆军工兵部队和石油公司相抗衡?"我问道。

"要是我们的呼吁不足以让他们迷途知返,那么就让飓风替我们教训他们吧。"他警告说。果不其然,五年后,卡特里娜飓风的到来正好验证了他的说法。

我再次去到加利福尼亚的时候,南希的头发已经长了回来,短短的卷发夹杂着一缕缕银发。在她的左胸侧面有一长条伤疤,她的左胸看上去很好,形状正常,呈梨子形状。"我看上去不像我自己了。"她看着镜子里斑白的狗毛似的头发说道,但是在我眼里,她又恢复了原本的样子。

我们正在悄无声息地建立新的关系:有爱,但对彼此无期待的朋友。我们始终不住在一起,尝试寻找一种舒适感,可以让我们在今后的岁月中相濡以沫,现在我看到了确有未来可言。我们出去约会,但不过多谈及约会本身。我们还努力抚平我的愤怒,因为她下定决心不再接受任何后续治疗,不做化疗或放疗。一开始的时候,她说自己受不了再去化疗,但可以接受放疗,但后来她连放疗都不想做了。我姐姐狄波拉跟我说,无论是对是错,那都是她的选择,她一旦做出最终的决定,我就应该闭嘴,并且支持她。有时我常想我的生活中有太多强势的女人。

我们步行去了索萨利托海滨,带上了南希的滑板车,这样我就可以试着骑骑看。"我刚买了两个这样的滑板车给我的外甥亚当和伊桑,"我告诉她,"当然,他们一个9岁,一个11岁。"

"你都说了这是给孩子玩的,快下来,你这个老顽童。"她笑着说道。我一路骑骑停停,走下了街道。

我写完了我的海洋之书《蓝色边境》,感觉好极了。不久,在南希接受乳房肿瘤切除手术9个月后,南希给我打来电话说医生在她的胸部发现了新的肿瘤。"真是见鬼了。新肿瘤是原来那个的两倍大。医生也吓了一跳,诧异为什么这么快就又长了一个。"这一次医生建议南希接受化疗、放疗还有乳房切除手术。

我飞去加利福尼亚去陪她。这次她剃了个光头,不想再看到她的头发一团团地脱落。我对她说她看上去像辛妮迪·奥康纳。

"像泰利·萨瓦拉斯吧,"她回应道,"但是其实我最像的还是一个癌症病人。人们常说我看上去比实际年龄小,但我想他们还真是说到点子上了。"

她很生气,因为一些开发商想要铲平街尾的黑莓丛,好在那里盖新的住宅单元。

"贪婪正在吞噬着一切事物,"她绝望道,"我们正在污染这个星球，撕毁自然世界……"

"何况那些黑莓丛是这一片长得最好的。"我赞同她的话。

几天后，她感觉好些了。我们开车去了雷斯岬的麦克卢尔海滩。要到达海滩，需要徒步走下一条流着断续小溪的峡谷小路，路上风力猛烈袭人，到了海滩，风力也没有缓解多少。狂风拍打着沙子，形成诡异的脚踝般高层层舞动的硅酸盐。泛着涟漪的溪流表面波光闪闪，蜿蜒着流入海里。我们打开了火鸡三明治和可乐，在悬崖下的一块岩石上开吃，后背朝着风袭来的方向。几十只海鸥挤成一团，蜷缩在海边潮湿坚实的沙子上。在这团海鸥不远处的海面上，冰冷的钴蓝色海浪凹着脸，雷鸣般声势浩大地冲上沙滩、撞上岩石堆、形成海蚀柱，在空中溅起9.1米高的浪花。南希给海鸥拍照，还有它们在湿沙子上留下的密密麻麻的脚印，还有长长的透明绿色、棕色球状和绳状的牛藻。我们发现有三只红头美洲鹫在沙滩那头进食。我们走了过去，它们便不情愿地拍拍翅膀，离开了它们的腐肉盛宴。那是一只海狮的残尸，上半身还算新鲜，被腐食者啄食着。下半身已经没有了，从锯齿状的勺状肉中可以看出这是白鲸干的好事。南希开始给这具发出腐臭味被吃了一半的鳍足动物拍照。

在19世纪60年代，有人计划在雷斯岬开发大量高档住宅区，把风景怡人的一号高速公路加宽成八车道的高速公路，再在玻底加湾建造一个核电厂，南面不远处就是最近23头灰鲸夏季返回的避暑地。多亏了上万名敬业的环保主义人士组织的抗议，像塞拉俱乐部的戴夫·布劳尔和已故议员菲尔·伯顿这样的激进政界人士也参与其中，这些城市或工业计划才得以搁浅，而且建起了雷斯岬国家海滨公园。

我想把我刚才想到的这一激动人心的胜利告诉南希，好让她高兴一下，但是太阳、风和浪早就帮我做好了。她爬到了光滑的岩肩上，好给眼前纯粹无瑕的自然界一派繁忙之景留下更多照片。

你可以说自然带给了人类旅游观光、捕鱼许可等收入，但这才是保护野生自然、海滩、海洋的真正价值。除了它们本身的价值和生产力，在我们在苦难中挣扎之时，它们还为我们提供了逃避之所、庇护之所和重生的灵魂。

那天傍晚，我带南希去松果餐厅吃晚餐，我们聊起了戴夫·布劳尔和他的妻子安妮·布劳尔。我们认识戴夫，他刚刚去世，享年88岁。

"他有个多么好的妻子呀，"她品着她的橡果冬瓜汤，满眼渴望地说着，"我想知道面对佛罗里达发生的变化，戴夫会说些什么？"

2000年的美国总统大选当时已经在佛罗里达州持续了48小时，还在重新计算投票，并无结果。8天后，我带南希去乳房保健诊所接受下一次注射时，还没有明确花落谁家。

在接受化疗后两个月，她就要动手术了。她母亲也在那里，南希告诉我不必再来照看她。但我在她手术前那天晚上还是给她打了电话。

"我该怎么面对这场手术呢?"她尖声说,"我想你在这里。"

"对不起。我想过去陪你的。"

"明天给我病房打电话,好吗?"

"没问题。"

"再见。"她用小孩子一样的语调说着,让我眼泪夺眶而出。

"谁呀?"第二天傍晚她在医院接起我的电话。我很吃惊居然是她本人接电话。

"你怎么样,亲爱的?手术还好吗?"

"我很高兴我醒过来了。"她说道。

之后我回到加利福尼亚,开始哄她接受放疗。她开始读《勇敢女人的乳腺癌之书》,还加入了一个互助团。她们把被子叠成正方块,她的方块上写着,"癌症去死吧。"她去见了一位整形外科医生,咨询了重建手术的事,她不喜欢医生对她说的话。

"他简直让我崩溃。"她说道。

我告诉她整形手术其实可有可无,她不必一定去做。

她还是坚持让我给她读一切有关整形手术的消息:附着和游离皮瓣技术,皮下肌肉隧道技术,膨胀机袋……

"为什么?"我问道。

"你自己试试有多糟糕就知道了。"

这是基于我所谓的"冰箱原理",无论何时她吃下或喝入什么东西，要么觉得难吃，要么觉得馊掉了，她就会想让我也试试这种滋味。

"你就告诉我，这牛奶尝起来结块了吗？"

她又不情愿地接受了一次治疗，然后我离开了。

尽管她曾工作的动物保护协会还在给她发工资，但她也已经债台高筑。再加上，她现在的身体状况，无法再做什么工作。房东还追着她涨房租。她的家人接济她的生活，但同时也给她施压，让她搬回威斯康星。她的压力越来越大，我担心有一天她会撑不住宣告破产。

作为一个自由撰稿人，我总是牺牲自己的经济安全感，追求冒险的人生，而且从未后悔过。现在，虽然我已尽我所能给了她我所有的钱，但我还是想要是我足够富有我就可以对她说，"拿着，宝贝，这里是十万美元，别为这等小事发愁。"而实际情况是，我要委屈接受美国全民医疗保险，因为他们不会因为你生病而罚钱或让你倾家荡产。

我读了《华盛顿邮报》体育板块的一篇文章，那篇文章讲述了一个典型的乳腺癌幸存者的故事，故事的主人公接受了双侧乳房摘除手术后参加了冬季奥运会。她是个匈牙利的雪橇运动员。她还会高空跳伞、游泳，还获得了三段柔道手的褐带。

我给南希打了电话，在电话里给她读了一篇报道，"她为你树立了榜样。"她笑道。她告诉我普斯在满月的那几天会变得焦躁不安，在阳台上奔跑嚎叫，然后还会攻击她，然后恢复平静。我们讨论了最近在探索频道播出的"蓝色星球"系列纪录片里壮观的海景。"我有可能再也不能潜水了。"她担忧道。

我在为我的书写扉页。我决定把夏威夷女子冲浪的先驱雷尔·苏恩写进去，她在和乳腺癌抗争了 15 年后去世了，享年 47 岁。

我们的对话开始像海潮般流动起来，在南希的健康和世界的健康之间、在带给我们喜悦的生活片段和让我们烦恼忧愁、限制了我们的选择的生活片段之间来来回回，悲伤和喜悦之间的间隔似乎随着时间的流逝而缩短，随着南希所剩无几的生命而消失。

我的书出版了。在一个星期四，我飞到了旧金山机场，来接我的是"拯救我们的海岸"（SOS）组织的安妮·罗利，该海洋保护组织的总部位于圣克鲁兹（美国加利福尼亚州西部城市）。他们在 20 世纪 80 年代就开始和加利福尼亚中部的近海石油钻探做斗争，现在已经发展为公民顾问团和蒙特雷湾国家海洋保护区的监督部门，该保护区就是在他们的帮助下建立起来的。该保护区的众多功能之一就是禁止广阔水域内的石油钻探。

1992 年的时候，我和南希在蒙特雷参加了一次该保护区的奉献仪式，当时我们在海岸线群众中，观看升起高高的美国星条旗的邮轮、捕鱼船、考察船、海岸警卫队快艇和皮艇组成的船队。随着蒙特雷交响乐团奏响"众人信号曲"，44 米长的 19 世纪缉私船"加利福尼亚人"号的等比例复制品发射了震耳欲聋、烟雾缭绕的凌空抽射。火炮射击似乎没有赶走好奇的海狮，几十只海狮跳跃着，小心探索着，在让它们紧张的皮艇间穿过。一个站在我们身边的女人转过头问她的丈夫："他们是怎么让海狮这么镇静的？"

我在蒙特雷湾水族馆给有线卫星公众事务网络（C-SPAN）录制了一段书评。在水族馆的后台，你可以看到在海岸海藻林里游泳的海獭。水族馆有一个营救受伤或被遗弃的小动物，然后把它们放生回野外的项目，虽然有时这个项目并不管用。

"我们救了这只海獭，然后把它放生了，但是它就是太习惯和人类在一起了，所以经常游上船，或者爬到皮艇里，"水族馆的肖恩·布雷尼这样告诉我，"然后它还爬到冲浪客的长形冲浪板前端。所以冲浪客只能把海獭放在肩上，划着上了岸，然后带着它走到水族馆。你要知道这是只体重有 60 磅的野生动物（一种海洋鼬鼠），随时都有可能野性大发，把冲浪客的脸咬掉，但是这只海獭却乖乖躺着，等着你爱抚它。冲浪客到了我们这里，我们把海獭抓住，把它扔进了后面的密室，然后我想起来那间密室还有另外一个通向公共区域的门，我们马上跑过去把那门也关上。"

"这海獭怎么会变成这样呢？"我问。

"它就是长期和我们待在一起。"

海獭也因此成为了蒙特雷湾的吉祥物，这也是为什么很少有当地人愿意谈及这些可爱至极、惹人怜爱的动物同时也是暴力贪婪的捕食者（每天都能吃进它们体重25%重量的食物），还喜欢粗暴的性爱。这些海獭梳理好自己珍贵的毛皮，能靠着岩石在肚皮上撬开蛤蜊和鲍鱼贝，雄海獭的前肢太短，不能很好地夹住它们想交配的雌海獭。所以为了向其他雄性宣称它们对心仪异性的所有权，雄海獭在去海藻上云雨前会先咬下雌海獭的鼻子。完事之后你会看到雌海獭在海岸边被拖曳到岩石上，毛色暗淡无光，鼻子鲜血淋淋。怀孕的雌海獭很容易分辨，只要看见它们黑色鼻子皮毛附近的伤疤，就八九不离十了。知道了这点，你就很难不去想象鼻子上伤痕累累的雌海獭可能被冠以水性杨花的名声。尽管这些海獭不是美国年轻人的榜样，这些海洋鼬鼠仍然红极一时，超过百万只海獭被人杀害，为了攫取珍贵的皮毛。今天，虽然为了保护海獭已经禁止捕猎，但它们却面临着猫粪等陆地径流夹带的水生病原体构成的新威胁。加利福尼亚大学戴维斯分校的海獭研究教授帕特·康拉德用自己的实际行动见证了她对科学的热爱，她分析了在加利福尼亚莫洛湾室外堆放的105吨猫粪里有多少吨来自人类放养的家猫（70%），多少来自野猫（30%），以此对公众开展教育，特别是对养猫的人。

在我到达的那天早上，没有看到家猫的踪影，我去圣克鲁兹北面的达文波特海滩游泳。我穿了整套的潜水服，但是因为我没有手套或短靴，在我出水后的十分钟里，我的手脚就冻得发紫，刺骨的疼。南希现在感觉好些了，原计划穿过埃尔克霍泥沼来到莫斯兰丁与我相见，就是我现在所处的地方,然后登上观鲸船,为"拯救我们的海岸"(SOS)组织募捐。

南希在我们准备启航的前一刻进入了砾石停车场。她因着急赶路而气喘吁吁,但一见到我,就什么烦恼都忘了,我们高兴地抱在一起,我拉上她的休闲包,照例在一旁等她给船坞拍照。

"鲸鱼公主"号是一艘大的电动双体船,是蒙特雷湾里装备最豪华的观鲸船。船长海蒂和史蒂夫,还有他们的狗狗福禄克,带着近60名游客,这艘船为当天的行程做足了准备,提供优质饮食和服务,包括有机食物、葡萄酒、巧克力,还有摆在鲍鱼贝里的鲜花。

我们把船推上了航道,无拘无束地笑着,鹈鹕、鸬鹚和海獭也围着我们忙个不停。在湾面清晰可见的时间里,我们驶过了外沙咀宏伟的蒙特雷湾区水族馆研究所,在那附近邂逅了一大群海狮,实际数量应该有几百只,它们一个挨一个,扎堆似的聚在一起,形成了20码长狂吠的、起泡的筏子横在水面上,简直是一片毛皮覆盖的棕色暴乱场景,更准确地说,它们看上去就像一堆"暴徒"。我和南希确认我们之前从来没有见过这样的场面。

在半小时内,我们又发现了灰鲸和座头鲸翻滚的背部和尾巴游过蒙特雷富含养分的海底峡谷。回到船坞,我做了一个简短的关于"海草叛军"的演说,海草叛军指的是诸如"拯救我们的海洋"(SOS)这样的海洋草根社会活动家们,他们的作为让世界有所不同,意义非凡。南希在一旁给我拍了照。

接下来我们和"拯救我们的海洋"（SOS）的安妮·罗莉以及她丈夫马特在达文波特后的松林山上共度了一晚。安妮和马特之前在22米长的三体帆船上住了很多年，直到马特在印度尼西亚群岛外的海域发生了潜水事故。他们现在和他们刚出生不久的儿子一起住在美丽的河石和木材搭建的家中。马特为房屋的设计和建造费了不少功夫。我和南希一起住在他们家的一间客房里，感觉就像轮船的一间船舱一样舒适惬意（内置木制双层床，舷窗样的窗户），但不会像船舱一样倾斜晃动。那天晚上，为了招呼一帮城里来的艺术家朋友，安妮夫妇打开了附近的一个盐窑。南希记录了砖窑里如何用陶瓷堆出形状，在窑火中成型的作品，还有第二天早上成釉的陶器。

然后我们和安妮夫妇在山顶上住的冲浪客邻居克里斯聊了起来，他还借了手套、短靴和冲浪长板给我。我们在隔天早上踏上了寻浪之行去海上寻找好浪。我们找遍了海岸，还去了几处已经围闭的冲浪点，海浪一截截的，被风吹散得没有了完整的形状。他又带我们走入了一个农场的大门，穿过了一片海滨芦笋田，要不是1972年加利福尼亚居民投票坚持反对海滨开发，这片田地早就变成公租房了，而加州海岸委员会也应运而生。我们走出了农场，沿着一条杂草丛生的小径走上了通往断崖的小道。我们到达了崖边，俯瞰下方蜿蜒千里的太平洋海滩。

第九章 深层海域

"不好意思,你现在还没有在浪花的拍打下冻僵你的屁股。"南希同情地对我笑笑,我们沿着小道爬下了断崖。在沙滩上,我们发现有不少人用小背包背着爱尔兰猎狼犬。南希跑过去逗猎狼犬,还给这些狗狗拍了照,之后我们脱了鞋,开始向北徒步。这里的海滩宽阔平滑,沙子是浅黄褐色的,我们赤脚踩在上面,感觉凉凉的。沙滩背靠着 12.2 米高的悬崖崖面,悬崖外即是陆地,崖面清晰的阴影是完美沙滩画面唯一的破坏者。空荡宽广的海滨沿着柔和新月形的蒙特雷湾绵延数英里。海滨雾气渐渐驱散,钴蓝的海、湛蓝的天,与之形成鲜明对比的是碎蛋壳颜色的近滩白浪花,这片海滩似乎是你能期待的美国海岸线里最遥远的那片净土。这里让人有种世界尽头的感觉,不到这里你永远体会不到这里的美。南希在拍照。她光着脚丫,风吹乱了她的发,笑容荡漾在相机后,我为眼前的美景心悦诚服,感谢这一刻我能在这里。

"天气不错。"船上留着海象胡须的水手长韦恩用他烟鬼的沙哑嗓子说道。

"对鱼来说是个好天。"我赞同道。

我们站在伍兹霍尔研究所亚特兰蒂斯号的主科学实验室外的露天甲板上,观看 5.5 ～ 6 米长的白顶海浪翻滚着扫过 2438 米深的蓝色水域。固定在悬挂甲板上的阿尔文号是一艘深水潜艇,今天不出海。

海洋拯救了我
SAVED BY THE SEA

我们坐蒸汽船向西以 12 节的速度航行，尝试躲避飓风艾琳的冲击，因为短波无线电广播中说艾琳从我们这个方向"安全出海"了。我来到这里是为了等待大西洋沿岸外为期两周的深东探险，由美国国家海洋和大气局（NOAA）新的海洋探索办资助，将有三队科学家和探险家参与，希冀借此更好地认识美国最后一片大范围的野外地带，包括最新确定的新英格兰外的深海珊瑚栖息地，以及在罗来纳州外深海天然气水合物（你往冷冻天然气上扔一根火柴，它就能燃烧起来）构成的广袤冰床上居住的化能合成的贻贝和其他奇特的有机生物。我还想能不能在旅途中，从阿尔文号上游出去，冲上一两英里的浪，但是目前基本是不可能的。

几天后，我们航行到了楠塔基特岛（位于美国马萨诸塞州东南沿海的岛屿）外 150 英里的地方的时候，有个人突然走进实验室，说有架飞机撞上了世贸中心。我从室外被淹水侵蚀的梯子上爬到了浮桥上，走到了船长加里·智利和他的大副由米兹·克兰身边，和他们一起听短波收音机里传来的充满静电的纽约"1010 WINS"电台广播，实时报道飞机恐怖袭击和世贸双塔的倒塌。丽贝卡·赛罗琳是探险队的一名成员，她就住在距离袭击现场三个街区外。我们给她接通了卫星无线电话，让她和她的丈夫乔通了话，好在乔没事。她的一个同事就在世贸中心上班，结果失踪了。

她告诉我，在高中的时候，她在波兰曾和其他五千个学生一起从

第九章 深层海域

奥斯威辛集中营一路示威游行到比尔克瑙集中营。"我想也许将来某一天,我的孩子们也会从百老汇游行到世贸中心。"她克制着自己的眼泪说道。

我们在阿尔文上的第一周,就见证了阿尔文的无力感。五天里有三天是狂风怒海的天气,遇上恶劣的天气,阿尔文也是束手无策。原计划是在第一周结束后带科学家驶离史丹顿岛,但该计划由于恐怖袭击带来的上万名伤亡而告吹。海军(阿尔文号所有者)取消了允许我们潜入哈德逊海底峡谷最陡峭部分的许可,那是一大片无人踏足的哈德逊河床的海底延伸带,我们猜想,他们之所以不让我们潜入,是因为海军有核潜艇穿越其间,作为现在部署在纽约的航空母舰战斗群的后备力量。

在世贸双塔遭袭的第二天晚上,我观看了阿尔文号上的摄像机在海下1372米幽深的海洋科学家海底峡谷拍摄的视频,那种深度的压强足以把人压碎。那里有美丽的黄色、褐色、白色的分支深海珊瑚,还有深海海绵、合鳃鳗、鼠尾鳕鱼、红螃蟹、紫灿灿的发光鱿鱼,还有大量其他在海雪[①]中栖息的动物,一些有机残渣降落其上。有人告诉我现在我们的电视有了接收功能。我走去休息室,打开电视,通过微弱的信号,看到了第一组喷气客机撞击世贸双塔的照片,紧接着双塔一瞬间崩塌下来。

① 海雪:主要由微小的死亡有机物和活有机体结合而成,其中包括一些裸眼可见的甲壳动物。

- 235 -

海洋拯救了我
SAVED BY THE SEA

在剩下的几天中，我为眼前两种对比鲜明的景象所震惊，两者都是人类极限的作为，我们在海底探索发现我们的海洋星球最远端、最富挑战的区域，与此同时，现代技术给我们传来了在大城市中心地带的大规模谋杀的画面。

我们把船停回了科德角的伍兹霍尔海洋学研究所，我走到码头尽头的电话亭，给我在纽约的朋友打电话。我原计划在结束这次探险后过去找他们的。不巧的是他们就住在世界贸易中心的影子笼罩下的特里贝克地区，他们已经被迫撤离，暂时联系不上他们。然后我给住在华盛顿遭袭的五角大楼附近的一个朋友打了电话。她告诉我街上都是悍马军车，头顶上还有巡逻的F-16战斗机。作为一名从华盛顿起家的记者，我在这一刻觉得它特别陌生，但我不在现场，我怎么能感受到现场的状况呢？在过去，为了报道战区，我还得离开美国远赴他国才能找到战场，现在却不用了。

下一个电话我打给了住在波士顿的姐姐狄波拉——她正发愁怎么告诉她的两个小儿子。然后我给索萨利托的南希打了电话。

"太奇怪了，"南希说道，"头两天我就这样坐在电视机前，什么也不做，眼泪不住地流着，我的头脑一片空白。我的第一反应是这似乎是电影里的桥段。还记得我们看的那部《独立日》吗？里面的外星人炸毁了纽约。"

"许多人都那么觉得。"

第九章 深层海域

"现在布什在电视上告诉每一个人，让我们都去商店购物。我想说，这也太离谱吧？就算我有那么多钱，我也不愿意在这个时候出去买东西。"

"你听上去好像是用手机接的电话。"

"是的。我的语音信箱提醒我有你的来电。我正在水边散步。"

她告诉我说她刚去放疗医师那里做了复诊（距离她第一次完成电击放疗已经过了四个月）。她手术的伤口周围出了疹子，医生之前就跟她说过，要是癌症复发，就可能出现这种情况。

"但是我现在没有在想我的病情。我约了医生周五见面，到时我会再询问癌症的事。"

我不知道要说些什么，所以就跟着她的话走。

我在12月上旬去看了南希。那时我得了流感，和周围的很多人一样，咳嗽不止，但南希说没关系，尽管来，她也咳嗽，虽然我俩应该不是同一种咳嗽。

当时的索萨利托寒冷，风大。我们坐在厨房，她给我看了她所有的东方药，有大药丸子和麝香味的草药，还有装在纸袋里的棕色粉末，她每隔几天就拿来熬煮后喝进肚子里，还有几剂膏药。冰箱里摆满了玻璃罐装的棕色药液。她又煮了一锅，厨房里弥漫着泥土味道的蒸汽，闻上去不算难闻，对我们的喉咙起到了一定的舒缓作用。她喝进了稍微有点臭味的草药方子。她把T恤衫浸泡在煮得发黑的锅底泥浆里，然后盖在她的胸上，待了一小时，尽量不让它滴水。

我们去了马林岬角，开车去了博尼塔角，一路沿着弯弯曲曲的单车道海滨公路去到了克龙基特堡。等我们到达罗德奥海滩的沙地时，已经几近日暮，我们看到还有几个勇敢的冷水冲浪客还在赶着三尺海浪。我们俩咳嗽着，一路披荆斩棘，爬上了博尼塔小路，往南面陡峭的长满冰叶日中花的斜坡走去，之后又遇到了一堆混凝土碉堡和炮台，是一连串的沿海防御的一部分，这些军事防御是在二战初期修建的。我指给南希，告诉她那儿还有一个炮台，那时有只蝙蝠飞过了她的头顶。

"不，那不是炮台，那是依雷达站建的，红尾老鹰还会在那上面悠哉地徜徉。"她纠正我道。我想要是她离开了人世，我们这些共同的经历将成为无从验证的记忆，紧锁在我的脑海里。

当雾气和黑暗笼罩下来的时候，我们走到了鸟岩观望台。我们打开闪光灯，照了几张照片，照片诡异，充满了不祥之兆。在照片里有雾气缭绕的海浪和黑色的海水，我和南希都包裹在一片寒冷的夜色里。我们沿着陡峭多沙的山脊一路滑了下来，到达了海滩。半小时后，我们来到了米尔谷的一家中餐厅里吃了顿晚餐，让身体暖了过来。回到家中，我给南希做了最后一次背部按摩，然后吻别，离开。

"我可以帮你做点什么吗？"护士问道。

"给我一个新的身体。"南希回答道。那时大概是凌晨三点,女护士过来给南希抽血。我整晚都睡在医院一间小屋的绿色折叠椅上。医生说南希可能命不久矣,就是这几天的事,但是她并没有如此仓促地结束自己的一生。

我从华盛顿赶来,途经巴尔的摩、盐湖城,还有迷宫似的旧金山加州大学莫非特朗医院建筑群。我在心脏病房中寻找她所在的病房,护士已经从她的心脏周围抽取了一升的血液。

周二,我接到我朋友巴克·巴戈特从输液中心打来的电话,他管输液中心叫"委婉中心",他的妻子帕蒂在那里接受癌症治疗。南希去那家医院做 CT 检查,却被匆匆推入了医院病房。

"你能治好我女儿的病吗?"南希妈妈这样问一个护士。

"我们会尽量让她感到舒服。"女护士回答道。

"她看上去脸色发青,有时呼吸都困难。"巴克说。"我抱抱坐在轮椅上的她,她看上去很害怕,当南希·琳达思都害怕的时候,我也害怕了,所以我就给你打了电话。"巴克这样告诉我。

我走进她在 10 楼的病房的时候,一位满头白发长相酷似韦尔比医生的肿瘤医生艾伦·格拉斯伯格正在告诉她,癌细胞已经扩散到她的心脏和双肺,让她考虑一下他的话,料理一下身后事。

"我很抱歉,你没有带来好消息。"她说着,医生正准备离开,她跟医生握了握手。

"是的，我没有好消息。"他回应道。

我俯身抱住了她，她的双臂也环绕着我。

"我惨了。"她在我耳边低吟道，好不让她妈妈听到。

到今天为止南希和癌症的斗争已有三年之久。她已经43岁了，而且濒临死亡。她愤怒，她沮丧，她拒绝任何治疗。当帕蒂打电话来问南希是否还健在的时候，南希抱歉地说道："对不起我没有机会去输液中心看你了。"

"没关系，"帕蒂回答道，略有尴尬，"我早该想到你很忙。"

在一定程度上而言，我们都知道死亡和出生、成长、衰老一样，是生命大包裹中的一部分，但是在我们的文化中，我们努力掩饰死亡，把死亡抛掷脑后。硬要说来，我们也可以尝试探寻死亡可怕和反复无常力量背后的含义。意义这种东西，是我们高等哺乳动物生搬硬造出来的，存在在自我意识中，扰乱了我们对自己有一天终将死去这一事实的认知。宗教和宗教中的表达哀伤、乞求重生的仪式都在为生命创建语境和意义，但死亡却是自然世界的主宰力量。

我发现，在我和南希相识十五年后，我们几乎不再谈及神学或来世。我认为她应该是个俄罗斯东正教异教徒。她有一种混搭的唯心论，混合了佛教、犹太教、基督教和泛灵论（包括一点埃及的猫敬拜）。她说起想要把自己的骨灰放在一个小松木盒里，再拿到山顶上可以俯瞰太平洋的地方，在那里"我的身体就可以坠入大地，我身体的点点滴滴就能幻化为世间万物的组成部分"。但她也同意她的家人在她死后把她带回威斯康星。

我还记得我们有一次在一个多云的复活节周日开车经过俄勒冈，她说她有种负罪感，因为她妈妈想让她入教。我们在州立公园停下车来，当时的春雪还有我们大腿深，前面的路因降雪而部分阻塞了，这里刚刚经历了春季雪崩。我们决定徒步走去雪崩的源头，半小时后，我们踏着末世般冰雪覆盖的盘根错节的树枝、树杈、根块向山上爬去。几千亩地上的上万棵树在雪崩洪流的巨大力量下折断倒下了。又经过一个半小时左右的艰难跋涉，外加怨天尤人（是我单方面的行为，南希并没有抱怨），我们来到了一个巨大的花岗石碗下方的雪原上，裸露的山顶脱去了基石。霎时间，云朵朝两边分离开来，阳光光束照射在我们前方的岩石墙上。

"这是你的教堂！"我说道，"复活节快乐。"

"上帝就在这里。"她微笑着。

我的医生朋友凯西给我们介绍了一位姑息治疗医生，史蒂夫·麦克菲，在南希最后几个月的日子里做了她的医生，也成为了她的朋友。一周后，在许可为南希开放临终关怀服务后，她得以搬入1239病房。那是个双人间，窗外景色开阔，一览无余。窗子前方是从旁边的公园延伸过来的桉树林树冠丛；远处是白色的城市，还有蓝灰色的海湾，海湾上分布着康乃馨一样的帆船。再往远处看，可以远眺金门大桥、马林岬角，还有更远处的辽阔海洋。

她看着眼前美得让人窒息的景色，说道："哦，天哪。这简直就是《超世纪谍杀案》啊！"

那部 1973 年的经典科幻片捧红了查尔顿·赫斯顿，描述了一个过度拥挤的未来，志愿试用自杀机的人被带到一个大房间里，睡过去后，曾经在地球上存在的美丽的野生自然画面就被投射到墙上。虽然麦克菲医生认为她的反应令人不安，不利于她的健康，但我却不能否认她犀利的黑色幽默。

黑暗的想法转瞬而过，她马上拿起电话，告诉她在威斯康星的家庭牧师"我得到了大量的爱，满满地倾注到我的身体中来"。她妈妈、姐姐、弟弟现在都在这里，还有她的其他朋友和至亲。

后来，等她的朋友家人离开后，我陪她去了浴室，帮她用一次性毛巾擦干身体。她哭了起来。"我现在就在《超世纪谍杀案》的那个房间里。"她反复地说着，被这个想法严重地困扰着。哭泣很快变成了抽搐，她开始全身颤抖，抖得很厉害。她太冷了，她说道，让我抱着她。我小心翼翼地抱住她，好不弄疼她，现在一点点小伤都能让她疼得撕心裂肺、焦灼难耐。

"嘘……嘘……"她努力让自己冷静下来，但是却抖得更厉害了。

"歇斯底里焦虑"是医生用来形容她这种状况的术语，但在我看来，她跟战场上受伤的人无异。我拍了拍浴室的蜂鸣器，叫护士帮她镇静下来。她颤抖得像一个流血受伤的战士，勾起了我在尼加拉瓜墓地战场的回忆。"嘘……嘘……"我抱着她瘦弱的、被病魔蹂躏的身体时，她对自己说着。最后，终于来了一个助手，他敲敲门，给她换了一件新的睡袍，换了床单，她钻进被子里，在冷静下来的同时她决定要好好谈谈我们之间的事。我们确实这样做了，随之而来的就是更多的泪水，我想，眼前这个女人心里应该从未放下过这件事。

麦克菲医生来看望南希，还给她读了一首尽情享受人生的诗。随后我和麦克菲医生进了楼下的一家咖啡馆。他问我睡得可好。

"我昨夜彻夜未眠，但我觉得我只是有点抑郁。"

"抑郁和悲伤之间是有差别的，"他指出，"悲伤是正常的过程，你可以渡过悲伤，到达彼岸。有一次我乘坐美国铁路公司的火车穿越落基山脉。我们进入在美国大陆洛矶山脉分水岭隧道后，能见到的只有岩石和雪，那个隧道着实很长。我们在其中似乎待了很久，出隧道后，又是另一番天地。那就是我认为的悲伤的过程。"

我想起来我和南希也坐过那次火车。

在医院待了三周后，南希病情稳定了下来，和死在医院或临终关怀中心相比，她宁愿回家，在家善终。史蒂夫·麦克菲路过来看她，给她读玛丽·奥利弗的诗，并许诺会去索萨利托看她。

我们装上了氧气瓶和轮椅，开车驶过金门大桥，沿亚历山大大道前行，穿越索萨利托。那里的帆船和鲱渔船就停靠在岸边，我们能看到身后白色的城市映衬在蓝色海洋上，犹如明信片般明丽。

她第一个进了屋子。在大大的客厅沙发周围走了一圈，跪在老式的绿椅子上，猫咪就依偎在她旁边，喵喵叫着，仿佛在抱怨她这么久不在家。她开始抚摸普斯，给它挠痒痒。

"它看上去有点打蔫儿，它没事吧？"南希问道，我一时间语塞，哽咽在喉。

玛林县的临终关怀做得很好，不久她就有了属于她自己的病床、氧气发生器等其他她需要的医疗设备，还有上门护士，哄她吃下她需要的药物，虽然她拒绝这么做。南希不让用吗啡等药物，因为她想自己控制她的器官，掌控自己的生命。

我睡在客厅上的充气床上，为了不让她妈妈生气，我尽量不出现在她视线里，有时就在朋友家过夜，有时在附近一个朋友的船屋里住。我和南希在一起的时候，还没什么，每次要离开她，我的世界仿佛也要终结一般，心情低落到极点。

我尝试去理解。我想起祖母艾米来看她临终的女儿（我母亲）时的情景。她们之间的母女关系也是你侬我侬、深厚强烈。她们尴尬地互相拥抱，说了一会儿话后，艾米走出屋子，做了些我没见她做过的事。她用力地踢草地，眼泪一下子涌了出来。"事情不应该是这样的！"她喊着，"这么年轻的孩子，怎么能让我们白发人送黑发人呢。"

"白发人送黑发人，事情怎么会变成这样。"二十年后南希的母亲这样抱怨道，我也纳闷。

几周后，我的女孩南希基本停止了进食。她姐姐德布需要回圣约翰，回到她教师的岗位上，所以某天傍晚，我和朋友待在一起，好留给她们时间单独相处。在离开前，我给南希做了足部按摩。她抱着我的脖子，那感觉就像个小孩子在搂着我，她一天天消瘦下去。"我今天没能出去，今天看上去天气不错。"她哀怨地说着。

自始至终，即使在她最虚弱的时候，我的女孩南希都会接受朋友打给她的电话或上门拜访，因为这样会让朋友感觉好些。我想，我们都低估了我们基因组成中的那份无私的利他主义。她把一些她拍摄的自然风光的照片作为礼物赠给了麦克菲医生。旧金山加州大学癌症中心从南希这里买了一些照片，还有一张在门多西诺海岸拍的照片，用来展出在中心的大厅里。

我用轮椅推着南希到了前阳台，把便携式氧气发生器拿了过来，还搬了一把椅子过来。她自己挪动身体，坐到了坐垫上，舒适地坐在阳光里。我们能听到101公路上的车声，附近只有只鸟在鸣叫。她妈妈给她拿来了一小个鸡肉三明治和马铃薯条。南希全都吃了，还吃了一点蜜瓜。她心满意足地点点头，把脑袋垫在手上；她的眼睛一眨一眨的，像窗帘一样，然后向后靠在了我身上。时间仿佛停了下来。

"妈和爸、凯特尔都在阳台上。"我说。

"你还记得那些摇摆的东西吗？"她问道。

我知道，在六年前的米尔谷艺术节上，我们看到一块布自己就在石头上摆动着。就像是超能力一样，那是一种你和相爱的人有了多年的共同经历后形成语言速记能力。我点点头。鸟儿再次鸣啭。流年似水。

我的女孩南希愈发憔悴，现在只能低声耳语。我去参加了旧金山的一个调查记者和编辑的会议，在会上作了关于海洋报道的发言，又去了另一个会场，那个会场的主题是诸如"9·11"这样的创伤报道。他们探讨了创伤受害者的痛苦的反应模式：回避和麻木，反应过度，失眠。他们发了30页长的导语，题目为"悲剧与记者"。

在第15页这样写道，"要知道你的问题已经蔓延开来，不单你一个人在承受痛苦。战地记者恩尼·派尔在1945年4月去世前曾写道，'我在其中沉浸得太久。我的精神变得恍惚，我的思想开始迷惑。那伤痛来的太剧烈。'"我走出会场，躲进了男厕所，努力克制住自己的眼泪。

南希坐着睡觉，靠着她的枕头，猫咪蜷缩在她两腿间。有几个朋友来看她，她把想说的写在小记事本上。朋友走后，我告诉她普斯的指甲长得太长了。南希让我去拿指甲刀。我不置可否，在她旁边的小桌上找到了指甲刀。我跪在地上，把猫从制图桌下面逗出来，南希开始在我的屁股和后背上抓抓挠挠，像她对普斯那样。我弓起了背，微笑地看着她，她也笑着看看我，作为奖赏。我抓住了普斯，把它放在南希的手臂中，猫咪依偎在她怀中，十分惬意，南希开始张开普斯的

第九章 深层海域

爪子，伸出它的脚垫时，普斯开始蠕动起来。

"出去。"她轻声对我说，我走开了，她好让猫安静下来。在接下来的 20 分钟里，我能听到间断的指甲剪断的声音，还有喵喵的哀求声。

当我再进去时，普斯已经从滑动玻璃上滑到了后阳台上，南希的膝盖上都是猫毛和猫指甲。我拿来海绵掸走猫毛，然后南希建议我用胶带粘。她小声告诉我厨房里有封箱胶带。我拿了过来，剪成环状，一拍一拍地粘走了她膝盖上的毛发和指甲。她用手扶着我的手，把我的拍动变成了爱抚。在她黑色宽松的裤子完全干净后，她还指示她需要人帮扶她去洗脸台。然后，她姐姐进来了，刚从圣约翰回来，南希说："让妈过来。"我去了厨房，好给她妈妈腾地方，扶她去浴室。

我在清晨 6 点睡醒后从充气床上起身去看她，她还在睡，向前弯着身子，头向下枕在膝盖的枕头上。氧气发生器低沉的砰砰声已经成为了全屋的背景噪音。我在阳台上坐了几个小时，看着下方的树林和水流。海潮来了。南希正在睡觉。我读了本书。她妈妈和姐姐穿着家居服坐在厨房桌子旁。

上午 11 点，我出去走了一圈，倍感焦虑。回来已经是下午两点，她还在睡觉，安详地叠着身子。

麦克菲医生来了，给南希量了脉搏和血压，脉搏和血压都在 50 上下。

"要是她的血压不发生变化,她很有可能就这样睡下去了。"他告诉我们。过了一会儿,他又走进了南希的房间,在她妈妈和姐姐的帮助下,打算帮她沐浴。

"大卫!过来这里!她马上就要死了!"他大呼道。

我冲进房间。她的嘴大张着,她母亲抱着她的头,她姐姐握着她的一只胳膊,我扶着她的另一只胳膊,跪在了金属床架旁,一切都来得太突然了。我哭了出来,但心里想着她还在,还没走,下一秒,她就没了。仿佛她的生命力量飘出了她的身体。她的生命还在这里,强大得就让你无法忽略它,但就是不在她的身体里了。眼睛一闭,这具尸体就一下子变成集中营中的老妪,就在前一秒,它还是睡觉的南希。

史蒂夫·麦克菲宣布她的死亡时间为下午3点58分。那天是2002年6月8日,星期六。之后,医生在其他房间安慰她的母亲和姐姐,我留在她身边,从嘴唇到太阳穴,我最后一次触摸她的肌肤,最后一次亲吻她漂亮的黑发。

他把南希的遗体还给了她妈妈和姐姐,让她们给她清洗身体,穿好衣服,在殡仪人员到来之前,最后一次照顾她。还念了一首达格·哈马舍尔德的短诗,大致内容是找到你通向彼方的路。

我在下午4点半左右和医生一起离开了。

南希圆满地走了,我想。她想让母亲、姐姐和我在最后一刻守在她身旁。然后她努力支撑到医生到来,给她做完最后的治疗,但她没有丝毫耽搁的想法，从她失去对肢体的控制开始，她就不再执拗，不想拖累他人。

我开车回去，穿过玛林县城，驶过金门大桥，那天的旧金山湾区天气晴好，有种回到七十年代的感觉，人们坐在水边聊天，慢跑骑车，在这样的一天里，南希一定会选择出门沿海滩徒步。

她的家人把她的遗体带回了威斯康星，为她举办葬礼，出席葬礼的有60人上下，他们在罗德奥海滩给南希开了追悼会，那是南希在马林岬角最喜爱的地方之一。追悼会当天刮着阵阵大风，就像我的女孩南希一样活泼，海风拍打着沙滩，在冰冷澄澈的海浪中冲起一堆堆泡沫。

南希以前经常说，我没有什么时候比被海浪拍打过后上岸的那一刻更高兴。但是海洋还能给人以慰藉，在海中，你会觉得你是更庞大的某种东西中的一部分，即便是在你的大部分灵魂都被撕碎后，海洋仍能给你这种归属感。

南希的主治医生雪莱·黄过来看我，告诉我不需要为南希的决定感到丝毫惋惜。

"无论她做了什么，没做什么，都无法改变结局，这是我作为一名医生的坚守。"她说道。

她的话给了我些许安慰。

市场广播在播放我的一部环境纪录片，我开始哭起来，因为南希没有机会听我的片子了。

我把普斯放到了巴克和帕蒂的客厅里，我也在那儿住，我把它的小饭盆、食物和水摆在它旁边。关上门，以免遇上他们的狗狗和猫。两天了，它躲在床下，什么都不吃。于是我买了一个火鸡三明治给它，它看上去好像在说，我太伤心，吃不下猫粮，但一点火鸡应该不碍事……帕蒂已经从她的癌症中痊愈了。

我把普斯放在我航班座位下的手提箱里，给它吃了点小猫镇定剂，好让它睡觉，就这样把它带回了家。它很快适应了我在华盛顿的公寓生活，还成为了一个好室友。我每天都给它梳毛。我们彼此相依为命，形成了一种共生关系。它喵喵叫，在小地毯上磨爪子，我能感觉到我的血压又降了下来。

我做了个梦，梦里我和南希在旧金山。我在她头上飞着，朝双子峰飞去。我有鹰一样的翅膀，她看上去像匹野马，朝山上飞奔着。然后我飞到了她身旁，她站在那里，穿着棕褐色的风衣，我误以为那是马背。我们开始一起慢慢跑上山。我们停下来，彼此对视，她的眼里闪着喜悦的光芒。

"我们拥有一样的双眸。"她说道。我感到一阵纯粹的喜悦，涌上心头。我开始哭泣，她好像顿悟到什么，也跟着我哭了起来。我抱住了她，抱住了两个她。醒来后，我想那两个南希，其中一个是血肉之躯的南希，另一个则是梦和记忆中的南希。

第九章 深层海域

　　时光如梭，就这样，一星期、一个月、一年过去了，我翻来覆去地思考着过去，想着如果过去我做了什么或没做什么，事情会不会不是现在这个样子。但这绝不是后悔。我们之间大部分的问题都有了答案，至少我们是认命了。现实是我还想着她，还在撕心裂肺地思念着她。

第十章
海草叛乱

任何之于他未消褪，

但他须承受海之变化

第十章 海草叛乱

变得更富饶却陌生。

——威廉·莎士比亚

我已失去诸多至爱,且即将失去另一个,在经历了一段时间的苦痛和游移后,我决心为我仍(不)能拯救的那个爱人誓死抗争,我无数次回到她的怀抱,无论是为了滑浪的喜悦还是为了那一抹浅灰色的灰烬。为了保护我们的母亲海,吾将上下求索,我确信这过程充满艰难险阻,赋予我的人生更加宏大的社会意义,也许偶尔会体悟到超验的瞬间,相信每个期待冒险的人都渴望能拥有这种体悟。

在我回到华盛顿后,我有几个月都没有工作,并且负债累累。我不确定接下来要做什么,不知道什么才是我值得去做的。我酗酒。我狂暴。在经历了一段时间的悲伤与反思后,我确定了三条可选之路。我可以回到加利福尼亚,给斯科特·菲尔德继续做私家侦探,但是我已经做过了。我可以重返战场,做战地报道,当时布什总统掀起了对伊拉克的单边战争,这对我来说有点吸引力,战争是有效缓解抑郁的解药,在我父母去世后,我就用战争取代了对亲人的思念。我开始和消费者权益保护组织、美国消费者维权团体"公共市民"接触了几次,还去见了独立总统候选人拉尔夫·纳德,他曾读过我的书,并鼓励我为草根海洋保护者创建我在书的最后一章中描述的"海草叛军"。他为我提供了支持，包括设在公益创业型公司的养兔场里的免费办公空间，附近就是杜邦环岛。

在经过了一番考虑之后，我认为战争时常有，但野生鱼类、活珊瑚礁和海洋湿地处女地却不常有。最让我们心灰意冷的对我们公共海域的连锁威胁是，我们知道解决问题的方法，但却没有政治意愿做我们该做的事。我还记得南海人类学家玛格丽特·米德曾说过："永远不要怀疑一小撮鞠躬尽瘁的人能改变这个世界。事实上，改变世界的力量，除此之外，别无其他。"这可能是我的一个帮助改变这个世界的契机。何况要是我去了战场，我不知道能把猫托付给谁照顾。所以到头来还是普斯——虽然它连把自己的爪子弄湿都心不甘情不愿，但却是它把我带回了海洋。

我在2003年初建立了非营利"蓝色边境运动"，宗旨是推动统一、提供工具，并提升面向解决方案的海洋保护运动的公民意识。一个我在太平洋水族馆遇到并聊起来的迪士尼设计师为"海草叛军"起草了标识——一只抓着一团海草的拳头。

2003、2004年两年间出现了两则关于两个美国一流海洋委员会的报道，第一个成立于1969年。皮尤海洋委员会由科学家、渔民、环保人士和包括纽约州长在内的当选官员组成。莱昂·帕内塔担任委员会主席，他是前国会议员，克林顿白宫参谋长，在奥巴马上任总统后，有望统领美国中央情报局和美国国防部。

第十章 海草叛乱

皮尤海洋委员会成立后，作为回应，布什政府设立了关于海洋政策的美国委员会，该委员会代表来自近海石油业、海港、海军上将、学者，还有泰坦尼克号沉船的发现者鲍勃·巴拉德①。委员会主席是海军上将吉姆·沃特金斯，他在老布什时期，曾是五角大楼海军作战部长兼能源部长。

尽管两大委员会组成成分各异，但它们的调查结果却非常相似。两个委员会得出的结论是，海洋生态退化构成了对国民经济、国家安全和环境的一大威胁。两者都提出了针对海洋健康恢复的一系列解决办法，包括一种基于生态系统的管理方法（又称"海洋空间规划"），规划了能够融合净化水域和河口系统的海洋和海岸带；沿海大洋航线和绿色港口；野生动物迁徙长廊；描绘清晰的洁净能源、国防训练和渔区；休闲娱乐和海洋野生公园；其他公益设施。它们认识到人类是海洋生态系统的一部分，同时，自然界的基本规律——包括生物学、化学和物理——经不起讨价还价或妥协让步。它们还提出建立每年40亿美元的信托基金，用来实现它们规划的各项措施。

2004年，为了呼应这些报道，我们的"蓝色边境运动"在华盛顿组织了第一次为期三天的"蓝色愿景"会议。250名来自海洋保护、娱乐和工业的领袖参加了该次会议。

我们邀请了当代海洋保护家，同时也是《大白鲨》一书的作者彼

---
① 1985年美国著名探险家鲍勃·巴拉德在北大西洋海域3962米深处海中率先发现"泰坦尼克"号残骸，当时震惊了世界。

得·本奇利来做我们这次会议的主旨发言,他在发言中对比了他年轻时候和现在的楠塔基特岛(位于美国马萨诸塞州东南沿海的岛屿),在他年轻的时候,还不能钓剑鱼,除非它被鲨鱼咬了一大口,而今天,大型捕食者的数量急剧减少。他回忆起他在哥斯达黎加的一次潜水,海底分散着鲨鱼的尸体,鱼鳍已经被切走了,用来做鱼翅汤。

在大会的一个环节中,我们颁发了第一届年度蓝色边境奖(现在的本奇利奖)。科学得奖人是新斯科舍达尔豪斯大学的海洋野生生物学家兰塞姆·迈尔斯博士。他的研究成果包括,刊登在《自然》期刊,轰动 2003 年学术界的一篇论文,文中阐释了大概从我出生的时候开始至今,海洋中 90% 的大型鱼类都由于过度捕鱼而从海中消逝了。"已经没有尚存的蓝色边境可言了,"他担忧道,"海洋变得让我们难以捉摸,我们每天丧失的生物多样性越来越多。在欧洲或东南亚,还没有类似于蓝色边境这样的海洋保护组织,我想我们务必开拓视野,让我们这样的组织遍及世界各地。"迈尔斯于 2007 年辞世。

我们纪念像本奇利和迈尔斯这样的人,继承他们未竟的事业,继续激发公众关注关于威胁我们蓝色星球残酷生命的政策和行为,提出解决这些问题的切实可行的方案。

我们工作的另一个方面是通过发表文章、公开观点、建立网站,还有我现在还在继续做的蓝色笔记海洋政策新闻通讯,推动蓝色媒体的发展。我认为还有一种海洋资源有待充分开发,那就是好的海洋故事。在 2005 年，我们还和爱尔兰出版社合作出版了《海洋和海岸保护指南》，书中描述了约 2000 个与海洋相关的组织、机构、公园、学校和海洋实验室，我们还在我们的蓝色边境官网网站上定期更新。

我做了大量关于海洋现状的公众演说，听完我的演说，大部分人会给我反馈，说他们也想为保护海洋做点什么，但他们有全职的工作，还要养家，还要上学，像全球变暖和海洋野生动物的锐减这样高大上的事，他们也无能为力之类的话。但无论他们反馈给我什么，他们的回答本身就已经形成了影响力。从开什么车，到浮潜或潜水时我们的所作所为，每天我们的一举一动都影响着我们周边的海洋。问题是，我们真能注意我们的言行，通过做出正确的选择来帮助治愈海洋吗？

因此我写了一本新书，叫做《50 种拯救海洋的方法》，供人们选择。这本书的前言是邀请第三代海洋探险家菲利普·库斯托写的，还配有《谢尔曼的泻湖》的插画家吉姆·图米画的鱼和螃蟹二重唱（芬利和克劳迪娅）插图。这本书通过简单的、基于事实的章节告诉人们如何通过做出正确的选择，这些选择既能保护海洋，又能有益于你自己的健康（"吃有机食品和素食"），你的口袋书（"开节能车，合伙用车，或使用公共交通"），甚至你的幸福感（"在你做礼拜的时候也谈谈海洋"）。该书分为五个部分：享受、保留、清洁、保护，最后是学习与分享。首先要做的是去海滩看看，因为只有爱上那片海滩，你才更有可能去保护那个地方。

该书的亮点是告诉你，你平日里认为与海洋无关的事，实则与海洋休戚相关。以节能为例。全美约 1/3 的电能是由燃煤电厂生产的。有所不同的是在加利福尼亚，超过 90% 的发电厂都使用天然气和其他可循环能源。燃煤发电厂释放的二氧化硫和一氧化氮会形成烟雾和酸雨。降雨把这些污染物冲入河流、海湾和海洋，在那里这些污染物会形成缺氧的死亡区域。燃煤电厂还会释放汞，汞是一种神经毒素，会通过食物网积聚，并以甲基汞的形式汇聚在海洋表层鲽鱼、吞拿鱼、剑鱼等捕食鱼的肉里，对海洋生命和海鲜消费者形成健康风险，特别是对怀孕的女性，因为极其微量的汞就能对人类胚胎到出生前这一阶段婴儿的神经发育产生重大影响。此外，燃煤会将大量导致气候变暖的二氧化碳排入大气中。全球变暖，反过来又使海平面上升，改变海洋的水温和化学组分，让海洋发生酸化，降低其整体生产力。尽管不像煤矿这么厉害，其他用来发电的化石燃料——包括柴油和天然气——也会加速全球变暖，造成空气和水污染。除了要鼓励读者选择使用安全洁净能源，该书还介绍了如何减少我们的能量足迹，既经济又环保，既节省了我们的钱财，又有益于海洋。例如：

· 让你的家电供应商免费为你做居家节能审查。

· 适当加强房屋的隔温，为漏风漏雨的窗户更换密封胶条。

· 如果你不够钱安装双层窗户，那就用塑料窗做一个双层窗。

· 不用灯的时候关灯，拔下电视、电脑、手机充电器的电源。

· 用节能灯换下白炽灯。

· 用美国环境保护局（EPA）评级的能源之星家电。

· 在购置新家电时，寻找能源星等级标识。

· 安装温度自动调节器，自动调节你家的温度，特别是在你不在家或睡着的时候。在天冷的时候盖被子。

· 在冬天用节能加湿器。潮湿能增加"热指数"让20摄氏度有25摄氏度的感觉。

· 安装太阳能电池板和太阳能热水器节能。

· 在冬天，白天拉开你的窗帘或百叶窗，让太阳射进来，夜晚关闭，让热量停留在屋内。在夏天，则正好相反。

· 在你屋子周围种植能遮荫的树，呼吁你的城市建城市森林，降低对空调的需求。

在给"海洋相思病患者"写药方的同时，蓝色边境还开始定期在华盛顿海洋社区一个叫"礁石"的酒吧里举办"海草欢乐时光"（虽然我们不提倡辛勤工作的环保人士不要像鱼儿一样放纵畅饮）。我们还资助了海洋庆祝活动和遍及全国的地方组织和策划会议，致力于放养鲶鱼。2005年秋一个为奥尔良策划的湾区会议由于天气原因不得不取消。结果取而代之，我又去做了记者，报道卡特里娜飓风的影响。

我搭飞机去了湾区，经由罗纳德·里根（华盛顿）和乔治·布什

（休斯顿）机场，去看看保守派理念下的"较少政府参与"如何在面对海岸灾难时发挥作用。在华尔街的撤销管制规定下，结果证明这一规定并不算好。美国海岸警卫队（需要救援 33000 名受灾群众）和路易斯安那野生动物保护司似乎是唯一两个在风暴后第一时间做出反应的政府部门。

我和一飞机的救援工作者、联邦应急管理局（FEMA）工作人员以及留着平头的包工头一起抵达了巴吞鲁日（美国路易斯安那州首府），他们忙得不可开交，都拿着手机和黑莓接打电话。我打电话给路易斯安那海滨修复联盟（CRCL）的马克·戴维斯，五年前，就是他告诉我，要是没人修复湿地，那飓风就会代劳。"倒霉啊，我说的话果然没错。"他现在说着。我租了辆车，沿 10 号州际公路向南开去，沿途收听新奥尔良的美国广播电台，是一个当地电台的联盟，全天无休地发布消息和听众来电直播报道。一个来电的听众抱怨道，要想拨通红十字的救助电话，要等上好几个小时，但要是换作红十字会的捐款热线，几秒钟就能接通。

在路易斯安那州杰佛逊郡的新奥尔良机场附近，我开始见到有箱型商店、仓库和汽车旅馆，房顶被掀开或凹了进去；树木倒在街边，街上一片破败的景象；屋顶上都盖着蓝色的防水布；高楼大厦的玻璃窗都突了出来，像是破碎的眼睛。我遇上了交通堵塞，跟着一辆 SUV 横穿安全岛到了出口，在那里我停下车，给一小撮二层的前脸和屋顶都被刮走了的办公楼照了照片。我接到了新奥尔良水族馆联系人的电话。由于水泵故障，他们失去了馆里大部分的鱼类，好在他们想办法把企鹅和水獭赶进了蒙特雷湾。

我开上了一条宽阔的林荫大道，过了一会儿就遇上了一处路障，一个警官检查了我的记者证。"这里只能允许应急车辆通行，但还是放你过去吧。"她说道。

我开车进入了莱科威尔，两周了，城市有一大半都泡在水下，有可能会被推土机推走。这让我想起了我曾经去过的战区，而且是激烈巷战后的景象。树木和电线杆都倒在地上，电线挂得到处都是，金属板和路标都嵌在泥泞的人行道上，被击打得不成样的车、人行道上的船、裂开的房屋，一切不是灰色，就是褐色，死气沉沉。

在残垣阻塞的街道，无法继续开车，我下了车，有点期待那甜美的残羹冷炙的死亡气息。结果，我闻到的却是近乎毒气的有毒气味。那是一种类似掺杂着化学制剂气味的牛肉干馅饼味道，我想那应该就是死城的味道了吧。细黄的灰尘开始从我靴子下升上来，飞散进入车中。我撤退了，另一个出口也设了路障，我不得不再向北开。我在一个主要路障处掉了头，几个愤怒的警察追上了我。我跟他们解释说，我只是按着另一个警官帮我指的路一路开了过来，很快发现我自己在一座几乎没什么车的高速公路桥上加速向城市中心开去。我开到了80公里每小时，然后就有一辆100公里每小时的警车超过了我。

海洋拯救了我
SAVED BY THE SEA

看到了新奥尔良生锈、破败的超级穹顶后，我才决定要找个出口，在绕着友好的国民警卫队关卡转了个圈后，我马上来到了中心商业区荒废的街道上，周围都是废弃的酒店、碎石堆和高楼大厦。一个被大风吹得面目全非的双树酒店标志上只剩下了几个字母。法国区还是保持完好，甚至还有一个靠发电机发电维持的酒吧还向士兵、联邦调查局（FBI）特工和消防员开放。在运河大街上，好像还在为现场急救员举行伍德斯托克音乐节①，红十字救援车、媒体卫星卡车、帐篷和遥控视频监视车堆在街道中轴线上喜来登酒店门口。82机载巡航部队头戴红色贝雷帽的士兵们坐着侧边敞开的卡车驶过，手拿智能终端（M4s）随时待命，以防日落时分发现新的伤员。在居民区，几艘船躺在街道中央，旁边有被倒下的墙壁摧毁的汽车，还有一个被抢劫一空的药房。远处还有被摧毁的房屋，泥泞的林荫大道，还在发洪水的地下道和墓地，被遗弃的汽车和诡异空城里破败的防洪堤。

在接下来的几天里，我将循着棕褐色的洪水线穿越这片新的城市风景，沿线有上万间住宅、学校、办公楼、银行、教堂、杂货店和其他被毁的建筑，包括城市里主要的污水处理厂。我会和来自纽约以及宾夕法尼亚的动物救援人员、武装巡逻队、公共事业人员，还有捞尸搜寻队一起穿越这座死城，搜寻队配有K-9警犬和橙色喷漆，用来标记尚未搜查的建筑，记下日期，用零表示没有尸体，或用其他数字

---

① 每年8月在纽约州东南部Woodstock举行的摇滚音乐节。

第十章 海草叛乱

标记找到的尸体数量。

"我想没人会想到这些防洪堤会被冲垮。"布什总统在得知新奥尔良淹没在海平面下,变成一座水城后,马上对黛安·索耶如是说。这也许是布什在入侵伊拉克后登上航空母舰宣布的那句"任务完成"之外最令人难忘的台词了。当然,他成立的美国海洋政策委员会在2004年秋季最后一次报告中已经强调了防洪堤溃败的风险。我在新奥尔良《皮卡尤恩时报》工作的记者朋友马克多年来也一直在写关于飓风来袭摧毁城市的风险,他的编辑把他写的故事戏称为"灾难色情片"。在卡特里娜飓风来袭后,他和他的工作伙伴走出了办公室,站在大轮子报纸投递卡车后,洪水涨到了卡车拉门那么高。然后他们就在巴吞鲁日的工业园内在线出版报纸。

我和美国联合通讯社(AP)一位名叫该隐·布尔多的同事一起在城市中受灾较轻的阿尔及尔角待着,就在密西西比河的另一端。在那里直升机袭击了"硫磺岛"号轮船和嘉年华游艇"迷狂"号——乘坐那两艘船的一般是城市雇员和救援工人。黑鹰号直升机在日暮时分飞过头顶,红十字卡车沿街给还在那里居住的少数市民供给热食。我们用热啤酒跟市民换了土耳其辣椒。

回到莱科威尔,我遇见了鲍勃·奇克。鲍勃刚溜进了一个检查点,去看他能不能从溃败的十七街防洪堤那里的"法人后裔"小屋里捡回什么好东西。结果一无所获。"只要有点工具,都好办,"他说道,

海洋拯救了我
SAVED BY THE SEA

"我把我的照片留在了五斗柜上，想着水应该不会升到那么高。他们说要是你家里的水超过了 12.7 厘米深，且超过 5 天没有处理，那你的家就完了。我们家的水有 20 厘米深，已经有两周了。"他找到了他的一只猫，已死，但他想另外两只可能逃走了，因为破烂不堪的沙发上有一团猫毛。他让我也进来看看。一进他家的门，就看到破烂的一团家具，包括一个沙发，一张餐桌，几盏灯，还有木制的其他家具，现在已经辨识不出是什么，只看见黑灰色的一摊烂泥，飘散着一股霉臭味和猫粮的腐臭味。我尽量屏住呼吸，不大口吸气。"我收集了一组 79 年爵士音乐节的 T 恤，但是现在都不见了。"他戴着口罩，穿着胶靴，戴着手套，我给他拍照的时候，他还耸肩膀摆出就此作罢的姿势。"我在这个房里住了 16 年了。要是防洪堤不出事，我们还能继续住下去，现在就能搬回来住了。"

飓风卡特里娜走后，美国人口分布都发生了变化。巴吞鲁日现在成为了路易斯安那州的第一大城市，城里的运动场和酒店里挤满了逃难的人。和 19 世纪 30 年代的黑色风暴事件[①]类似，这次新的黑色风暴事件造成了新一批无家可归的人。到十月中旬，联邦应急管理局（FEMA）花了 1100 万用于为无家可归者提供旅店房间的住宿。

我遇见了十几个卡真人[②]在路易斯安那州贝莱沙塞一座受灾的三层办公楼的地下车库里度日。他们有两个小冰箱，里面装满了食物和

---
① 黑色风暴事件：1930—1936 年期间发生在北美的一系列沙尘暴侵袭事件。
② 卡真人：美国路易斯安那州人，原系阿卡地亚法国移民后裔。

第十章 海草叛乱

啤酒,还坚持让我和他们一起吃。他们晚上就在楼上废弃的律师办公室里过夜,睡在打着补丁的干地毯上。外面有一群群的黑人和白人,住在帐篷和露营车里,在密西西比河上受到暴风雨重创的欧申斯普林斯—比洛克西大桥下还有一辆旅行房车;还有难民住在海洋实验室的宿舍和 KOAs 里,湖边还有摩门教聚集的帐篷区;有人寄人篱下,住在朋友或亲戚家,还有住在仓库和后院的,最后,别无选择的人会去住政府的避难所。我去参加了环保记者协会在得克萨斯州奥斯汀市的一个会议,当时卡特里娜已经过去了一个多月,但我入住的汽车旅馆里还满是新奥尔良的疏散人员,他们抽烟、玩多米诺,等待、等待,还是等待。

我和副警长肯·哈维搭车沿新奥尔良南部普拉克明斯郡的密西西比河西岸行驶。这里上千个像恩派尔和伯拉斯这样的小镇都被洪水冲垮了,一些油罐场的油罐也破裂了。公路被洪水冲断,我们开上了溃败的防洪堤,继续向前走。接下来我们看到了一个颠倒的世界,船跑到了陆地上,房屋反而跑到了水里。在防洪堤一处决堤处,洪水涌了进来,拥有三百年历史、全无工业气息的戴蒙德小镇已经被夷为平地,镇上曾经还有不少房车宿地。那些人看来应该是从来都没冲过浪。

我给浸入水中的战前白宫旅馆拍了照,旁边有辆漂浮的小卡车,还有一辆大一点的卡车挂在树上,半挂式出租车被压在抬升的房子底下,一艘快艇冲进了房子的落地式玻璃窗。捕虾船随处可见,堤坝上、路面上、树丛里,巡逻部队在旁边走过。我们惊诧地盯着一艘 61 米的游艇被洪水卷到了堤坝顶上,就像一个洗澡玩具冲到了浴盆边上一样。快到恩派尔大桥的时候,我注意到坐北朝南、面对我们的白色教堂还完好无瑕,预示着重生的希望。"它原本是朝着公路这边的。"哈维跟我说。

我们听到哈维的头儿——警长在统一电台里威胁说要是他在夜里十二点前拿不到工资的话就要解雇他的手下,让州警察管理该郡。那天夜里晚些时候,州长答应给他一千万美金的工资。在萨尔弗港的尚存地带,副警长们都住在一个个改装了的船运集装箱里(同样的集装箱曾用在海洋石油钻井船上)。他们中大部分人的家也被洪水冲跑了。

就在我们要去看一长串脱轨的火车车厢时,我们发现了运河里有一辆翻倒的美国邮车;没想到这些车厢反倒成为了碎石坝,挡住了洪水,让五十个家庭的社区幸免于难。

我们还查看了洒到路上、流进湿地的石油,那是壳牌输油管爆裂的漏油。我照下了裂开的储油罐。我在给壳牌炼油厂拍照的时候,哈维有些紧张。

石油公司在湾区至少损失了 52 个石油钻机,有超过 110 个钻机受到破坏。据海岸警卫队的最新估计,近海有超过 800 万加仑的石油泄漏而且这一数字还在不断上涨(其中超过 2/3 都是从埃克森·瓦尔迪兹号油轮中泄漏出来的),但由于是在路易斯安那和得克萨斯的海岸线上，所以没有引起轩然大波。

在科科德里路易斯安那大学海事协会工作的南希·拉尔莱教授（她家屋顶被飓风卡特里娜刮走，她的车被飓风丽塔吹走）在两次风暴之间还在坚持坐考察船出海。她告诉我她曾看到一只 2.1 米长的沼泽短吻鳄游了 15 英里，游到了海里。她潜入水下 18.3 米深的浑水里，看风暴对墨西哥湾大面积的富营养化死亡区产生了什么影响，她感觉到什么东西触碰到了她的脚。她跳了起来，但又冷静下来，确定那么深的地方是不会有短吻鳄的。三年后，她的实验室再次变成了废墟，这次是拜飓风艾克所致。

该区域内大部分的捕虾船和商业捕鱼舰队要么沉到海底，要么被卡特里娜抛到了陆地上。路易斯安那州东部 30 英里长的半月形香德勒群岛，曾经一度成为法国海盗盘踞的大本营，现在也不复存在了。160 平方英里的沼泽地也再次落入海洋之手。

但也有好消息，像是许多之前奄奄一息的槲树、朴树和柏树，现在重新发芽了。一些 7.6 米高的树活了下来，虽然风浪很高，却并没有把它们冲走。

不好的是，我在向东开过密西西比和阿拉巴马时，看到大部分的树木和湿地都披上了塑料装饰，好似佛教僧侣为死去的乌龟和海鸟超度时候用的旗子（这些乌龟和海鸟经常因为把塑料误当成食物食入，窒息而亡）。当上万个民居像彩饰陶罐[①]一样被冲成碎片后，大量的塑料就流了出来。在比洛克西，在砸碎的赌场、内战时期的民居、夷为平地的社区中，我看到几英里的海滨上满是塑料和玻璃纤维绝热层、PVC管子、厨房家电、塑料容器、大块的水泥和石膏板、金属织层、聚苯乙烯泡沫塑料颗粒，在海鸟眼里，这些好像都是可以吃的零食。

我感觉自己像是个生态极客[②]，比起其他人非常关注的赌场收入的损失，我更关心海鸥和湿地的状况。像水边展开的翅膀一样的新滚石赌场现在不过是一堆纠缠在一起的扭曲的残垣断壁和混凝土瓦砾。我坐着一艘800吨重、183米长的赌场游艇，停靠在海滩大道。这艘大家伙被风暴推着移动了半英里，在藤壶侵蚀的黑色船壳下曾是划时代的船体大宅。附近，那艘"大赌场"游艇把宏伟的六层高黄砖比洛克西游艇俱乐部撞得面目全非，然后终于停了下来。另一艘游艇则躺在了假日旅店上，当时有超过25个人想借这艘游艇之力安全度过飓风期。结果一个人都没有搜寻到。我和菲尔·斯特金聊了一会儿，他是哈拉的治安员，当时他正和一些警察在佛罗里达的温特帕克公园巡逻。他穿着牛仔裤，灰色T恤，T恤衫口袋里的牙刷和钢笔露了出来。他告诉我卡特里娜风暴潮冠有10.7米高，至少比1969年的飓风卡米尔高出了1.5米。

[①] 墨西哥人过圣诞节或生日将玩具、糖果等礼物盛在此种罐内，悬于天花板上，由蒙住眼的儿童用棒击破。
[②] 极客：来自于美国俚语"geek"的音译，一般理解为性格古怪的人。此处指作者对生态保护有狂热的兴趣并愿意投入大量时间钻研。

在韦夫兰市,我开车经过歪歪斜斜的公路,卡特里娜的风眼曾经到过这里。开到了附近社区的一堆交错的木头碎片处,一对中年夫妇正在卖力清理着车道,风暴之前他们的家就在车道旁的废墟那个位置上。一块冲浪板斜靠在槲树丛中,似乎比树丛中的房屋更能适应这突如其来的风暴。

"你是保险理算员吗?"女人问道。

"不,我是个记者。"

"那就好,因为我们不喜欢理算员。全国的理算员都不站在我们这一边。"

他们价值 422000 美元的全部家当只能获赔 1700 美元。

"至少你还有你的冲浪板。"我告诉她的丈夫约翰。"哦,那不是我的冲浪板。"他苦笑道指向周围,"那也不是我的船,那也不是我的雪佛兰科尔维特(发动机埋在碎石堆下),那也不是我的屋顶。我们想那可能是街尾某户人家的。"

分布在湾区沿岸五千万吨上下的瓦砾和垃圾造成了另一大环境挑战。当前的计划是先处理"木质残体"(倒下的树木),然后是白色碎片(冰箱、烤炉等等),接下来是汽车、船只、建材用料、有害垃圾、塑料制品等等。相关机构对这些废物的燃烧,造成随之而来的哮喘和其他肺部疾病患病人数的激增,就像 1992 年安德鲁飓风袭击后的佛罗里达戴德县一样。但是他们也不能把过多木材运出新奥尔良,否则很可能造成白蚁的大规模入侵，在城里泛滥成灾。

我回到了新奥尔良的运河街，救世军给了我凉水、熏肠三明治（被我婉拒），还有水果鸡尾酒。我和美国陆军工兵部队度过了漫长的一天，他们租赁的直升飞机往新奥尔良的工业运河的最新缺口处扔下了3700磅重的沙袋，因为下九区的洪水再次开始泛滥。我走进喜来登，肌肉发达、面庞黝黑，身穿卡其色T恤和短裤，屁股上挂着格洛克手枪的几名黑色保安给我搜了身。还有一个保安坐在电梯旁，检查房卡。我想在伊拉克做雇佣兵是不是对日后做门卫工作也是一种很好的训练。我坐在鹈鹕酒吧（加勒比海上最酷的酒吧）的前厅，看着旅游房车三层高的玻璃窗，还有街上的SUV——想着这个酒店似乎似曾相识。它让我想起第三世界国家的纷争之地，像是马那瓜（尼加拉瓜首都）、特古西加尔巴（洪都拉斯共和国首都）和苏瓦（斐济首都）。

海湾地区现在已经成了战区的模样，鲜有死亡（我去的那次只找到了1600具尸体），更多的是波及广泛的损伤，还有数以百万计的环境难民。在这里，你还能发现不少战争中才能看到的或讽刺或怪异的瞬间。统一电台广播中说，要是你今晚去巴吞鲁日（美国路易斯安那州首府）的路易斯安那州立大学看足球比赛，在宵禁后回来，经过路障，你还得给那里的武装警察出示你的球赛门票存根。

奇怪的是联邦政府在这种时候还不迷途知返，还在伤害民众的利益，没有从卡特里娜这种历史性的灾难里吸取教训。发放补贴用于受

第十章 海草叛乱

灾严重地区道路桥梁重建，用疏浚泥沙做沙滩修复和沙阶截水沟，这些资金当然应该从联邦洪灾保险金里支出。几十年来联邦应急管理局（FEMA）的水灾保险计划一直用于洪泛区和堰洲岛的海滨发展。在1968年该计划启动之前，没有私人保险公司愿意将保险覆盖到这些高危区域，所以人们也只凑合建了一些就算被暴风摧毁了也不心疼的建筑，或者根本不建。美联储建立了洪灾保险后，银行业开始向海岸房地产开发商提供贷款和抵押，海滨房地产业从那之后一直持续发展，不再低迷不前。

但是堰洲岛就像构建在安非他明[①]上的地形。就算是人们在上面建了楼房，它们也会移动到别处。南阿拉巴马州多芬岛有14英里长，最厚的地方也不到半英里。从几千年前第一次出现在海中那一刻起，它就不断受到飓风的侵害，一次又一次改变着自己的形态，最近几次是1979年的飓风佛雷德里克、1997年的飓风丹尼、1998年的飓风乔治斯、2002年的飓风莉莉、2004年的飓风艾凡，还有飓风丹尼斯、飓风卡特里娜和2005年的飓风威尔玛。

我和阿拉巴马的多芬岛海洋实验室主任，同时还有美国顶尖的海洋演变专家的乔治·克洛奇一起走着，他身材瘦高，淡金发色。我们走过了一处警察路障，徒步向西区海滩下方走去，沿途的景色仿佛让我们看到了世界末日。200间被飓风击垮的棚屋，已分辨不出形状，

[①] 解除忧郁、疲劳的药。

倒塌的电线杆，洪水冲毁的公路，埋在废墟下的汽车，膝盖深的流沙，大块头的石头钻机"海沃里克"滑过了 18.3 米才随浪搁浅。联邦应急管理局（FEMA）于去年飓风艾凡过后斥资百万美金修建的防护沙堤摧毁了 55 个家庭，现在已经没入海中，踪影全无。

与此同时，我们在飓风丽塔外圈的 25 节大风和暴雨里风雨飘摇，像卡特里娜袭击新奥尔良那样，飓风丽塔看样子也要对休斯顿发动同样的攻势。

"或许换个名字，不叫'堰洲岛'，我们应该重新将其命名为溺水而亡岛。"我建议道。

克洛奇认为我的主意不错，但就是改名换姓，也无法阻止开发商的脚步。"重建热远远被低估了。这是出于基本的人类同情心理，但是我们需要换一种重建的方式，"他说道，"2004 年佛罗里达、2005 年路易斯安那发生的惊情一幕将不再是特例——那是新的规则。"

他的意思是，由于化石燃料的燃烧造成了气候变化，海平面升高，形成更大的风暴潮，并很有可能造成更大数量、更高频率的四级或五级飓风。根据预测，在下一个三年中不会遭遇真正的大飓风季，人们也就因此任性地好了伤疤忘了痛，在沙地的水泥垫上造了更多的棚屋。2008 年飓风艾克过后我随海岸警卫队直升机一起在得克萨斯州加尔维斯顿岛上空盘旋，目睹了数以千计这样的棚屋被飓风撞碎。相比之下，2012年超级风暴珊迪对纽约和新泽西大部分海岸线上的建筑摧毁只能有增无减。真正要命的不是自然灾害，而是在不良政策和海岸开发、湿地保护或丧失、能源决策过程中，我们一步步地把天灾转变为了人祸。

希冀推动可行的能源替代方案，蓝色边境组织了35个城市的《50种方法拯救海洋》巡讲，去了12个州的主要水族馆、海洋科学中心、环保人士会议和学校。我姐姐来新英格兰水族馆听我演说，在我们开车回她家的路上，她告诉我我讲得不错。"你看似漫不经心，信手拈来，却趣味盎然。或许你该转行说单口相声。"她建议我，和其他哥哥姐姐一样，她总想重塑我的人生。

完成在佛罗里达海洋科学教育者协会年上的发言后，我去克利尔沃特（美国佛罗里达州西部的一座城市）和海牛一起进行水肺潜水。早上6点，我和我朋友德鲁缓慢地靠近我们最先发现的两只海牛——听到，也了解了一些关于这些大型海洋食草动物的知识后，我发现它们其实异常活跃。它们活蹦乱跳，溅起层层水花，两只中靠近我们那一只用尾鳍拍拍我们，我们把它们这种活跃解读成一种为改变濒临灭绝的状态而做出的积极努力。我们感到自己越界了，尴尬地返回了船上。

过了一会儿，我沿着浮船边缘滑入水中，很快就摸到了四只灰色

海洋拯救了我
SAVED BY THE SEA

大"海牛"的藻背①，它们当时正在浅河底吃草。它们喜欢别人在它们的后背和肚子上挠痒痒，还有在脚蹼下。要是厌倦了也不怕，它们可以撤退到水面上树立的"海牛保护区"牌子后，那样就没人敢追它们了。威胁海牛的不是游泳的人，而是那些在滑行在近海沿海水域或徘徊在发电厂流出的热水中的机动船只，这些船会撞到海牛。同时还有来自有毒水华的威胁，水华已经杀死了上千只海牛，而且在世界范围内蔓延。

吉姆·图米参加了我们书演巡游的湾区部分，在那里我们面对的是至今为止最难缠的观众，但还是吸引了 200 名 K-5 年级小学生长达 1 小时不间断的关注，这得益于我们对海洋奇观和惊险场面的描述，外加吉姆生动的插画说明。我跟这些小观众说，企鹅聚居地和牛棚一样臭，和摇滚音乐会一样吵，吉姆在旁边就画了一只胖企鹅弹奏电子吉他。演讲结束后，吉姆还给小观众画了他在《谢尔曼的泻湖》里的鲨鱼画和鲨鱼标志。

在长滩市的太平洋水族馆，我演讲完后，他们让我去他们最主要的那个 350000 加仑的水箱里做水肺潜水，在那里我和大比目鱼、石斑鱼、鳐鱼和礁鲨成为了朋友。我在进入的时候要戴上深色手套，因为鲨鱼有时候会把松开的、浅色的手指误以为是喂它们吃的鱿鱼和其他鱼饲料。

---

① 海牛背上容易堆积寄生虫和海藻，故作者称其为藻背。

第十章 海草叛乱

该书最初的出版商是总部在毛伊岛（在太平洋中北部，夏威夷群岛中的第二大岛）的"海洋内部"。所以在 2006 年的一个夏夜我得以去到毛伊岛和火奴鲁鲁，当时乔治·W. 布什给美国建立了第一个海上大型野生公园。

我受夏威夷土著和环境组织联盟 KAHEA 的邀请去做演说，当时有传言说布什政府已将西北夏威夷群岛生态系统保护区定为了 140000 平方英里的国家纪念区，也就是今天的帕帕哈瑙莫夸基亚海洋国家纪念区（我想那应该是夏威夷语中的黄石公园的意思）。从夏威夷主群岛向西北延伸 1200 英里到中途岛，该区有一连串极小的小岛、巨大的环礁，还有美国 70% 以上的珊瑚礁。

布什政府是历届政府中环保工作做得最差的，这一结论并非信口开河。正如巴里·邦德辉煌的全垒打纪录总伴有服用类固醇药物这样的星号一样，在评论布什政府政绩时，我们也总会打上一个蓝色的星号，注释布什政府还成立了美国首个完全保护下海洋野生动物的公园。西北夏威夷纪念区地域辽阔，几乎是美国十三个国家海洋保护区面积之和。最大的三个保护区，坐落在加利福尼亚、马萨诸塞和佛罗里达群岛，致力于防止近海石油钻探，这三个保护区也用于多种用途，包括休闲娱乐和商业捕鱼，而西北夏威夷保护区则不能用作他用（这种对比类似于国家公园和国有森林）。

一些更大型的国家环保组织纷纷发表声明，各自宣称纪念区是他

- 275 -

们建立的，那天晚上，我在火奴鲁鲁告诉一个当地电视记者说，要是没有当地夏威夷市民团体的努力，我们是无法见证这一历史时刻的。这些市民团体在过去五年间，以上千人的规模参与公众听证会，给夏威夷民主党州长和州国会代表团施压，让他们加入环保队伍，对美国最大的珊瑚礁系统开展完全的保护。这才使共和党总统采取了积极的行动。

西北夏威夷礁石系统最先获得的跨时代的保护是比尔·克林顿在2000年在当地设立的"生态保护区"，那时克林顿获悉若是他建立此保护区，他就能比泰迪·罗斯福（美国第26任总统）保护更大面积的野生区域。

尽管如此，该保护区的建立还是遭到了来自西太平洋渔业管理委员会的强烈反对。该委员会是八大区性政策咨询小组之一，由于该组织是唯一一个不受利益冲突法规限制的联邦法规机构，同时也隶属于占主导地位的商业和休闲钓鱼产业，他们主要致力于商业捕鱼，而非海洋保护。

该区域得益于其遥远海岛的地理位置，历史上鲜被捕鱼所累（只有八只商业渔船获得许可能够进行如此长距离、耗油的捕鱼之旅），它还保留着许多原始海洋特性，人类活动对其影响不大。其中一大特点是，它是捕食者统治的生态系统，呈现出颠倒的食物金字塔，与科学家对海洋的传统认知相反。其中未受到破坏的礁石生物量中绝大部

第十章 海草叛乱

分都由虎鲨、加拉帕戈斯鲨、鲭鱼、石斑鱼、海豚和濒危的夏威夷僧海豹等大型食肉动物组成。在夏威夷列岛人口密集的地带，人类捕鱼历史有 1500 年左右，少于 5% 的海洋生物量由捕食者组成，而大部分的野生生命是体型较小的草食鱼类和海龟。

布什总统对该区产生兴趣源于他参加的一档在白宫录制的美国公共广播公司（PBS）关于西北夏威夷的纪录片，制片人是简-米歇尔·库斯托，多亏了他在节目中的赌气，才有了今天的纪念区。那个纪录片是和国家海洋保护区基金会联合拍摄的，参加录制的还有一批海洋保护人士，包括西尔维亚·厄尔，她当晚大部分时间都在介绍布什总统和他的妻子劳拉，而劳拉似乎对礁石的现状，以及每年飘入纪念区的大堆塑料垃圾对太平洋环流的影响格外感兴趣。

中途岛位于礁石链上，是上万只信天翁的筑巢地。当然了，要是你这辈子花上 90% 以上的时间做空中超人，你起飞和降落的技术也不见得多么了得，多半还是会笨拙不堪。成年信天翁会飞出太平洋很远去觅食，返回著名的二战海战战地，叼回来的既有天然食物，像是鱿鱼之类的，也有被它们误认为食物的塑料碎片，然后一起喂给它们的鸟宝宝吃。于是许多小信天翁就这样饿死了，它们的胃里填满的是塑料。听了这段描述后，总统显然提起了兴趣，在纪录片里说要采取行动，接下来又和西尔维亚·厄尔进行了餐桌交谈。也许他想保护僧海豹不受宗教迫害也说不定。不管出于什么原因，他在 2006 年 6 月

- 277 -

给西北夏威夷以纪念区的名号。纪录片拍摄完毕后,劳拉·布什开始在对公众的演讲中开始提及海洋废弃物问题。

布什的最后一颗蓝星备注是在两年半后的 2009 年 1 月 6 日,在他最后的执政日子里,他宣布了海洋的特大利好消息。他将纪念区的地位同样授予了辽阔、鲜有人类足迹、未受人类活动破坏的金曼、巴尔米拉、霍德兰贝克、贾维斯、约翰逊和韦克(莱恩群岛)群岛,还有萨摩亚的玫瑰环礁和地球上最深的峡谷——马里亚纳大海沟。这些是我们蓝色星球上最后一批伟大的、未受到人类玷污的野生地带,因为它们都坐落在美国专属经济区内,它们从现在开始可以一直受到完全保护。这次划定的纪念区面积覆盖 195000 平方英里,比美国所有的国家公园面积之和还要大 50%,和西班牙国土面积相当,比小小的太平洋岛国基里巴斯共和国于 2008 年建立的菲尼克斯群岛保护区面积略大。

据华盛顿邮报的国家环保部记者朱丽叶·艾颇琳和其他记者的报道,白宫内部关于纪念区的最终决策受到了布什妻子劳拉的影响,她非常推崇建立纪念区。还有人称,副总统迪克·切尼也对此决策起到了一定的影响,切尼本人一贯对野生动物和野生动物栖息地不太感冒,因为它们不能钩、不能射、不能钻。好在劳拉最终赢得了总统的心,这很有可能是因为切尼不肯搬去达拉斯和他们住。

纵观历史,纪念区的成立确实不能抵消布什总统的其他重大失误、重罪和轻罪（没人会谈及墨索里尼对公共轨道交通的投入）；但无论如何，这都是海洋保护史上的一个重大进步，为奥巴马总统和其他世界领导人设立了一个高门槛（2014年奥巴马将太平洋纪念区的保护面积扩充至将近50万平方英里）。科学家很久前就表示，将世界20%的海洋束之高阁，设立为完全海洋保护区，禁止捕鱼、钻探和倾倒垃圾，不许设立煤矿采挖点，这样的话海洋野生公园能帮助保持我们蓝色星球的基因和物种多样性。加上最新的美国太平洋纪念区，我们现在完全海洋保护区的面积大约占海洋总面积的3%。

我住在别人的小欧哈纳（旅客别墅）里，在夏威夷的毛伊岛内，和一只壁虎共用一个盥洗盆，它喜欢蜷缩着身子趴在排水口上，让我难以刷牙，这晚电话响了起来，是华盛顿的库辛·简打来的。

"你知道我这里现在是凌晨三点吗？"我问，想着她应该不知道我在夏威夷。

"你要知道除非有大事，否则没人会在3点给你打电话，"她回答道，"你姐姐得了肺癌。"

"为什么她不自己给我打电话？"

"我想她是怕你担心。你知道的，因为你前不久刚经历过生死离别。"

上午我给狄波拉打了电话，她告诉我她已经把得癌症的事告诉她

两个儿子了。就在几个月前,两个孩子的父亲,狄波拉的前夫帕特里克被诊断已患了癌症晚期。虽然我姐姐过去吸烟(我也不知道她吸多少烟,因为在母亲去世后,她就不当着我的面抽烟了),他们患病的原因看来应该是在 20 年前重新装修波士顿米神山大道他们第一个房子的时候接触了石棉造成的。我还记得他们装修那段时间从墙上扒下多少石棉,包括阁楼,扒到只剩承重框架为止,那时候房子里乌烟瘴气,到处都是粉尘。

快到中午时,我开车去到老捕鲸镇拉海纳的水滨,感到了一种似曾相识的空虚。以前,这里的海岸线崎岖多岩,上面长着一排排的棕榈树,长板冲浪客在大约 200 码外的像明信片般美丽的蓝色大海上追赶着小小的浪花,远处还可以依稀望到许多小岛。我脱到只剩潜水服,一把抓起我的短鳍,开始在海底山表面行走。才走了两三步,就感觉一阵灼热的刺痛,原来是一只黑色海胆的脊柱刺入了我的脚底板。我单足跳着,上了岸,把脊柱样的东西拔了出来。这个锋利的尖刺会在我的脚底板里停留至少四五个月。"它是碳酸钙,可以溶解,但是速度缓慢,就像根生锈的钉子。"蒙特雷民主党议员,同时也是和我一样的海洋发烧友山姆·法尔在我们第二次聊天的时候这样告诉我。他以前也在夏威夷踩到过海胆。

我从夏威夷飞到阿拉斯加为姨妈雷纳特的八十大寿庆生。我们在蒂纳利营地举办了家庭聚会,在深入国家公园 90 英里的地方,虽然

第十章 海草叛乱

狄波拉因为住院无法参加，但她希望我参加，好照顾她的两个小儿子。我带着亚当和伊桑徒步、泛舟，看到了潜鸟和海狸，金色毛发的灰熊、驯鹿，后面跟着一匹狼还带着小狼崽，沿着乌云密布的河畔奔跑着。苔原足够柔软，我能带着脚板里的海胆刺一瘸一拐地在上面行走。我们走了很远后，我和伊桑跳进了营地冰冷刺骨的寒池。在家庭聚会的第三天，乌云终于消散了，我们远眺，似乎看到了喜马拉雅山，但其实那是阿拉斯加山脉。堂兄埃里克租了两架丛林小飞机，这样我们就能飞过麦金利山。6194 米高的麦金利山是北美的最高峰。我们在飞机上向下看，看到了救援直升机在把受伤的登山客转移到机上。景色真是棒极了。我不得不承认，陆地上的荒原和野生海洋一样令人为之震撼。唯一美中不足的是野生动物太分散了。第二代营地主人，尽管只有三十岁出头，但却给我们讲述了她从小到大经历的麦金利山周围的冰川融水径流和海洋气候变迁。

就在狄波拉从医院出来之后不久，我们回到了东部。她将在家中度过她人生中最后的六个月。

"你要知道生病好就好在这里，我们相见相谈的时间比过去好几年都要多。"她在我去看了她、亚当和伊桑几回后这样告诉我。在我有一次去看她的时候，我住在伊桑的房间里，睡在他爸爸以前睡的床上。狄波拉从来都没进去看过。"他床上的墙上贴着三张海报，"我告诉她，"穆罕默德·阿里，吉米·亨德里克斯和切·格瓦拉。"

"真的吗？"她微笑着说道，"那是因为我，我影响了他。"我们坐在她布鲁克莱恩市房子的阳台上，就在她辞世前一周，早冬的阳光温暖着我们面庞，我们俩现在都是知天命的年龄，有着各自的生活，对过往的一切泰然自若。

"我好想知道到了花甲之年，我会做些什么不一样的事。"她冥思道。

"也许你还在继续接受治疗，同时还是世界上最伟大的母亲。"我说道。

她看上去有些意犹未尽。

"也许我们应该活在当下。"我说。

她奇怪地看了看我，然后笑了笑："好吧。"现在的她宁静而放松地晒着太阳，短暂地告别了痛苦，哪怕只是一瞬间，但下一刻又开始担心起伊桑和亚当，他们一个十六岁，一个十八岁。

按计划亚当在当年秋季就应该离开家去上大学，但他决定留在家中，在城市年组织找一份帮助低收入家庭学龄儿童的工作，不再和妈妈吵架，成为一名真正高尚的人。伊桑在高中的陶瓷课上做了美丽的瓷瓶，其中有个高高的花瓶，外表没有上釉，伊桑在花瓶表面蚀刻上了一棵生命树，还刻上了犹太神学家希斯乔的名言："我们的生活伴有艰难困苦，但却从不缺乏意义。"现在这个花瓶就摆在我客厅的书架上。

第十章 海草叛乱

我姐姐和家人、朋友一起度过了最后一个美好的感恩节，作为女主人，她为大家准备了一大桌子食物，倾注着她满满的爱和对生活的眷恋。那时她57岁。那次感恩节后，我去了康涅狄格州新伦敦市的海岸警卫学院创作我的下一本书。两天后，我不得不回头，搭上了回波士顿的火车，姐姐去世了。归途艰难痛苦，但却不乏意义。

好几百人来到波士顿的以色列圣殿参加她的葬礼，我们在她布鲁克莱恩的家中为她守丧一周。

在两个男孩一个十岁，一个十二岁的时候，她曾带着他们参加了犹太教会组织的游学，拜访了几百名古巴的犹太人。这些犹太人告诉我他们想把狄波拉的骨灰带走，从哈瓦那和巴拉德罗海滩度假胜地之间的一座高高的桥上抛洒下去，我们照做了。

在开展蓝色边境运动的同时，我在写我的另一本名为《抢险勇士》的书，内容是关于美国海岸警卫队的。写书也给了我些许宽慰，不再让我沉浸在姐姐离世的悲伤中。我喜欢和那些"海岸人"在一起，不单是因为我能和他们一起出海，同时我还被他们本身的本质所吸引。

登上阿拉斯加南部科迪亚克的高续航力的芒罗快艇，船长克雷格告诉我他曾经问过他所有的新船员,问他们的父母是从事什么工作的，"最常见的回答是，十个里就有一个人说他妈妈是护士。所以你就不难解释他们这种乐于救援的品质了——母亲就是做救死扶伤、照料病人的工作，而他们也想要这样的生活，但就想再刺激一点。"

海岸警卫队满足了他们的需要。在阿拉斯加，他们的快艇和直升飞机就像逆戟鲸和雄鹰一样，紧追捕鱼船，猛烈地做着"最致命的捕捉"。在我参观芒罗快艇后的两个月，它就参加了白令海上的复活节风暴救援行动，夜间航行的工厂拖网捕鱼船"阿拉斯加山脉"号沉入海下 6.1 米深，芒罗快艇挽救了船上 47 名渔民中的 42 条生命。这样致力于挽救生命而非剥夺性命的军事海洋服务，让我怎么能不爱上它呢？在我的《抢险勇士》一书中我并没有忽略海岸警卫队的弊端，但还是以褒为主，赞扬这些把爱国主义和利他主义融入肾上腺素的海岸警卫队可爱的男男女女们。

在 2007 年春天，我结束了九年的自我流放，把家搬回了旧金山湾区。我变卖了在华盛顿的公寓，在东湾的里士满社区海边买了一栋联排别墅，我在那里当私家侦探期间曾做过多起刑事诉讼，包括自杀案件。当然，保护我们蓝色边境也包括保护海洋文化多样性以及像里士满这样居住成本合理的海滨社区。里士满是一个低收入城市，人口刚刚超过 10 万，其中 40% 是西班牙裔，30% 非裔美国人，20% 白人，还有 10% 是亚洲和其他人种，长达一个世纪都是雪佛龙炼油厂的所在地，高风险，低收益，得不偿失（例如 2012 年那起火灾把 15000

人送进了社区医院）[①]。

现在，我这条街道上有的不是奔跑的卡车，而是奔跑的鸭子。离我住处不远的地方有一个帆船码头，在二战期间曾是恺撒造船船坞。在美国成为民主政治的超级军火库后的短短四年间，这里造出了737艘自由轮（第二次世界大战中的补给船）和10艘新型胜利船只。从我家门口沿着旧金山湾区步道走几步，就是为纪念把工业沼泽小镇发展为车水马龙的多民族新型都市9万余名战时工人而建的铆工露斯[②]（第二次世界大战时美国女工的统称）国家历史公园。当时许多白人男性都撤离了工厂生产线，女工和非裔美国人、西班牙裔最终得以在船厂和国防工厂上岗工作。在她们头戴安全帽从事的危险工作的帮助下，民主政治得到了拯救，同时还加快了美国迈向男女平等的步伐。第一艘胜利船只，"红橡木胜利"号还停泊在里士满港口的入海渠中，旁边有日本来的汽车轮船正在卸载汽车。

像"红橡木胜利"号这样的二战货轮和今天的大型集装箱货船比起来，显得微不足道。"今天的船只如此巨大，不用说油轮，就是如今普通的运货船的燃油泄漏都称得上重大石油泄漏事件了。"前海岸警卫队第十一区（包含加利福尼亚）司令、海军上将克雷格·博恩这

[①] 雪佛龙位于加州里士满的一座炼油厂曾于2012年8月6日发生火灾，大火烧了10个小时才被最终扑灭。该炼油厂占地约12平方公里，是当时加州第三大炼油厂。
[②] 1943年，美国艺术家J. Howard Miller设计了一张海报，命名为"铆工露斯"，意在激励那些在战争年代从事军事服务的妇女们，并为大众熟知。

样告诉我。那天早上,长集装箱船只"中远釜山"号在大雾中撞上了海湾大桥的基座,发生了严重的燃油泄漏事件。

我坐在海湾的码头上——灵魂歌手奥蒂斯·雷丁曾在他的名曲中称之为伯克利市政码头。脚下的岩石堆上,一只斑头海番鸭——一种潜水鸭——正在用它的红喙梳理它沾满黑油的羽毛。它摇晃着脑袋,仔细耐心地重复着梳毛的动作,就这样过去了半个小时,我在那里等待动物救援组织的到来,但却一直无人问津。我突然动了一下,它拍着翅膀,逃入水中,由于黑油破坏了它羽毛的天然保温机制,它很有可能因体温降低而死。那天我不仅看到了海番鸭,还看到了十几只被漏油污染的海鸟,包括黑秃、水鸟、海鸥、红鸭和鸬鹚。

现在码头已经油渍斑斑,但说成是"油彩虹",就是用词不当。汽油才会留下彩虹浮油,船用燃料油是炼制汽油过程中剩下的糟粕,只会留下绿色和褐色的条纹,还有像腐臭的五花肉的斑点。它会留下漂浮的球状、盘状的焦油渍,还有球状花饰块,凝结成沥青一样坚硬的有毒圆片。

随着时间的流逝,尽管旧金山湾区三分之一的海面都受到了污染,但它还是美国最大的城市出海口,有着大片的浅水区,还有一个北面的宽广三角洲,萨克拉门托河的淡水和海水潮汐涌浪在金门狭窄通道的一半处相遇,使之成为了螃蟹和鱼类的天然幼儿园,鲱鱼在此产卵,反过来又吸引了大量的海鸟和渔船来到泥泞的边沿,同来的还有海豹

第十章 海草叛乱

和海狮。除了丰富的自然物产，湾区还是商业渔船、渡轮、油轮、帆船、皮筏艇和冲浪手的海上芭蕾舞舞台。

船用燃料油经金门扩散至旧金山的海洋海滩，向北流到雷耶斯角国家海岸。在湾区，天使岛和恶魔岛①也受到重创。在马林岬角，橙色的塑料围栏和石油泄漏的告示牌拦在了通往宽广、悬崖背景的罗德奥海滩途中，南希的追悼会就是在这片海滩上办的，穿着黄色隔离服的工人现在正在移除沾有油渍的卵石，把被污染的沙子刮干净。这片海滩曾是南希在旧金山的最爱，我对这种对海滩的亵渎感到出奇的愤怒。

在我的小码头上一只北美鹮鹏精疲力尽地在岩石上歇脚。羽毛上沾着黑色的油渍，红色的眼睛仿佛要用愤怒和谴责的火焰将我燃烧。我知道那是拟人化的想法。作为人类，我们知道是我们杀害了它们，但它们却不知道谁是罪魁祸首。我去了岛田友谊公园。那里有一对二十岁出头的年轻夫妻，安伯尔·基斯特和斯科特·伊根。妻子在黄昏时分沿岸边走着，白裤子脚踝的地方沾上了油渍，她戴着一副橡胶防护手套，捡了满满一袋子的油垃圾和死螃蟹。

"我们也捡到了一只活的螃蟹，它在奇多袋里，"妻子告诉我，顺着岩石爬上了公路，"我们从洛迪（美国新泽西州东北部城市）开车来做志愿者，但是他们说他们会开回来和我们会合。大概要开上一

---
① 恶魔岛又称阿尔卡特拉兹岛，是美国旧金山的头号景点，曾是联邦监狱所在地，也是一个野生动物的庇护所。

个半小时。我们需要做点什么。"

奇多袋里的螃蟹还活着。她让我看了看这个小家伙，蟹壳黑乎乎的。"我能把它放回去吗？是不是太油了，它会不会找不到吃的？"她看着上千只水鸟在暴露的泥滩上觅食，还有些浮在远处的水上，"这太让人伤心了。"她说了这么一句，之后就顺着岩石爬下去捡拾更多的油垃圾。

安伯尔和斯科特从洛迪而来，他们想要做些什么。我们也一样。

我去了事故指挥中心，那里正在追踪泄漏的燃油，我和海岸警卫队一起去萨克利托和理查德森湾周围做海滩调查，我过去就住在那一片。好在，那一片的污染还不算太严重，虽然我们遇见了几只被油浸透的鸟，包括一只死去的鸬鹚。在接下来的一段时间内将有超过2万只水鸟死于石油泄漏。

在石油泄漏事件发生后的第十天，1500人加入了后续的清理工作，我飞去巴林岛对驻伊拉克的美国海岸警卫队做报道。我搭了一架海军海鹰号直升飞机，一路向北，与33.5米长的海岸警卫队快艇会合，他们负责保护伊拉克在波斯湾北部的两大近海原油码头。我们为伊拉克钓鱼帆船做武装检查，还在伊拉克和伊朗之间充满争议的航线上巡逻，还为驶入码头的超级油轮做安全检查。

我们检查的油轮中有一艘是红绿色的 BW Noto，重达 286000 吨，

第十章 海草叛乱

有 335.3 米长，满载时可以携带 200 万桶油，我们检查的就是价值 2 亿美元的货品价值。那天夜里晚些时候，"兰格尔"号快艇 24 岁的执行官戈登·胡德和我站在夜色笼罩下的浮桥上，他就站在我身边。

"我们正在审视的是石油周边的伤痛和战争，但当人们说这是场石油之战的时候，我不认为就是如此简单，"他反思道，"因为大部分这样的超级油轮都不是从这里直接运去美国的。它们会运往世界各地。"

他说的是对的——事情远没有那么简单，尽管对全球石油生产、运输和商业交易进行武装保护毫无疑问反映了美国在 21 世纪早期的外交政策，但这显然低估了像戈登这样宣誓反对美国石油政策的民主青年。而且，这些石油中绝大部分都将辗转流入美国。

例如在 2014 年，里士满市通过了雪佛龙公司的应用许可，该公司将耗资十亿美元实现炼油厂的"现代化"，将从沙特阿拉伯和阿拉斯加北坡"甜甜的"低硫石油升级为从伊拉克等其他国家引进的更具污染性的高硫石油。

2010 年 6 月，在中远釜山石油泄漏事件发生三年后，我乘坐一架小赛斯纳（美国飞机公司）去了墨西哥湾英国石油爆炸现场。在我们下面，上百只的海豚和座头鲸被困死在石油里，这样的石油爆炸可以从一个海平面传播到另一个。不远处，有五六个 457 米高的黑色烟柱从海面上升起来，英国石油公司的雇佣船员正在燃烧部分石油，熊熊燃烧的烈火从掩人耳目的油井里喷出来，登上"深水地平线"钻机的 11 名工人全部遇难，现在还有几十只船停在大雾里。我回去的时候已经是六月底，油井井盖终于盖上了，这次"深水地平线"泄漏的油量是"中远釜山"事故漏油量的 4000 倍。

从路易斯安那到佛罗里达，我去看了上千英里的受污染海滩；见到过鸟类洗涤设施，上千只被石油浸透的鹈鹕正在接受清洗；路易斯安那州伯拉斯附近的 Atakapa Ishak 大河口印第安人社区是一个小镇，上次我去还是在飓风卡特里娜过后不久，小镇上野火丛生，满地碎石。伯拉斯在卡特里娜来袭前也不是很繁华，卡特里娜后就更人烟稀少了，中空的单排商业区里一个店铺里停着一辆城市消防车，五年了，也没有什么恢复的迹象，如果硬要说的话，生锈的联邦应急管理局拖车上系着一个自制的花盒，其他还是死气沉沉。那里潮热的气候还是没变。

通往大河口的碎石路尾是一处船坞。村庄沿着运河而建，蜿蜒至巴拉塔里亚湾。没有车道，只有为船设置的沟渠。过去村里有 23 户人家，但自从卡特里娜席卷过后，村里就只剩下 9 户人了。门诺派教徒灾难服务组织帮助他们建好了新的棚屋，这才有 5 家人打算搬回来。

我们在喷有伪装图案的平底船上装了 9 个人，包括罗西娜·菲利普，她已经成为了 Ishaks 印第安社区的非官方发言人，她哥哥莫里斯负责划船。莫里斯是个大块头、皮肤黝黑的采捕牡蛎人，饱经风霜的脸庞上留着斑白的胡子，头戴迷彩帽，帽檐上搭着太阳镜。还有凯伦·菲利普斯（家族的不同分支对姓氏的拼写也不相同），和她三岁的孙子布洛克。"他的双胞胎姐姐今天和他爸妈在一起，但是我们不能让布洛克离开水边，"凯伦解释道，"他是未来的河口人。"

我们的船出发了，经由船渠，进入了开阔的海湾。"我们在这里见到过环境的各种变化。我们一直住在这里，已经说不清有多久了。在我们的记忆中，我们似乎从未去过别处。"罗西娜告诉我。她是个自豪的宽脸女人，尽管现在看上去有几分疲惫，留着一条长长的黑辫子。她把辫子放在身前，这样她就能时不时地留意自己的辫子。

"我们在 21 世纪还在生存线上挣扎，"她说道，"我们所需的一切——动物、植物、药用植物和草药——我们这里都有。但是石油和化学品的扩散会对我们的水域产生怎样的影响，我们不得而知。"

我们划到了开阔的水面，二十分钟后莫里斯减慢了船速，将船驶向了沼泽边，沼泽底部生长出来的克拉莎草的茎上沾满了黑色的油渍，一直到涨潮的最高位置，大概能离开水面线 0.6 米。

"我们还在还捕鱼、捕虾、采牡蛎、诱捕动物——男人们做这些，我们则把这些技艺传授给孩子们，"罗西娜说着，示意让我看布洛克，小家伙正精力旺盛地摆弄着他蓝色救生衣的带子，"不过要是我们在未来的十到二十年中不教给他如何捕虾——"

"那就会扼杀我们的文化。"他的祖母打断说。祖母是个身材魁梧、浅色皮肤的女人，穿着粉白条的衬衫。我们加速驶过海湾的时候，祖母一直抓着布洛克。

"这是巴蒂斯特湾，那是吉米湾。"莫里斯指着类似海岛的一片地方，一艘政府的野生动物船在那附近巡视，船上的铝屋上挂着几只装油鸟的笼子。

密西西比河下游的这一带湿地多年来被石油公司兴建的一条条运河分割得四分五裂，这样好让他们获取新喷涌的石油。"当他们建造运河后，这一带就变成了一个个小湾，然后他们又造了平行运河，不久后在所有在运河之间的沼泽就变成了开放水域。"罗西娜给我解释道。

"我们现在正在划过牡蛎礁。我们有70亩左右的牡蛎礁，但现在我除了水草里的大量石油，其他什么都看不到。我在这里看到了死亡——所有的牡蛎都将死去！"莫里斯担忧道。

我问他正常情况下能收获多少牡蛎。

"天气好的时候，我们在午饭前后能捞上来100麻袋的牡蛎。也就是6个小时左右。"莫里斯是第一个在六月初报告石油涌入巴拉塔里亚湾的人，然后这里就成为了所谓的"巴拉塔里亚之战"的中心，那是一场持续不断，为保护这块世界著名的萨尔弗港以西和密西西比河部分多产沼泽水域而进行的抗争。

我们推开变黑的海草，这样和我们同船的有线卫星公众事务网络（C-SPAN）的工作人员就可以采访罗西娜，但是风力在上升，乌云在聚拢，涌入的污油漂浮在沼泽边缘，橙色的油滴在如蛇般 30.5 米长的路障内外壁上分散开来。

"在灾难过后 46 天，石油流入了我们这个湾，他们居然没有阻止石油扩散！"罗西娜满面愁容。位于霍马市外的英国石油设施被用作了国家事故指挥中心（ICC），后来负责该指挥中心的海岸警卫队船长告诉我，石油太容易扩散了，可以在许多分散的滑层上流动并"沿着繁茂的植物渗入湾区"，尽管我长时间都难以相信此种说法。

海浪开始拍打我们的船体，天空暗了下来，大滴的雨点落下来，我们缩短了采访，赶忙回到了岸上，途中几只海豚跃出水面，好像要看看我们在干什么。莫里斯娴熟地驾驶船沿之字形穿越了天然运河满是海草的狗腿状沟渠，这些沟渠尚未被石油污染，乌云在背后追赶着我们，越压越低，伴着清新的海风，还有船身下水敲击的砰砰声，再次来到水面的感觉好极了，虽然我来到这里是为了报道另一个没有必要的浪费和毁灭的末世景象。

我们把船推入了大河口的主渠里，再推上了罗西娜小小的棚屋处，有线卫星公众事务网络（C-SPAN）的工作人员早就架好设备，准备开始再一次的采访，旁边有只达克斯猎犬（腊肠犬）欢天喜地地吠着。

"这狗的骨架真大真壮。"我说道。

"那是莫里斯的狗。他爱那条狗，但狗好像要把他吃穷了。"罗西娜亲切地打趣她那粗线条的哥哥，哥哥本人则在一边绑船，装作没听到。

亚伦是湾区修复网络的一名成员,那是个总部设在新奥尔良的环境保护组织,我想起一年前我和她聊天的时候她还不愿意批评石油公司。

然后她开始对我重复着上述故事,告诉我这400多个Atakapa Ishak人如何在卡特里娜飓风过后四处逃难,现在他们居住在得克萨斯、田纳西和路易斯安那州南部,然后他们是如何开始返回他们世代居住的家园的。但是鉴于该区域持续不断的灾难,他们也许在不久的将来就会永远地失去他们的家园。

2014年我回到新奥尔良参加一个环境记者协会(SEJ)的会议。英国石油公司(BP)分管媒介的副总裁,同时也是前五角大楼发言人杰夫·莫瑞尔对参会的记者说,我们如何如何失败,因为没有报道2010年后湾区的大规模修复和复苏,没有报道英国石油公司的清理工作让海滩"呈现了多年未有的更好状态"。死海豚和废油团还在不断涌上海岸,英国石油公司发言人的这一席关于湾区灾后复苏的话语堪比梵蒂冈发言人谈受虐儿童的治愈[①]。第二天,联邦法官将宣布英国石油公司在"深水地平线号"事故中发生了"重大疏忽"。

出席那次环境记者协会会议的有顶尖的海岸和环境科学家,我也

[①] 梵蒂冈是联合国《儿童权利公约》的签署者,然而据英国广播公司报道,在2009年和2010年之间,有大量有关神职人员虐待儿童的指控、诉讼和官方报道,有近400人两年内遭解职。

曾邀请其中几位加入"蓝色边境"组织，根据他们的预测，在未来几十年内，沿海的印第安人和法人后裔（移居美国路易斯安那州的）文化将伴随着其重要元素——河口的消失而随之消亡，石油公司不当操作和化石燃料燃烧造成的气候变化，将导致湿地的消失和海平面的上升，而印第安人和法人后裔也将成为这种变化的受害者。南佛罗里达和佛罗里达大沼泽地也将步路易斯安那河口、沿海孟加拉国和太平洋小岛国的后尘。

整件事让我十分沮丧，既不能寄希望在短时间内自断石油瘾来拯救海洋，也不能太指望人类文明，虽然我认为后者还有一些价值可言。我能想到最好的安慰自己的事就是回想我和新泽西社会活动家得瑞·班纳特度过的一天。他是 2004 年蓝色边境颁发的海洋英雄奖得主，后来他还获得了彼得·本奇海洋奖。

班纳特曾是海军军人，后成为一名记者，享年 79 岁。他有 1 米 9 高，骨头多于脂肪，皮肤像腌过的三文鱼皮，灰色卷发，棕色的眼睛可以随着灯光的变化发生悲喜的变化。曾长期担任面向海岸保护的美国沿海协会主席，是东部沿海地区许多海洋活动家的良师益友。

我在 2000 年去拜访他的时候，他受高地历史学会的邀请在一个傍晚进行一场发言。当时他正在抗议联邦政府资助的泳滩重新铺沙工程和新泽西北岸狭长地带铺设的防波堤，认为无论是在飓风桑迪来之前，还是在之后，惨痛的经验都告诉我们那里不会受到旅游业和海滨业主的青睐。

"不管你在什么地方建防波堤还是其他什么建筑,海洋都会卷起海浪从后面撞上去,慢慢侵蚀这些堤坝,"他说道,"要是你想让海滩消失,那就建堤坝和码头吧。"

"但是事态已经开始明朗起来,不是吗?"一位观众问道。

"一些地方是,一些地方不是。"

"所以你对未来有什么看法?"

"如果你是在问我对未来持积极还是消极态度,我要说那取决于你哪天问我,或者问我的时候是一天中的哪个时辰。"

他的这种观点我是很赞同的。

回到2007年,我组织了一场55人的蓝色边境"经验总结"会,参会人士都曾参与"中远釜山"石油泄漏事故后的救援,其中有港口官员、国际码头及仓库工会(ILWU)成员、鸟类和野生动物救援人员、渔业协会成员、全球护水者联盟和冲浪者基金会的海洋活动家、众议院议长(现在的少数党领袖)南希·佩洛西办公室代表和参议员芭芭拉·博克瑟的办公室代表。我们征求并汇总与会代表提出的需求,并通过了一系列面向环保的州、联邦级别的"泄漏议案"。

就在第二年,加利福尼亚就通过了7项新的法律,加速石油泄漏的后续处理,推动海洋海滩清理和志愿者支援计划。中央政府还出台了其他相关法律。值得注意的是,2010年英国石油公司的石油爆炸事故是美国第一起国会没有后续出台新法律、实施安全改革的重大石油泄漏案件。

虽然我因国会领导阶层发生的政治贿赂现象而对其心灰意冷（受保守最高法院多数支持的无节制的企业活动经费支出），好在我还能在像我的家乡加利福尼亚这样的地方找到些许慰藉。我2013年的新书《金色海滩：加利福尼亚的海洋之恋》帮我重拾信心。这本书是关于太平洋如何塑造加利福尼亚文化，以及我们如何在我们国家人口最多的州（加州有3800万人口），同时也是世界上第八大经济体中，支持健康海洋生态系统和沿海经济发展，要是我们能在加州做好这些事，那无疑可以用到世界任何其他地方。

加利福尼亚保护了分布在它1100英里海岸线上那些世界上最美丽、最健康的海洋栖息地。所以我才能在卡特琳娜岛的渔人湾进行水肺潜水，那是一片小小的海洋保护区，在洛杉矶市区海岸线外20英里的地方。在2012年加利福尼亚海洋生命保护法实施后，现在加州有16%的水域作为水下公园被保护，19世纪80年代半平方英里的禁渔区增至3平方英里。其中生长的海草林健康茂密，里面游着大条的条纹鲈（又名海带鲈），橙色的加里波第鱼，还有浅水娃娃鱼。我在一个地方看见了几条1.5米的蝙蝠鱼飞绕在水柱周围。游近海滩，我和潜伴发现岩石旮旯和洞穴里满是龙虾和鳐鱼，它们游出来，在沙底上闲逛。在一个桥墩下，我遇见了一群体型硕大的白海鲈，每只都有 20 磅左右，对我的存在熟视无睹，就像之前从我身边游过的捕猎中的大牛海狮一样。

码头远端的悬崖周围海水晶莹剔透，很像长了海草的加勒比海。我在巨大褐藻环绕的海面歇息片刻，抬头看到陡峭的崖壁上长满了仙人球、仙人掌和卡特里娜的常青植物——只有卡特里娜岛上才有的当地多肉植物。回到水下，我自由潜水至海草中的明渠，和苹果绿的白眼鱼、焦糖色斑点的条纹鲈、巨大的橙色加里波第鱼嬉戏玩耍。我看到了摆动触角的龙虾和在海底巡游的豹鲨，能在野生环境中再次看到它们，感觉真好。我爬上了我们的小橡胶筏子，又湿又冷，满身咸味，像个傻子一样开怀地笑着。在这样被永恒大海的奇迹包围的时刻，很难不积极乐观，正能量满满。

第十一章

蓝是新绿

能治愈一切的就是海水——海之汗,海之泪。

——伊萨克·迪内森

海洋拯救了我
SAVED BY THE SEA

要是今天我们因为无知和短视,把我们的海洋往死里爱,那我们要学会拒绝这样做。任何新边境的希望在于我们不要重复犯过去的错误。当然,海洋之于我们人类的希望、计划、梦想和渴望,一向都是漠然处之。

在加利福尼亚十多年前的一个大风暴潮中,一对新婚夫妇去了太平洋丛林市(美国加利福尼亚州西部城市)的情人岬,挨着蒙特利市。那天的海和他们一样激情澎湃。23岁的詹妮弗·斯图克贝利背后就是狂暴的拍岸浪,她不停地摆造型,让她新婚燕尔的丈夫,28岁的埃蒙·斯图克贝利给她拍照。这时候,一个卧浪扑了过来,从后面把她拉进了海里。埃蒙从崖壁上跳入水中,紧追妻子,好不容易抓住了她的手,但她还是被大海拉走了。他让她保持住,坚持浮在水面,激流把她越卷越远,他告诉她不要惊慌。"她真的被拉走了很远,我听得到她的尖叫求救声。然后又来了两个大浪,那是我见她最后一面。"海岸警卫队救起了埃蒙,并把詹妮弗从海浪中拉了出来。她的双眼睁得大大的,但却暗淡无光。他们也回天无力。在医院,他又拉了拉她的手,以一种特别的方式炫了炫他们的婚戒,然后默默地跟她告别。一天后,记者找到了他。"你们要是有对你意义非凡的人,一定要珍惜,不要纠结于小事,行动起来,"他这样告诉记者,"你只有一次机会。她是我一生的守候,是我的天使,我的小猫。"

"我真的不知道为什么我们都对海洋倾情以注,但我想……这是因为我们都来自海洋。"约翰·F．肯尼迪在1962年美国杯比赛时这样说道。他是名水手，以前当过海军，在战争中，他的鱼雷快艇受创沉入海底，他仍然活了下来，却被刺客的子弹打倒了。他的儿子小约翰在一次海上空难中身亡，和他的妻子、嫂子长眠海底。他的侄子，也是我的同事小罗伯特·肯尼迪是一名环境律师，还是全球护水者联盟的主席，该组织由上千名驻船反污染积极分子组成，致力于保护从乔治亚沿岸到阿拉斯加的库克入海口，甚至更远的河流、港湾、河口、大洋盆地。演员泰德·丹森也一直以来也是个海洋积极分子，他创立的美国海洋组织，最终并入国际激进组织"世界海洋保护组织"（Oceana）。在歌手吉米·巴菲特的帮助下，"拯救海牛俱乐部"在佛罗里达成立，夏威夷歌手杰克·约翰逊为冲浪者基金会筹集了不少资金，还有其他的海洋保护组织。澳大利亚民谣歌手保罗·凯利有一首歌歌名为"更深水域"，讴歌了和海洋相关联的生命，还有一首歌名为"从小事做起，大事自然成"，表明了一个澳大利亚土著的环保立场。从小事做起，潜水者、海员、冲浪者、科学家、渔民、青年积极分子和艺术家每天都在保护我们的海洋，由此一个新兴的蓝色运动应运而生，其宗旨无非是将占据我们咸味蓝色星球大部分的区域修复管理得更好。

我在写这本书的时候，刚从廷森海滩一带短暂寒冷的潜水中回来，那里附近的环形珊瑚岛水道把廷森湾和博林纳斯湾分隔开来。很多麻斑海豹喜欢爬到环礁湖的礁石上。加州科学院白鲨专家约翰·麦科库斯克不建议到这片海滩冲浪。"要是你想被浪拍倒，那就在劳动节前后来博林纳斯冲浪，"他警告说，"我不保证你一定会被浪拍倒，但起码那是个好机会。"我的回答是：要是那里没有比你居住的地方更大、更恶劣的东西，那里不能称之为真正的野生环境。

我的肾上腺素涌喷涌到了极点，而面前的海洋却经历着糟糕的酸化。海水被搜刮干净、清空、过度加热、下毒、滥用，不适宜再注入任何的危险化学物。通常情况下，二氧化碳对于海洋、对我们人类都不被视为危险化合物，而是人类生命化学的自然组分。这种温室气体占到了大气组分的 225ppm，在过去的一万年间，和甲烷、水蒸气一起形成了特别稳定、温和的气候——这段时间恰巧也是人类当代文明崛起和发展的时期。但是从 150 年前的工业革命开始，人类开始燃烧煤炭、石油、天然气等化石燃料，再加上森林的砍伐和燃烧，加重了地球的碳负荷。今天的二氧化碳已经从工业化以前的 225ppm 上涨到了 397ppm，而且还在以每年 5% 的速度急剧攀升，这种变化速度是过去 65 万年中任何时候的 100 倍。据预测，二氧化碳含量将上升到工业化前的两倍，关于如此高的二氧化碳浓度，任何一个有点名气的气候科学家都认为会对当前我们星球上的物种多样性构成毁灭性的打击。一些科学家正在社会各界共同行动起来，努力将大气二氧化碳降回 350ppm，虽然要实现这样的目标需要技术和经济创新，还有全社会总动员，而这些要素只在第二次世界大战前出现过。可惜的是，当前我们应对气候危机的方式和 1983 年美军入侵格林达纳无异。

在迈入 21 世纪的时候，气候学家的电脑模型出现了故障，考虑到工业二氧化碳的排放量增加，即使在有史以来最热的几年甚至十年后。大气的升温速度理应比以往任何时候都快。然后，在 2003、2004 年前后，实验验证了人类排放的二氧化碳中有 30% 被海洋吸收——电脑模型终于恢复了正常。

唯一一个问题是，当二氧化碳溶解在海水中后，它会形成碳酸，增加海水的酸性，降低筑壳生物的活性——包括各种各样的海藻、浮游生物、珊瑚、牡蛎、蛤蜊、海胆和海星——这些生物需要从海水中获取碳酸钙来建造它们的房屋和骨骼结构。如果我在前面的章节中提到过这些，我认为有必要再次重申。一些人把这些生物比喻成为海洋中的骨质疏松症患者。比起热带海洋，冷水可以溶入更多的二氧化碳，这样造成的结果在两极地区则更为突出，迁徙的灰鲸在北极度夏，它们会在泥泞的北冰洋海底挖来挖去，寻找可以吃的微小壳类海洋节肢动物，而海象则会在旁边的蛤床上大快朵颐。碳酸钙的减少很可能意味着鲸鱼和海象的减少，就像融冰意味着北极熊和环斑海豹栖息地的减少一样。与此同时，温度升高的酸性海水可以溶解的氧气量也更少，这对全球海洋中的鱼类和其他野生生命而言无疑是个噩耗。

关于海洋酸化后会发生些什么，我们还知之甚少（相关科研经费仍捉襟见肘），一些科学家猜测当前的海洋已经处于过饱和碳状态，无法再吸收更多的碳，而且大气升温仍将加速进行。其他科学家则相信另一种相反的状态，他们认为伴随着海洋变暖，海洋酸化仍将持续，到本世纪末，地球将返老还童，回复到几百万年前的样子——海洋里鲜有多骨鱼、贝壳类动物、珊瑚和哺乳动物，取而代之的是胶状体和细菌毡。这也是世界一流的珊瑚礁科学家，也是我的朋友杰里米·杰克逊所谓的"烂泥的逆袭"。

你要是觉得这是个问题的话，我们在将来还不得不面对更多的问题。想一想华盛顿州 2.7 亿美元的贝类产业和水产养殖公司，像"泰勒贝壳"的牡蛎已经受到了冲击——作为酸性海洋的直接结果，2006 年开始该公司幼贝的成活率一直在下降。在这些经济打击下，政府任命了一个一流的小组，寻找降低酸化影响的方法，同时呼吁地方、全国、全世界大幅度减少温室气体的排放。2013 年《西雅图时报》登载了一个针对海洋酸化获奖的跨国系列，名为"海洋变化"——对于一家日报来说已经做得不错了，但日报本身也是泥菩萨过江——自身难保，属于濒危物种。

随着这些威胁海洋生存的灾难接踵而至，不难理解为什么一些人放弃了努力，放任自流。

一次我问佛罗里达群岛国家野生动物保护区负责鳄鱼湖巡逻工作的一名骑警，问他是否加入了任何海洋保护组织。"没有，"他面无笑容地回答我,"但当人们问我他们应该加入哪个环境组织的时候,我会说,'计划生育联合会'。"

虽然我欣赏他直率的愤世嫉俗和面对人口增长的真切忧虑,我也认识到我们不能拯救鳄鱼、鲨鱼,抑或珊瑚——除非我们先自救。人类对进化本质的表达就是拥有自知之明,这是问题,同时也是解决之道。在20世纪,我们两次糊里糊涂地撞上了文明终结性的问题,包括法西斯主义兴起导致的第二次世界大战,还有核恐怖平衡,其造成了苏联的终结和衰落。

再举一个规模相当的例子,40年前,警察对我们抗议越南战争的1万名学生发起袭击,现在超过20万人涌入了芝加哥格兰特公园,庆祝巴拉克·奥巴马当选美国总统,他是美国第一位非洲裔总统,是民权运动和社会抗争的后代,今天,我们还在继续运用这样的民主手段,扩大我们的自由。借助蓝色边境组织,我们得以将上万名来自各行各业的海洋积极分子和海洋使用者转变为一场具有广泛基础的社会运动,并力挽狂澜,转变公众观念,把保护公共海洋上升为一种公众政策问题,加深公众对海洋保护的理解,引发公众产生共鸣。

在2004、2009、2011、2013和2015年,我们在华盛顿召开了蓝色视野峰会,并启动了我们的年度彼得·本奇海洋奖,颁发给提供解决方案的领导者和革新者,他们可能来自社会的各个阶层,各行各业,包括科学、政策、国家管理、媒体、探险、青年和草根积极分子。我们之所以这样命名该奖项，除了因为他在 2004 年为我们的峰会做了主旨发言，还有一部分原因在于，虽然很多人知道他是《大白鲨》一书的作者，却很少有人知道他还把一生献给了鲨鱼及其栖息地的海洋保护事业。因此在 2009 年，我获得了温迪·本奇的同意，重新启动了我们的奖项，为了纪念她逝去的丈夫，同时也是她环保和潜水探险伴侣的彼得·本奇。从那时起，我们已经提名了超过 55 个本奇奖获奖人，包括四个国家的首脑（哥斯达黎加、塞内加尔、基里巴斯和摩纳哥）和三位美国议员。

2009 年的春天充满了希望与挑战，蓝色边境在华盛顿组织了它的第二次为期四天的蓝色视野峰会，主题为"蓝是新绿"。尽管当时经济跳水的速度不逊色于一只受惊的海豹，但还是有美国和世界各地的 400 余位蓝色领导者出席了这次峰会，他们代表了大大小小的组织，小到只有两套潜水装备，在加利福尼亚海底捡拾遗弃的钓鱼用具，大到国家地理协会，新英格兰水族馆，还有谷歌。

2011 年，我们把我们的蓝色视野峰会开到了国会山上，同时也纪念那些把我们组织和永恒大海建立起紧密联系的艺术家、作家等人物，像是"深海女王"西尔维娅·厄尔博士，飞利浦和塞林·库斯托，托马斯·洛夫乔伊，海洋艺术家怀兰，《谢尔曼的泻湖》一书的插画作家吉姆·图米，全国广播公司（NBC）的安妮·汤普森，全国公共广播电台（NPR）的理查德·哈里斯，第一个记录下鲸鱼歌声的罗杰·佩恩博士，作家比尔·麦吉本，卡尔·萨菲纳，朱丽叶·艾颇琳还有我。出席会议的海洋探险家包括，首次到海底探险两人之一的唐纳德·沃尔什和蓝色边境的罗兹·萨维奇。萨维奇身材娇小，有着上镜的金发和钢铁般的意志力，2006年她独自划船横穿太平洋。几个月后我通过新泽西的马戈·佩莱格里诺见到了萨维奇的母亲，这位社会活动家妈妈有两个孩子，受《50种方法拯救海洋》的启发，在2007年，她划着一只舷外支架独木舟，从迈阿密划到了缅因。2009年，她又从佛罗里达划到了新奥尔良，以此提升公众对墨西哥湾海滨污染的关注，2010年，她从西雅图划到了圣地亚哥，后来成为了我们的外事协调员。她说她这么做是为了她的家人。

和母亲不同，萨维奇在三十多岁的时候离开了在伦敦从事理财顾问工作的丈夫，还为自己写了两则讣文，一个是她乐于看到的，另一个则是她继续义无反顾地冒险可能遇到的不测。无论哪种方式，她都乐于接受，因为她要用自己的生命在这个世界上留下意义，为自己的理想而活。她希望通过自己的亲身经历启迪其他人也活出意义，活得精彩，"每次划一下船桨，不久你就会发现已经走出了很远"。现在她又告诉我，她想独自一人用7米的划艇横跨太平洋，以此提升公众对海洋问题的关注度，还希望借此机会寻找到一位公益赞助商。经过严格评估，还有她对我的劝说，让我相信她知道自己要做什么，且具备很好的航行和安全计划，我们同意把她的这次行动作为蓝色边境的项目之一。接下来我们组织了一次开船礼，以此为她跨太平洋三部曲之旅践行。2007 年的晚夏，约有 80 位我们的朋友到场，还有一只夏威夷乐队的演出，祝她一路顺风。

天不作美，就在她要完成航程准备上岸的时候，突然袭来了一阵暴风雨，她翻了三次船，海锚也被扯掉了。我的环境计划（罗兹·萨维奇）被我的书作计划救了——美国海岸警卫队（《抢滩勇士》的主人公）派出海豚号直升飞机，救下了游泳的罗兹。她被人从水里拉上了直升机，然后在岸上着陆。她又返回去，乘坐救助打捞船把她的船拉了回来。在她修好船后，我看到她悄悄地再次启程，那是 2008 年 5 月，在金门大桥下，她迎着午夜的海潮再度远征。我准备了摄像组和花冠，99 天后在火奴鲁鲁的海里迎接她。

在不惑之年，她成为了独自划船从加利福尼亚到夏威夷群岛的第一位女性。2009 年 5 月，她从夏威夷划船到了塔拉瓦（基里巴斯共和国首都）的南太平洋岛，历时 105 天，然后经过 48 天，划到了巴布亚新几内亚。2011 年，萨维奇用 154 天从澳大利亚划到了毛里求斯，成为了独自一人划过大西洋、太平洋和印度洋的首位女性。

而马戈·佩莱格里诺的下一个计划是从纽约经过哈德逊河、五大湖、密西西比河，划到新奥尔良，每天会稍作休整后和河流、分水岭、海岸积极分子互动联系，从而形成更加高效的蓝色运动和海草反叛。

回到里士满的家中，我遇到了我的海草叛军，那是一个由志愿者组成的小型组织,名为"为了可持续的莫莱特岬的市民"(CFSPM)。我们第一时间同意让该组织成为蓝色边境下的一个项目。一个朋友把莫莱特岬叫做"旧金山湾无人知晓的最美地带"。实际上,在我在里士满居住了这么多年之前,就有一位草原植物学家带我去看过莫莱特岬,那里面积有422亩,是自然恢复力的集中体现,少有公路,岬的主人是鹗(鱼鹰)、猫头鹰、野火鸡和黑尾鹿,有55亩的近海鳗草床,是幼鱼的理想栖息地,也是麻斑海豹闲逛的好去处。它支持山地原著草原和槲树大小的巨大圣诞浆果灌木的生长,而且适宜生长槲树和桉树。这里曾是历史上的酒码头,还有一座砖砌城堡后来被海军用作了燃料库,到1995年才对外开放。2003年,海军用一美元的价钱就把它卖给了城市。后来,这里就沦为了赌场和度假区,堪称最大的西拉斯维加斯。不同于旧金山的军营国家公园和马林湾对面的贝壳堡,莫莱特岬是水岸的天然宝石。但由于其周边是有色人种的贫穷社区,而成为了攻击的目标,开发商认为他们可以开发这一带,但作为条件,政府需要提供更多的服务性岗位,比如仆人和保安,这一议案也受到了市政议员的支持。CFSPM和绿党市长盖尔·麦克劳林,还有她在里士满进步联盟中的支持者建立了同盟关系,成功发起了运动,迫使市政议员采用公民投票的方式重新对莫莱特岬的开发做决策。

2010年耗资百万美元的测评告一段落,开发商和当地桥牌室不想和拥有400台老虎机的恶魔赌场较量。市民投票结果为58票反对对42票赞同反对赌场，大多数人担心赌场带来的交通拥堵、犯罪和赌瘾。受赌场开发商支持的三位市议员候选人落选。尽管有些用力过猛，但上任市长以二比一的选票再度当选，另外两名反对赌场的有潜力候选人落选。不久，市议会以五比二的投票取消了赌场计划，并宣布莫莱特岬为公众的公用场地。开发商后来起诉了市议会而未果，显然他们还没搞清楚逢赌必输这个事实。

2014年春，在中远釜山石油泄漏事件赔偿资金的一部分资助下，海洋清理和修复工作得以完成。我们重新开放了莫莱特岬1/4英里的半月形沙滩，这是近十年来第一次开放该海滩。我协助市长麦克劳克林为开放仪式剪彩，水边有拉丁爵士乐队在演奏，几十名市民在海滩公园芳草青青的崖壁上野餐。这是我们城市和它的水岸的历史性时刻，在水边嬉戏的孩子们会觉得他们又在海滩上度过了一天，但对有些孩子而言，这是他们在海滩上度过的第一天。几周后，我们获得了伯克利咖啡馆的一小笔捐助，我们用这笔钱带了一公交车来自里士满服务水平欠佳的约翰·菲茨杰拉德·肯尼迪（JFK）高中的生物学学生来到莫莱特岬，开启他们本年度第一次的远足学习。一下车，女孩们就为呈现在眼前的大鹅和毛茸茸的小鹅而兴奋不已，后来，当看到沙滩上的一只死鸟后，男孩们也兴奋了起来。草原植物学家莱赫·诺莫维奇在雨中带领学生徒步爬山，在山上远眺，把鱼鹰巢指给学生看。一天终了，他们开始筹划起下次组织高年级再来莫莱特岬做日落之行。

这也是我们吸收新海藻叛军的渠道。

"我们的海洋面临着一系列前所未有的挑战，包括气候变化、污染、采能等等。"美国参议员谢尔登·怀特豪斯（D-RI），同时也是一名海藻叛军的他在2013年5月我们第四届蓝色视野峰会的开幕讲话中发出了这样的告诫。他海洋生物学家的妻子点燃了他对海洋的爱，怀特豪斯继续发言，说我们有力量从"海洋索取者转变为海洋关爱者"。在这种力量的作用下，来自21个州的上千名积极分子走上美国国会山，在制宪会议中和他们的民意代表，还有管理人员一起呼吁健康海洋，包括和7名参议员及16名众议员直接面对面的会议。会上对国会山的参议员一方，我们倡议通过4个针对非法、不报告和无管制捕捞（IUU）偷鱼问题的国际条约。几个月后，参议院一致通过了上述条约。我不确定是否该为这两党最后一个能达成一致的问题而庆祝，又或许是门槛过低，所以通过是理所应当的事，共和党和民主党可以一致反对偷鱼，这点还是可喜可贺的。

第四届蓝色视野峰会于星期一傍晚在历史悠久的卡内基研究所举行了开幕式，大理石圆形大厅装饰着悬挂的植物，象征着海草林。400名狂欢者穿梭在摆满美食和烈酒的餐桌间，对在水下拍摄的令人震惊的照片赞叹不已。

星期二的主旨发言是参议员怀特豪斯做的，接下来是海岸警卫队海军中将彼得·奈芬格尔的发言，他提到居住在一个"没有州和领海边界的水上世界"，还讲述了他现在的工作需要如何面对一个北冰洋中的"新生海洋"，那里气候变化造成的融冰打开了蓝水贸易路线，引发了对石油、矿产、鱼类和其他资源的争夺战。25 岁的科考潜水船驾驶员埃里卡·伯格曼谈到了如何在古老却尚待探索的海洋中正确地迎接挑战、收获惊喜。她讲述了自己如何从一名《星际迷航》迷，成长为一名年轻科学家，潜入水下 305 米，探索我们的外星世界。她描述了在"头上深深浅浅的乳白色海水中"的可视化科学，还有如何教给年轻人，告诉他们"科学主宰一切"，通过她在潜水艇里的播客，还带年轻人来到海边，让他们自己下水体验。

星期二人潮涌动，把会场挤得水泄不通，除了大量的分论坛，还有像"灾难与修复"（英国石油公司爆炸案和飓风桑迪的教训），"气候是一个蓝色问题""蓝色运动的青年领导力"和"如记者般构思故事"这样的工坊。展会包含如下亮点：一位美国国家海洋和大气局（NOAA）的工作人员指出，损失超过十亿美元的极端天气灾难还在增多，光是 2011、2012 年两年间就发生了 25 起；一位海运业的领导人语出惊人，认为如果企业领导人面临的不是罚款，而是牢狱之灾，那么像 2010 年英国石油公司爆炸案这种可预防的灾难就能大幅度减少；切萨皮克气候行动网络（CCAN）主任麦克·泰德威尔强调需要"建立大型联盟，且永不放弃"。他举例说在他的组织帮助建立的一个联盟推动下,马里兰近海风法案得以通过,在法案的影响下,马里兰州在之后的几年内兴建了近海风力发电站,并且运转良好。泰勒贝公司的高登·金,他的牡蛎,之前也提到过,已经受到了海洋酸化的严重影响,对于我们是否还来得及修复和治愈海洋持保留意见。

在青年领导力分论坛上,大家对海洋的明天充满信心,但是需要找到新的思路和解决方案,但我们相信这些终将实现。该分论坛由2013年本奇青年奖获奖人肖恩·罗素召集,他是"收藏它——不要扔掉他"项目的发起人,参加的代表来自为海洋而战的年轻人(Teens 4 Oceans)、5螺旋(5 Gyres)、地球回声国际,美国青年服务组织和带着十亿元牡蛎项目、致力于修复纽约港的纽约港学校。"青年人不是我们未来的领导人,"一个分论坛代表说道,"但却是今天变化的制造者,成年人需要与之合作的伙伴。"

"做自己,不要害怕外露你对海洋的激情。这是有史以来最大的海洋国会山日,今天的成果将持续波及扩散,余音绕梁,让人回味。"海洋冠军组织是一个致力于海洋保护的政治行动委员会,来自该组织的戴夫·威尔莫特在次日早晨如是说。我们的队伍上午8点在德森参议院办公大楼前集合,出发做一天的"大理石行走"。最大的州代表团里有来自加利福尼亚34名男男女女的水手,还有20人来自总部在博尔德市的科罗拉多海洋联盟(由蓝色边境董事会成员维基·尼科尔·斯戈尔茨坦组织),他们认为每个州都是海岸州,即使是那些在海拔1524米的州。夏威夷参议员布莱恩·夏兹迎接了我们，并回忆起他一开始做海洋积极分子的时候是在欧胡岛上的桑迪海滩，那时他16岁，因为海水受到了污染，沙滩也封闭了，所以他不能去徒手冲浪。其他招待我们的有加利福尼亚州众议员杰瑞德·赫夫曼和洛伊斯·卡普斯议员，缅因州的凯林·皮格瑞议员，还有佛罗里达州的凯西·卡斯特议员。我们后来徒步穿行在国会大厦迷宫般的走廊、地下室、办公室、自助餐厅和餐车间，度过了这一天。在看似数不尽的会议中（实际上我们数了一下，大概有100多场会议）议员们建议通过的国家海洋政策已获总统签准，感谢参议员们投票支持怀特豪斯的国家海洋基金会（资助科研和海岸修复），还通过了一项安全海鲜议案，还有抵制偷鱼行为的条约。

那天晚上灯火辉煌，鼓舞人心，彼得·本奇海洋奖又回到了卡内基研究所。西尔维娅·厄尔作为当天的主持，同时也是发言人和得奖人，激情澎湃地讲述着她修复和保护我们海洋星球的工作。国家管理奖的得主是塞内加尔总统麦基·萨勒，他带领反对党在争议中崛起，最终在2012年选举中取得了胜利，担任总统后，他取消了塞内加尔海域内29个外国渔船捕鱼的许可执照，此举急剧提升了本国渔民和他们家庭的捕鱼量。在获得我们的奖项后，他得奖的消息广泛曝光于西非，顶着欧盟和其他国家给他施加的压力（逼迫他对外国渔船舰队重新开放水域），他开始携手绿色和平组织（保护动物不遭捕猎等），发展可持续性的国民渔业计划，造福国民。

马萨诸塞州众议员（现在的参议员）爱德华·马基姗姗来迟，在正式颁奖仪式结束后的晚宴中从前得主参议员怀特豪斯手中接到了颁给他的政策公关奖；怀特豪斯不算恰当地评论为"典型的白宫无序"。

"你去年把这个奖颁给了海洋州（罗德岛），今年是海湾州（马萨诸塞州），"马基玩笑道，"所以我摸到规律了。要是你明年想把奖颁给鹈鹕州路易斯安那的某人，那你就得改变规则了。"（事实上，2014年的政策公关奖是要颁给皮尤海洋委员会前主席、国防部长莱昂·帕内塔的。）参议员马基，和参议员怀特豪斯、沙茨一样，成为了海洋和气候行动狂热的支持者；作为一名国会议员，他强迫英国石油公司（BP）交出2010年深水喷油井的实时视频提要。所以现在在100人的参议员中，有了三个对我们的海洋、海岸和靠海生存的海滨社区有着深刻理解的同伴。这才刚开始。

周四早上，在保护法基金会的肖恩·科斯格罗夫带领下，州代表团成员在国会山上做了一系列报告，大多数是谈及他们将事实反映给权力机构后如何获得认可和信任，并且深切感受到了自己的影响力。他们的一些评论是这样说的：

"这是我八年级后第一次来华盛顿旅游，昨天我们遇到了7个人，并且和我们的国会议员说上了话。"

"这是我第一次这样做，我还想再做同样的事。"

"我和我们的众议员谈了谈，但我不认为他对我完全信服，所以我要带他回家，让他见见我们的学生们，他们都很积极活泼。"

"我和加利福尼亚代表团在一起，感觉就像一起过一次有爱的节日。"

"我恨你们这些加利福尼亚人。我需要和阿拉巴马州的政要交谈。"

峰会的最后一个发言人是2009年政策公关奖得主众议员山姆·法尔，他是蓝色边境的好朋友，他告诉我，"在加州，你能当选也能丢了工作，这取决于你对海岸保护和近海采油的立场。我们需要让更多人知道这点。"在此情此景中，他的消息是如此的振奋人心。"海洋政策才刚刚起步，"他说，"海洋革命还十分年轻，正在茁壮成长。"

2014年，蓝色边境开始组织"海平线上"蓝色组织联盟，扩展我们青年人的服务范围，确保公共海域是2016年总统选举和未来的公众政策议题。

虽然政策具有高度的不确定性，我仍希望事情可以转向有益于海洋的方向，伴随着公众意识的成长和更好的管理实践，从加利福尼亚到罗德岛，从帕劳群岛到葡萄牙，从此岸到彼岸，一切会变得越来越好。不只是从此岸到彼岸，当然，还有从波澜壮阔到力挽狂澜。我的星球上的海洋每时每刻都在两个相反的点之间来来回回，用引力造就了潮汐——在其中一点，海洋最靠近月球拉力，另一点则是在地球的另一端，潮水不受月球引力作用而上升，试图逃逸到真空中，却被地球重力场和旋转向心力拉了回来。

几十亿年前，那时月球更加靠近地球，在地球潮汐的作用下，矿物质从陆地陷入海洋，把原始海洋变为了一个化学锅，地球上的生命由此诞生。当潮汐和大陆块相遇后，形成摩擦，减缓了地球的旋转，白天延长了，我们的生命也随之延长。现在月球后退了，水流也变慢了，除了在一些特殊的地带很难想象我们早期海洋的模样。

一天夜里，我们一群人驾船穿过缅因州的芬迪湾，于晚上 10 点在加拿大圣安德鲁斯的码头登陆。第二天早上 8 点，我们需要沿着码头的陡梯爬下 6.1 米，当时潮水已经从我们的小渡船下退走了。航行回到缅因，我们看到港海豚在海湾怒潮的大漩涡附近进食，那里几十亿吨的水每隔二十四小时就进出一回，不得不感慨海洋之神力（和潜在的巨大清洁能力）！

在俄勒冈和华盛顿之间的哥伦比亚河沙洲，我驾驶摩托艇在汹涌的水流上航行，25 万平方英里的河流分水岭每秒放出 7079 立方米的水，卸下上万吨的沉淀物和石头，邂逅宽广的太平洋，从而形成巨浪，给喧嚣狂暴的近海水域赋予了"太平洋墓地"之称。在过去的两个世纪中，有两千艘船在这里被巨浪掀翻，沉入海底。

我在南冰洋南纬 40 度到 50 度之间咆哮狂暴的西风带以下，南极辐合带以北待了几天，那里和 9.1 米宽的海域有着同样的灰绿色，海浪冲击着我们科考船的船头，在甲板上翻滚而过，好似海神愤怒的拳头。12.2～15.2 米宽的海域上，除了偶尔袭来的 21.3 米的滔天巨浪，并无异样。

最近，我从加利福尼亚飞到华盛顿，去坐海岸警卫队向北航行的大破冰船。我俯瞰加利福尼亚北部白雪皑皑山脉，想起了巨浪的白色浪尖。实际上，这些山脉在地质角度看来和海浪没什么不同，当太平洋和北美地壳板块冲撞的时候，隆起的山脉横跨地域，喷涌着岩浆，然后太平洋就沉到了大陆块下。山脉是地球涌起的一朵朵涟漪，相比它们的存在，我们人类像分子一样渺小，我们的历史如蜉蝣般转瞬即逝。只有像鲎和鹦鹉螺这种经历了漫长的进化史的海洋生命，才有机会一睹山脉的崛起和消亡。

山脉给人一种坚定不移的感觉，而海洋伴随着风、潮汐、气流处于不断变化中，上涌混入化学物质和生物体，既带给人感官上的冲击，又富有掠夺性。唯有氧气的泵动是永不停息的，由此形成了大气、雨、雾、化学平衡的缓冲器、循环水蒸气的桨轮，对生命而言，既是马赛鱼汤，又是大熔炉；既是汤，又是锅。有人爱山，有人爱海。有人喜欢狗的稳定陪伴，有人喜欢猫的变化莫测。

因为猫狗是家养动物（除了有些挑人的猫），它们很可能活过我们创造的十亿分之一秒的浮华与喧嚣的地球进化，还有我们的主要肉食来源动物和如影随形的不速之客（蟑螂、老鼠、浣熊）。但是世界上最后剩下的野生动物和野生栖息地——礁石、海龙、环斑海豹、红树林——又能否活得比我们久呢?

我并不是出生在和平年代或恬静之水中,我也没怎么见过和平与宁静。我们生活在市场全球化和动植物大规模灭绝的时代;诞生了名人网站、YouTube 和推特;死去的是鲨鱼、海龟和其他我们的地球同胞,当第一个小型哺乳动物离开填满泥巴的洞穴时,我们这些濒临灭绝的同胞早就是远古动物了。

当我从极端激进分子变为战地记者、私家侦探、电视制作人、作家,到再次成为社会活动家,比起年轻时候在街上疯跑大呼"把权力交给人民!"(最近成为了欧乐 B 牙刷的广告标语),现在我有了更加清醒客观的评价。

今天我真的不期待看到为了彻底改变我们星球上日益严峻的生态崩溃而发动政治或意识领域内的革命。我想看到的是人们意识上的觉醒,有更多的人关注我们星球水世界的衰败,敢于面对并尝试解决其中严峻的物种多样性问题。穿行于天空的行星 X 会告诉我们还有多少濒危物种和栖息地等待着我们的拯救与修复。

我不确定到底还有没有时间供我们力挽狂澜。我只知道要是我们不去尝试,那我们就肯定会丧失这些宝贵之物。我们的咸味蓝世界美得让我们心痛,让我们害怕,她如此神圣,让我们不忍失去。如果你不相信我,那就去参与空间计划,乘坐宇航飞船去到宇宙中看个究竟,在天堂遥望地球。你会发现那不是上帝的绿色地球，是上帝的蓝色弹珠。